フィリップ・ロス研究

ヤムルカと星条旗

A Study of Philip Roth ★ Yarmulke & the Star-Sprangled Banner

坂野 明子 著
Akiko Sakano

彩流社

◉凡例

・本文中の引用ページ数は、漢数字で表記している。
・欧文献からの引用文は、すべて著者による翻訳である。
・引用文中の〔　　〕は著者による補足である。

はじめに

ユダヤ人と聞けば多くの人は、ヒトラー、ナチス、アウシュヴィッツを連想するだろう。国際政治に関心の高い人はイスラエルを思うかもしれない。だが、アメリカ合衆国にイスラエルの「ユダヤ人」とほぼ同数の「ユダヤ系」の人々がいることを知る人はさほど多くないだろう。そして、第二次世界大戦後の一九五〇年代から七〇年代にかけてアメリカ文学の領域でユダヤ系作家たちが活躍し、ほとんどブームと言えるほどであったことを知る人はさらに少ない、いや、ほぼゼロに近いかもしれない。

ただ、ヒロシマ、ナガサキ、ホロコーストを経て、文明とは何か、国家とは何か、人間とは何かをあらためて問う必要に迫られた戦後の精神風土の中で、長くアウトサイダー的存在であったゆえにそれらの問題に独自の視点を提示することができたユダヤ系作家たちの作品は、文学を愛する人々の間で注目を集めることになったのである。当時、その代表的存在として、しばしばソール・ベロー、バーナード・マラマッド、フィリップ・ロスの名があげられ、あたかも「三羽がらす」のように語られることも多かった。

だが、時代は移り、アカデミアの世界では構造主義、ポスト構造主義、脱構築など文学理論が華やかとなり、ユダヤ系作家が表出する屈折した疎外感はいささか時代遅れの印象を与えるようになっていく。さらに、多文化主義の思潮が強まり、その流れの中でアフリカ系、アジア系、ヒスパニック系などの作家たちが注目を集め、また、フェミニズムの台頭もあって、基本的に白人、そして男性作家が多いユダヤ系の影はますます薄くなっていったように思われる。

ただ、「三羽がらす」のうち、ベロー、マラマッドより二十歳弱年少のフィリップ・ロスは八〇年代、九〇年代、二〇〇〇年代とコンスタントに作品を発表し続け、全米図書賞や批評家協会賞なども受賞し、作家として高い評価を受けることになった。たとえば二〇〇六年、『ニューヨーク・タイムズ・ブック・レビュー』は過去二十五年の優れた作品二十二を選出したが、そのうち六つがロスの作品だったことからも、この時期のロスの活躍ぶりが伺えるだろう。

本書はそのフィリップ・ロスの作家としての全体像を「ユダヤ性」に着目して論じようとする試みである。前述したように、ユダヤ性は今ではいささか色褪《あ》せた概念と思われがちだが、これからの議論で明らかにしていくように、ロスの「ユダヤ性」は民族としてのユダヤ人の属性に限定されるものではない。ロス文学の転換点とも言うべき『カウンターライフ』（一九八六）で、ロスは主人公ネイサン・ザッカマンに次のように語らせている。

「イギリスはたった八週間で最も痛みのないやり方で私をユダヤ人にした。それはユダヤ教ぬきの、シオニズム抜き[1]の、ユダヤ性抜きの、シナゴーグ[2]も軍隊もピストルも不在、故郷もな

しのユダヤ人だった。」（三二四）(3)

言い換えれば、過去から現在に至るまでユダヤ人と言えば連想されるすべてのものを排除してなおユダヤ人である、そのようなユダヤ人に自分はなったというのだが、それは開かれたユダヤ人アイデンティティであり、それこそ作家ロスが到達した新たな地平だった。彼はキャリア後半、そこからアメリカを検証し、自身を検証し、結果としてユニークで優れた作品を執筆していくことになるが、この「ユダヤ性」は私たち非ユダヤ人に対しても、従来と異なるものの見方や人間存在について再考する契機を与えてくれるように思われる。

二十一世紀に入り、情報の高速化と新自由主義の浸透に伴い、グローバリズムが叫ばれ、世界がやがてひとつにまとまるかに思われた。だが、現実はむしろ人々の間で経済格差が拡がり、大国間の覇権争いが激化し、分断と対立が世界の随所で見られるようになった。そしてここにきて、もう一つ大きな脅威、新型コロナウイルスが私たちを脅かしている。私たちは生物として、脆弱《ぜいじゃく》な身体として個々に生きている自分、道ですれ違う他人が感染源であるかもしれないと疑い、恐れてしまう自分に気づいている。一方、でありながら、人と関わり人と触れ合うことで初めて成り立つ自分、社会的存在としての自分もまた自身の重要な一部であることも知っている。こうしていま私たちは人間の持つ根源的な矛盾にあらためて目を向けざるを得ない状況に陥っている。

この状況下では、概括的に社会を論じるだけでは不十分、ましてや「偉大なアメリカ」や「美しい日本」のような美辞麗句で国家を語るのは私たちの今の実感からかけ離れているはずだ。では、何をどのように考えたらいいのか。ここでひとつの役割を果たすのが文学である。詳細は後の議論に譲るが、フィリップ・ロスが作品を通して示した「身体と歴史の関係性」は私たちになんらかの示唆を与えてくれるのではないだろうか。

ロス作品を初めて読んだ日からかなりの時間が過ぎていった。手強い作家という実感があるが、本書を手に取る方に少しでもロス文学の魅力が伝わることを願っている。

◉注

（1）シオニズム　十九世紀後半、近代化したヨーロッパ社会になお蔓延《はびこ》る反ユダヤ主義の現実を見て、祖先の地パレスチナにユダヤ人のための国を建設しようと起こった運動のこと。

（2）シナゴーグ　ユダヤ教の会堂。

（3）Roth. *The Counterlife* (New York: Farrar Straus Giroux, 1986). 以下の引用はこの版による。

目次　フィリップ・ロス研究——ヤムルカと星条旗

第一章　ロス文学とは

1　ユダヤとアメリカ

フィリップ・ロス（一九三三―二〇一八）は作家としての長いキャリアの中で作風を何度も変え、読者を翻弄《ほんろう》した作家、一元的な理解を拒む作家であった。

一九五九年出版の第一作『さようなら、コロンバス』で高い評価を受け、全米図書賞を受賞、若干二十六歳で華々しく作家生活をスタートさせたロスだったが、一方で作品内容が「反ユダヤ的」、「ユダヤ的自己嫌悪」が際立っているということで出自を同じくするユダヤ系コミュニティから強い非難を受けてしまう。それはまだ駆け出しの作家としてはかなりの衝撃であったらしく、一九六二年のイェーシバ大学[(1)]のシンポジウムでフロアから、ホロコーストを念頭に「あなたがヨーロッパで生まれていたら、同じ作品を書いたか」と質問され、場の雰囲気がほとんど異端審問のようになった時、怒りに震えたロスは「もうユダヤ人については二度と書くまいと決意した[(2)]」と言う。

実際、その後に出版された作品、『ルーシーの哀しみ』（一九六七）には一人のユダヤ人も登場せず、舞台も典型的な中西部の小さな田舎町となっている。

とはいえ、『ルーシーの哀しみ』の二年後の作品、ロスを一躍有名にした『ポートノイの不満』（一九六九）はロス自身を思わせるユダヤ系青年を主人公に据え、主たる舞台も作家が生まれ育ったニュージャージー州ニューアークであり、七年前の決意を完全に裏切ったものになっている。しかも作品は精神的に混乱する三十三歳の主人公が、精神分析の一環として、自身の過去の性生活を振り返る姿、特に性に目覚めた頃のマスタベーションに耽溺《たんでき》する己の姿を過激なまでのユーモアで語っており、このことはかつてロス作品を褒め称えた著名なユダヤ系文芸評論家アーヴィング・ハウ（一九二〇―九三）をもロス批判、ロス攻撃の陣営に回らせることになった。『ポートノイの不満』の内容があまりにも野卑であることに辟易《へきえき》したハウは、タイトルもまさに「フィリップ・ロス再考」[3]という雑誌論文の中で、この作品が文学の名に値しないと糾弾《きゅうだん》し、さらにかつて絶賛した『さようなら、コロンバス』についても、表題作をはじめ、個々の短篇作品を詳細に分析し、ユダヤ系の伝統や文化についてロスがいかに希薄な知識しか持たないかを指摘したのである。

このように文壇の大御所からユダヤの伝統や文化への無理解、ユダヤ系の人々への共感の欠如のレッテルを貼られたロスだったが、実は『ポートノイの不満』の終末部、ロスのユダヤ系コミュニティへの深い愛情を示す語りが挿入されている。ニューヨーク市の「機会均等監視委員会」副長官のアレックス・ポートノイは、人権擁護という立派な仕事に就きながら、抑圧された性の捌《は》け口として、モンキーという渾名《あだな》の、言ってみれば人間以前の女性、性欲の塊のような女性と奔放な、非倫理的な関係を続けてきたが、旅行先のアテネで彼女が結婚を要求し、結婚してくれないならホテルの窓から飛び降りると脅迫するに至って、その場を逃げ出し、ほとんど衝動的にアテネ空港からテル・アヴィヴ（イスラエル）行きの飛行機に飛び乗ってしまう。その飛行機の中で、彼は唐突に、少年の頃、日曜日の朝、コミュニティの大人の男たちが二十人ほど集まってソフトボールを楽しんでいた情景を生き生きと思い出すのである。

　体型も職業もさまざまな彼らは敵味方に分かれてプレーするのだが、幼い頃から共に育った仲間だからだろう、ひとたび試合が始まると猛烈な毒舌合戦となり、父と一緒に観戦に来ていたアレックス少年は、試合を楽しむだけでなく、ひっきりなしに飛び交う野次の応酬に魅了されたのだった。主人公は、今、ユダヤ人の起源の地パレスチナ（＝イスラエル）に自分の精神的混乱に対する何らかの「答え」があるのではと考えて機中の人となっているのだが、彼の思いはその目的地に向かうのではなく、少年時代のニューアークに戻っているのである。そもそもニューアークを離れたかったから法律を学び、首尾よく名誉ある公職についた彼が、ユダヤ系アメリカ人ならではとも言える言葉のやりとりを懐かしみ、「ここ以外の場所で暮らすなんて考えられなかった」（二二五）[4]かつての自分を思い返しているのである。

　ところで、主人公が楽しんだ大人たちの会話は決して上品なものとは言えず、アーヴィング・ハウが理想とする品位ある文学作品、たとえばヘンリー・ジェイムズ[5]（一八四三―一九一六）の小説の登場人物なら決して口にしないような粗野な言葉から成り立っている。しかし、だからといってそれをユダヤの伝統や文化についての作家の知識の不足の表われと言えるだろうか。むしろ、ユダヤ系コミュニティで育つ過程でフィリップ・ロスはしっかりとその耳でそこに暮らす人々の声を捉えていたのではないだろうか。そして彼らの「声」の記憶は、作家ロスの中で生涯消えることはなく、絶対的前提としてのユダヤ系の人々への関心と共感の基礎を形成していったのではないだろうか。

ただし、最初に述べたようにフィリップ・ロスは一元的な理解を拒む作家である。というのも、ユダヤ系の人々への共感は確かにありながら、一方で非常に冷徹に、冷ややかとさえ思われる態度でユダヤ系社会が抱える問題点を描き出しており、その背反性こそロスの最大の特徴となっているのである。たとえば同じユダヤ系の作家、先輩作家でもあるバーナード・マラマッド（一九一四—八六）はユダヤ民話の定型的人物、へまばかりするシュレミール的人物を登場させはするが、ロスのようにユダヤ系の社会を揶揄《やゆ》するようなことはしなかった。タイプは違うものの、ソール・ベロー（一九一五—二〇〇五）の場合も、主人公がアメリカ社会で自らの立ち位置を求めてもがく姿を滑稽《こっけい》に描くことはあっても、また、アメリカの物質主義的価値観に染まりすぎた周囲の人間を批判的に描くことはあっても、ユダヤ系の人物やコミュニティを鋭くえぐるような描き方とは無縁だった。先輩作家たちとロスのこの違いについては、本来の資質の違いもさることながら、ほぼ二十歳の年の差、その間に起きたユダヤ系社会の変化を要因としてあげることができるだろう。第二次世界大戦後、ユダヤ系の人々は経済的な上昇を果たし、結果としてアメリカ社会から彼らへのあからさまな差別は消えていった。そういう中で思春期を迎えたロスは、距離を取りながら周囲の人物やコミュニティを観察し、それをアイロニカルに表現することができるようになったのである。

そして、ロス文学の背反性が顕著に表われるもう一つの側面は彼のアメリカ表象である。『ポートノイの不満』の印象的な場面の一つに、小学生の頃、母親が子宮の病気で入院し、見舞いに行った際の回想がある。病院のベッドに横たわる母と対面するのは気恥ずかしく、またその時間を少しでも野球の練習にあてたくてじりじりしている主人公に、母が「ここへ来て、することは立派にしたんだから、行ってもいいわ」(六二)と言ってくれ、彼はグラウンドへ脱兎《だっと》のごとく走り出すのだが、その姿は少年時代のポートノイの野球愛をみごとに表わしている。そして主人公とその仲間たちにとって、さらに作者ロスにとっても、野球とはアメリカそのものだった。「小説家の自伝」というサブタイトルを持つ『事実』(一九八八)の中で語り手フィリップ・ロスは「自分の少年時代の中心には最もアメリカ的現象──すなわち野球があった」(三一)と語っている。さらに続けて、「祖父が聖句箱(6)の革紐の匂いに見出した慰めを、自分はミットの革の匂いに見出していた」(三一)とも述べて、祖父の世代の宗教と同じ重みがアメリカ野球にあったと語っているのである。

このようにアメリカに強い親和性を覚えているロスはインタビューで次のように語っている。

私の意識と言語はアメリカによって形作られた。そういう意味で私はアメリカ作家である。ただ、鉛管工や鉱夫や心臓医にいちいち「アメリカの」をつけないと同じように「アメリカの」作家と断わる必要もない。むしろ、アメリカと私の関係は、心臓と心臓医、石炭と鉱夫、キッチン・シンクと鉛管工と同じものと言えるだろう。(7)

アメリカはロスにとってあまりにも当然の素材であり、対象であり、ことさらにアメリカ作家と言い立てる必要はないというのである。ただ、後述するように、そういう彼がすでに長編第二作『ルーシーの哀しみ』で、アメリカのグッドネス神話に疑問を呈し、『われらのギャング』(一九七一)でアメリカ政治を徹底的に皮肉り、九〇年代後半以降は戦後のアメリカ社会の負の側面を鋭く活写したのだった。つまりユダヤに対するのと同じように、アメリカに対してもロスはアンビバレントな意識を抱いていたことになる。いや、むしろ、ユダヤの場合と同様、アメリカがあまりにも身近で、あまりにも自分の一部であるゆえに、自然に見えてしまうものがあり、それを書かずにはいられなかったのであろう。

言うまでもなく、ロス以外の多くの作家もまた、程度の差はあれ、アメリカ社会を批判的に描く作品を残してきた。ただ、ロスの場合、アメリカ批判の軸足がユダヤ系としての意識と絡んでいるうえに、時代による変化も加味されているため、振れ幅が大きく、やはり一元的な理解を超えるところがあるように思われる。あるインタビューでロスは、ポストモダン的で、登場人物の二人の兄弟のうち、どちらが生き、どちらが死んだのか、最後まで読んでもはっきりしない作品『カウンターライフ』について、「人生は必ずしも一つの道筋、単純な連続性、予想可能なパターンを描くものではない」(8)と述べて作品中の相反するプロットの弁明をしているが、このことはロス文学全体についても当てはまるように思われる。ロス文学を理解しようとするとき、我々はこのことを肝に銘じて臨むべきだろう。

2　ロスの経歴——誕生から三十代半ばまで〜文学への目覚め

フィリップ・ミルトン・ロスは一九三三年三月十九日、ニュージャージー州、ニューアークに生まれた。ともにユダヤ系である父ハーマン、母ベスの二番目の子どもで、家族としてはほかに五歳年上の兄サンディがいた。父は大手のメトロポリタン生命保険会社に勤め、母は専業主婦、裕福ではないものの、平均的なユダヤ系アメリカ人の家庭で育ったと言えるだろう。特に、ロス家が住んでいたウィクエィック地区は圧倒的にユダヤ系の人々が多く住む地区で、彼が通ったハイスクールには非ユダヤ系の生徒が二パーセントしかいなかったという(9)。したがって子ども時代から少年期にかけてはユダヤ系以外の世界との直接の接点は少なく、むしろ、野球に夢中のロス少年にとってアメリカ人としての意識の方が優位に立っていたのではないだろうか。そのうえ、八歳の十二月に耳にした日本軍によるパール・ハーバー奇襲の知らせは熱烈な少年愛国主義者を誕生させ、毎日のように戦況を知らせるラジオニュースに耳を傾け、地図で戦闘の行なわれた地点を確認したという。

ただ、そのようにアメリカ人としての意識が強まる一方で、周囲の環境は否が応でも少年にユダヤ人であることを意識させるものだった。両親をはじめ、親戚一同、付き合いのある近所の人々までユダヤ系であり、定期的に訪ねる祖父母はイディッシュ語しか話さず、自身のルーツが東欧ユダヤ人社会にあることは幼心にも深く根付いていったに違いない。さらに、小学校に入れば通常の公教育とは別に、当然のようにヘブライ語の学校に行かされ、アルファベットとは違い右から左へと綴る奇妙な表記法を学ばされ[10]、日常生活とはかけ離れた旧約聖書を読まされることで[11]、自分はいわゆるワスプ（WASP[12]）の子どもとは違うという意識を抱くようになったと想像される。

『事実』の中で、語り手である小説家フィリップ・ロスは子ども時代を振り返り、周囲には父親のいない子どもは二人だけ、離婚した家庭もなく、酔っ払いの父親もいなかった、そういう意味でウィクエィック地区のユダヤ系の家庭は「非ユダヤ系からの敵意を含むあらゆる脅威からの不可侵の避難所」（一四）だったと語っている。この言葉からも「ユダヤ対非ユダヤ」という構図は幼い頃から意識されていたと推測できるだろう。実際、ロスの父ハーマンは自分がユダヤ系であるがゆえに出世のスピードが遅いとよくこぼしていた。家庭の中では全能と思われるほど家事を立派にこなし、近所づきあいにも何の支障も覚えなかった母も、ひとたび非ユダヤ系の世界、東欧ユダヤ系の言葉で言えば「ゴイ[13]」（goy）の世界に引き出されると、明らかに緊張し、自信なさげな態度になるのを少年ロスは目にしたのだった。

とはいえ、大恐慌時代のただ中一九三三年に生まれ、第二次世界大戦という激動の時代と重なるロスの少年期は、両親の愛情に守られ、同質の背景を持つ気心の知れた仲間やその親世代の人々に囲まれ、小学校では二回も飛び級をする利発で礼儀正しい子どもとして大きな問題もなく過ぎていったと言えるだろう。父親はそのように優秀な次男坊にユダヤ系の両親がしばしばそうであるように、弁護士になることを期待し、そして、ロス自身もハイスクール時代、そのつもりであったという。

したがって、一九五〇年一月にハイスクールを卒業したフィリップ・ロスが、九月、州立大学ラトガースのニューアーク校、法学前期課程に入学することにしたのは、ごく自然なことだったと言えるだろう。だが、すでに長男サンディがニューヨークの美術専門学校に進み、家を離れていたこともあって、自慢の第二子を溺愛する父ハーマンは、大学生として自由に振る舞い始めた息子の行動にしばしば口を出すようになっていく。ハーマンは自身の二人の兄弟を若くして病気で失った経験から息子が心配でならなかったのだが、息子にしてみれば、大学生にもなって帰宅時間や生活態度について干渉されるのは耐えられなかったはずである。こうして父に反発し、口論が絶えなくなり、次の年、一九五一年九月に、ロスはニューアークから遠く離れたペンシルバニア州ルイズバーグにあるバックネル大学の法学コースに編入することにしたのだった。

小さな田舎町にあるバックネル大学はプロテスタントの大学で、ロスが今まで馴染んできた世界とはまったく異質の世界だった。最晩期の作品『憤慨』（二〇〇八）で描かれているように毎週学内のチャペルのミサに出席することが義務づけられているようなところであり、初めてのワスプの世界との接触はロスにとって決して心地よいものではなかった。ただ、法学よりも文学への関心が高まり、専攻を英文学に変更したことで彼の世界は変わり始める。アメリカ公共放送ＰＢＳ作成のドキュメンタリー「フィリップ・ロスの素顔」（"Philip Roth Unmasked"）の中で、ロスは子どもの頃、彼の家には本はほとんどなく、文学に親しむ環境にはなかったと語っている。ただ、兄サンディがニューヨークから家に戻る際、著名な文学作品のペーパーバック版を持ってきてくれて、それによって文学に開眼していったという。そして、法律学から文学へと専攻を変えた彼は生涯敬愛の念を抱き続けることになる文学担当の講師、ミルドレッド・マーティンやその他の教授陣との出会いを通じて、単に自分で本を読むだけでは知り得なかった、より深遠な文学の世界へと導かれていったのである。

文学に魅了されたロスはやがて自ら創作活動も始め、二人の友人と文芸雑誌を立ち上げ、初代編集長に就任する。ただし、この頃書いたものはおそらく文学教育の影響であろうが、ひどく生真面目で面白くなく、皮肉とユーモアが溢れる後の作風とはかけ離れたものだったという。そしてそれらの作品に彼が熟知するユダヤ系の人間が登場することもなかったのだ。

バックネル大学を最優秀の成績で卒業したロスはその後、シカゴ大学大学院の奨学金を得て、一九五四年、二十一歳でシカゴに移り住み、翌年の六月にはすでに修士号を取得している。本来なら続いて博士課程（Ph.D コース）に進学するべきところ、当時は徴兵制があり、自分にとって都合のよい時期を選ぶため、五五年九月に二年間の兵役に就くという選択をする。ただ、基礎訓練時に背骨を傷め、ワシントンの陸軍病院の広報局勤務となり、就労時間外に後に『さようなら、コロンバス』に収められることになる短篇を書き始める。まもなく背骨の負傷からの合併症を発症、二カ月の入院生活の後、五六年に医療的名誉除隊となり、九月には作文担当の講師の職を得て、シカゴ大学に戻ることになった。若干二十三歳、シカゴ大学で最も若い教師だったという。また、講師の仕事をしながら、博士課程の勉学も始めるが、創作を優先するためすぐに退学する。こうして完成させていったのが一九五九年に出版の運びとなる『さようなら、コロンバス』である。

ロス自身が語るところによれば、ソール・ベローの『オーギー・マーチの冒険』（一九五三）を読んだことが『さようなら、コロンバス』の執筆に大きな影響を与えたという。大学院でヘンリー・

ジェイムズをはじめとする優れた文学作品を読んできた彼は、その世界に近づくことを目標にしてきたのだが、『オーギー・マーチの冒険』は自分が知悉《ちしつ》するユダヤ系の世界、ニューアークのユダヤ系コミュニティのことを書いてもいいこと、それが文学になることを教えてくれたのである。おそらくベローが同じシカゴ大学で教鞭を執っていたことや、直接、紹介してもらう機会があったことなども、ユダヤ系社会を作品の素材にすることへの後押しになったことだろう。いずれにせよ、こうしてニューアークを舞台とする表題作の中篇小説「さようなら、コロンバス」と五編の短篇から成るデビュー作が出版されたのである。

『さようなら、コロンバス』は高い評価を受け、一九六〇年の全米図書賞を受賞することになるが、実はこの頃、ロスは私生活では大きな困難を経験している。五六年十月、軍役からシカゴに戻ったばかりのロスは、中西部出身、二人の子持ちで離婚経験のある非ユダヤ系女性マーガレット・マーティンソンと出会い、彼女に惹かれ、交際を始める。だが、やがてそれは悪夢のような関係へと発展し、彼を苦しめるようになっていく。自分とはまったく異なるマーガレットの経歴に、ある意味で文学的興味を覚えて恋愛関係に入ったロスだったが、当初の恋愛固有の高揚期が過ぎると、関係の限界性が見え、何度か別れ話が持ち上がる。しかし、相手の強い要求もあり、五九年に結婚するのだが、二人の間には口論が絶えず、六二年には裁判によって別居が認められるに至る。ただ、彼女が離婚を拒んだため、生活扶助《ふじょ》料(14)(alimony)を巡る法廷闘争が果てしなく続き、ロスは精神的に消耗していき、精神分析医にかかることになっていく。この苦しみからの解放は思いもかけない形で、すなわち、一九六八年、セントラルパークで起きた自動車事故による彼女の不慮の死という形で訪れるのだが、六二年の『レッティング・ゴー』から五年間、作品を発表できなかったことからみても、マーガレットとの関係が創作活動の障害になったことは明らかであろう。また、五年の沈黙を経て出版され、ロスの作品群の中で最も暗い内容の小説『ルーシーの哀しみ』の舞台が中西部であること、さらに、主人公がロス作品としては例外的に女性であることは、後に議論するように、部分的とはいえマーガレットの存在が影を落としていると考えてよいように思われる。

一九六九年は、作家としても個人としてもロスに大きな変化が起きた年である。すなわち、フィリップ・ロスという名を聞いて、多くの人が反射的に思い浮かべるであろう長編第三作『ポートノイの不満』が出版されたのである。この作品は主人公のユダヤ系少年アレックス・ポートノイの性の目覚め、過剰なマスタベーションを、大胆、かつユーモラスに描いたことで世間を驚かせ、発売と同時に一大センセーションを巻き起こした。ベストセラー・リストの上位の座を長期にわたってキープした事実からも、普段あまり文学作品を読まない人々も作品を読んだと考えられ、また、読んでいない人にも噂やメディアからの情報等で強い印象を残したと推測できるだろう。

『ポートノイの不満』の商業的成功は、マーガレットへの生活扶助料、法廷闘争に必要な弁護士費用、精神分析医にかかるための治療費などが積み重なり、それまで友人から借金するほどだったロスを、突然金持ちにし、そういう意味では金銭の苦労から彼を解放したが、一方で、スキャンダラスで悪名高い有名人として、さまざまな制約を受け、メディア社会の不自由や恐ろしさを身をもって体験することになった。実際、テレビのトーク番組で女優でもある作家ジャクリーヌ・スーザン（一九一八―七四）がロスを話題にして、「フィリップ・ロスは優れた作家だが、握手はしたくない」

と語って笑いを誘ったエピソードはよく知られている。また、バスの中でまったく見知らぬ人間から「そんなに稼いでいるのにどうしてバスに乗る？」と話しかけられた経験を、後の作品『解き放たれたザッカマン』（一九八一）でロスに近い主人公、作家でもあるネイサン・ザッカマンの経験として描いてもいるのである。

だが、言うまでもなく、アレックス・ポートノイは創造上の人物であってフィリップ・ロスではなく、作家としての彼は静かに執筆できる環境を求めて、ニューヨーク州サラトガ・スプリングスにある芸術家村ヤドー（Yaddo）に一時避難し、その後、それまでのマンハッタンの住まいからニューヨーク州ウッドストックへと転居、さらに三年後には執筆に専念するためコネティカット州北西部にある古い農家を購入している。ロスの真摯《しんし》な創作意欲が伺える行動と言えるだろう。

3　ロスの経歴――三十代半ばから五十代半ばまで～模索する作家

ここまで若きロスの経歴を、文学との出会いとそれに続く作家としての葛藤を含め記述してきたが、個々の作品についての詳細な議論はこの後の各章に譲ることにして、これからはその後のロスの身辺に起きた変化、および、それに関連する形でのロス文学の変容を簡単に紹介することにしたい。

一九七〇年に、ロスはタイ、ビルマ（ミャンマー）、カンボジアを旅行している。この旅について直接言及した文章は残されていないが、六六年からしばらくの間、ベトナム反戦運動に関わってきた作家が、東南アジアからアメリカがどのように見えるかについて思いを巡らせたであろうことは想像に難くない。

一九七一年、ペンシルバニア州立大学でフランツ・カフカを教えるクラスを担当し、さらに、七二年にはプラハを初めて訪問、カフカへの関心を深め、七三年にはまさにカフカを素材としたユニークな短篇「私はいつも私の断食をあなたに称賛してもらいたかった――または、カフカを見ながら」を発表している。ロスはカフカから罪悪感が笑いになり得ることを教わったと語っているが、この時期の彼の作品はカフカの影響が色濃いと言えるだろう。また、プラハ訪問はそれまで知らなかった世界、東欧共産圏の実態、特に文学作品に対する検閲の厳しさに目を開かせられることになった。そもそもプラハには『ポートノイの不満』のチェコ語訳の出版企画のため赴いたのだったが、あまりにもアメリカ的、あまりにも性への言及が多いこの作品が共産圏の国で受け入れられるはずもなく、企画は流れてしまう。ただ、企画の関係で知り合うことになった文学者たちが思うように創作活動ができないこと、金銭的にも困窮していることを知り、衝撃を受けることになる。そこでロスはアメリカ・ペンギン出版社に、「もう一つのヨーロッパの作家たち」というシリーズ・タイトルで、東欧の作家たちをペーパーバック版で紹介するという企画を持ち込み、自ら編集責任者となったのである。我々が今、ミラン・クンデラ(一九二九―)の存在を知っているのは、ペンを折られ、生活にも困っている彼ら東欧作家たちへのロスの強い思いと実行力があったからこそと言っても過言ではないだろう。

シリーズは一九七四年から八九年、足かけ十五年という長きにわたって刊行され、世界の文学愛好者に東欧の作家の存在を知らしめたという点で、大きな功績を挙げた。ただ、シリーズに関わる者として一年に一度は必ず訪れていたプラハだったが、チェコ政府はかくも頻繁に訪れるアメリカの作家に西側のスパイではないかという疑念を抱き、七七年にロスは入国ビザの発行を拒否されてしまう。再び彼がプラハ訪問を果たすのは、十二年後の八九年、ベルリンの壁崩壊をきっかけとしてチェコで起きたビロード革命の後のことだった。しかもこのときの大統領は、共産党政権下で作品発表の制限を受けていた劇作家ヴァーツラフ・ハヴェル（一九三六―二〇一一）であって、ある意味で、間接的にではあっても、ロスの努力が実った瞬間と言ってもよいのかもしれない。

私生活では七五年、イギリスの女優クレア・ブルーム（一九三一―）と出会ったことが大きな転機となっている。互いに惹かれあった二人は七六年には一年のうち半分をロンドンで、残り半分をコネティカットで共に過ごすようになり、以後、八八年までこの生活スタイルが続いていく。ロンドンではクレアが女優であることも手伝って、それまで縁遠かった交友関係に恵まれ、作家として視野が広がっていっただけでなく、異国で暮らすことでさまざまな刺激を受けることになった。

交友関係としては、イギリスを代表する劇作家の一人ハロルド・ピンター（一九三〇―二〇〇八）と親しくなったことが注目される。ピンターはユダヤ系の労働者階級の出身、現実と非現実が交錯する反リアリズムの作風で知られており、八〇年代半ばから九〇年代半ばまでのロスのポストモダン的作品にピンターの影響を見ることが可能かもしれない。また、ピンターは全体主義を強く批判する極めて政治的な文学者でもあり、ベトナム戦争、ウォーターゲート事件(15)などを経てロスの中に強まっていた政治意識と共振するところもあったと想像される。ただ、後に、アメリカの対ニカラグア政策(16)を強烈に非難するピンターと意見を異にして、二人の交流は終わったという。おそらく、アメリカを批判しながら、なおアメリカを思うロスの気持ちにピンターの言葉がとげのように刺さったのであろう。

ロスの語るところによれば「ロンドンではニューヨークにいたときの五十倍も人とのつきあいがあった」[17]というが、ピンター以外にもロンドン住まいのユダヤ系アメリカ人画家R・B・キタイ（一九三二―二〇〇七）と親しくなっている。キタイはロスの肖像画を何枚か描いており、特に一九八五年の木炭画はロスの出版物の表紙デザインとして利用されている。また、キタイから聞かされた若い頃の放浪の旅、世界の港町での娼婦とのつきあいなどが、『サバスの劇場』（一九九五）の主人公の造型にヒントを与えたという。

ロスの「五十倍の社交生活」には、パリ在住のミラン・クンデラを定期的に訪問するなど、ロンドンという地の利が活かされているが、この時期、ロスがイスラエルを訪れるようになったことはロス文学の変貌を考える上で重要であろう。かつて一九六三年に一度イスラエルを一カ月ほど訪問したロスだったが、一九七六年に再訪、イスラエル在住のホロコースト・サバイバーの作家アハロン・アッペルフェルド（一九三二―二〇一八）と会い、以後、訪問は何度も繰り返されることとなった。[18]当然のことながら、最初の訪問から数えて十三年の間にイスラエルには大きな変化が起きていた。一九六七年のいわゆる六日戦争（第三次中東戦争）における完勝はあったものの、七三年の第四次中東戦争では緒戦の敗北からイスラエルの軍事的威信が損なわれ、イスラエルはエジプトとの平和交渉のテーブルに着くことを余儀なくされた。結果的に七八年にはキャンプ・デイヴィッド合意[19]が成立するのだが、それは他のアラブ諸国の反発、イスラム原理主義者の怒りを買い、パレスチナ解放機構の活動が活発化、テロが頻発するなど、少しもイスラエルの安泰を保証するものではなく、ロスの言葉によれば、イスラエルは訪問するたびに好戦的になっていったという。

かつて果物がたわわに実る「カリフォルニアに似た」国[20]から、強度の軍事的緊張を孕《はら》む国への変貌を目の当たりにしたことは、ユダヤ系アメリカ作家フィリップ・ロスにとって決して小さなことではなかった。イスラエルという国が抱える難しさ、否が応でも対立構造の中に巻き込まれる「ユダヤ」という宿命、そして、その地に辿り着くまでの長い歴史とその地に辿り着いてからの困難の数々、これらについて訪問のたびにロスが思い巡らさなかったはずがなく、舞台の半分近くがイスラエルに設定されている『カウンターライフ』や、ほぼすべてのストーリーがイスラエル国内で展開する『オペレーション・シャイロック――告白』(一九九三)を見れば、それは明らかであろう。

また、ある意味で当然だが、イスラエル訪問を重ねることで、ロスのホロコーストについての思いも、若い頃のそれとは微妙に変化していったように思われる。ホロコースト・サバイバーの作家アッペルフェルドをインタビューしたり、イタリアのトリノに同じくサバイバーの作家プリーモ・レーヴィ[21](一九一九―八七)を訪ね、彼の語りに耳を傾けたりしたことで、ホロコーストを「未曾有《みぞう》の悲劇」という総括的な言葉で片付けることの無意味さに気づき、長い反ユダヤ主義の歴史の果てに個々の人間に降りかかった出来事こそ「ホロコースト」であるとロスは理解したに違いない。後の章で詳細に議論するが、一九七九年の『ゴースト・ライター』で生き残ったアンネ・フランクを想定し、彼女がブロードウェイで大ヒット中の劇場版『アンネの日記』を激しく拒否するというエピソードには、ロスのそのような新しいホロコースト観が反映されていると考えて間違いがないだろう。

そしてそのこととも関連するのだが、一年の半分をロンドンで過ごし、イギリス社会を深く知るにつれ、ロスはイギリス人と自分との違いを強く意識するようになっていった。アメリカと較べればイギリス社会は均一であり、多様性がもたらすダイナミズムに乏しい。そして国家への帰属意識や自国へのプライドも強いため、無自覚とはいえ他者への排他性を生みやすい。おそらくそのせいであろう、彼は、イギリス社会に潜む反ユダヤ主義を敏感に感じ取り、イギリスに対し、ある種の距離感を覚えるようになっていったのである。

さらに、ロスはイギリス英語とアメリカ英語の違いに苦痛を覚えるようにもなっていった。同じ英語であり、意味はわかる。しかし、何かが違う。本当にわかった感じがしない。「イギリス英語はラトビア語のように自分には無縁のように思われ[22]」、彼はアメリカ英語の「はずむようなビート」("jumpy beat")への思いを募らせていき、ついに一九八八年、半年ロンドン、半年コネティカットという暮らし方に終止符を打ち、一年を通じてアメリカに常住、すなわちアメリカへの帰還を果たすのである。

このように、通算十二年に及ぶイギリスとアメリカの間の往還は間違いなくロスのユダヤ人およびアメリカ人としての意識を深化させ、強化させることになった。アメリカに戻る直前の『カウンターライフ』、そしてアメリカに戻って以後のロスの作品群はそれを雄弁に証していると言えるだろう。

4　ロスの経歴——五十代半ばから六十代、充実した作家として

ロスの作品を年代順に並べてみると、ちょうど中間あたりに『カウンターライフ』は位置づけられ、ロス自身、自分のターニング・ポイントだったと語っている。[23] また、全米批評家協会賞を受賞するなど、作品としての評価も高かったのだが、ただし、この後、必ずしも執筆が順調にいったわけではない。特に八七年、膝の手術を受けたロスは、鎮痛剤としてハルシオン（トリアゾラム）を処方され、薬の副作用から鬱《うつ》状態になり、強い自殺願望に駆られるようになってしまう。ハルシオンについてはBBCのドキュメンタリー映画が制作されるなど、有害性が知られるところとなり、服用を中止することでロスの症状も改善するが、八八年には心臓のバイパス手術を受けるなど、身体の衰えを自覚する年齢になったと言えるだろう。さらに、八九年には脳腫瘍《のうしゅよう》で父が亡くなり（母は八一年に心臓発作ですでに死亡）、病や死について考えることが多くなったと思われる。その一つの成果が一九九一年の『父の遺産——本当の話』であり、本作は死にゆく父の身体と精神の変化を真正面から捉えた秀作であり、同時に現代アメリカにあってユダヤ系の父から息子は「世襲財産」として何を受け取るかという問題も提起されていて、これも『カウンターライフ』同様、全米批評家協会賞（伝記部門）を受賞している。

ところでこの時期の大きな出来事として、九〇年のクレア・ブルームとの結婚を忘れてはならないだろう。既述したように七六年以来クレアとは共に暮らし、ロンドンでは彼女が前の結婚でもう

けた娘とも暮らすなど、結婚に近いつきあい方をしてきたのだが、ロスには前の結婚で受けた心の傷、トラウマがあり、結婚という形をとることには躊躇《ためら》いがあった。だが、クレアが結婚を強く望み、迷ったロスも結婚が破綻《はたん》した場合の詳細な取り決めをすることで受け入れることになった。

とはいえ、結局、九三年にはクレアと別居、九四年には離婚が成立、そして、クレアは九六年、『人形の家を離れて』というタイトルの回想録を出版する。彼女はこの中でそれまでの二度の結婚やローレンス・オリヴィエ、ユル・ブリンナーなどの錚々《そうそう》たる男優たちとの恋愛遍歴についても語っているが、最も注目を集め、かつ、人々を驚かせたのは、三番目の結婚が破綻に至るプロセスの記述だった。それによれば、この時期、ロスは会心の自信作として発表した『オペレーション・シャイロック』の低評価に失望したこともあって再び精神の安定を失い、鬱状態を発症、自ら精神病院に入院するほどであった。そのせいもあるのだろうが、離婚を回避したいと願う妻クレアに対し、執念深く、ほとんど狂気に駆られているとしか思われないさまざまな要求を繰り返したのだという。夫婦間のことであり、ことの真偽を第三者が知ることは難しいものの、離婚に至るよくある泥沼劇のレベルを超えていたことは間違いがないだろう。

ただ、ロスの死後、クレアはあるインタビューで「とても幸せな時間もあった」、「彼を愛していたし、今でも愛している」(24)と語っており、離婚直後の生々しい怒りが必要以上に筆を走らせてしまったようにも思われる。だが、仮にそうであったとしても、もともとそれまでの作品内容から「女性嫌い」、「アンチ・フェミニスト」とレッテルを貼られることも多かったロスに、クレアの回想録は大きなダメージを与えることになった。そしてロスはクレアへの報復を九八年出版の『私は共産主義者と結婚していた』において果たすことになるが、それについては後述することにしたい。

さて、クレアとの離婚劇に決着がついたこともあるのだろうか、九五年の『サバスの劇場』以降、ロスは作家として豊饒《ほうじょう》の時期を迎える。すでに六十歳を超えた作家としては異例のことのように思われるが、『サバスの劇場』では二度目の全米図書賞を受賞し、その後も毎年のように作品を発表、二〇〇〇年までの五年間に四つの長編小説を出版するという驚異的な仕事ぶりを示し、しかもそれぞれが何らかの賞を受賞するという快挙を成し遂げるのである。さらに、二〇〇一年にはこれまでの作家としてのキャリアに対し、アメリカ芸術文学アカデミー（**the American Academy of Arts and Letters**）からフィクション部門のゴールドメダルを授与されている。これは六年に一度だけ対象者が選出されるもので、過去の受賞者にはウィリアム・フォークナーやソール・ベローが名を連ねていることからもわかるように、非常に名誉ある賞であり、かつてネガティブな評価を受けることも少なくなかったロスとしては感慨深いものがあったのではないだろうか。[25]

一九九七年から立て続けに出版された『アメリカン・パストラル』、前出の『私は共産主義者と結婚していた』、そして『人間の染み』（二〇〇〇）はアメリカ史三部作と呼ばれ、それぞれベトナム反戦に揺れた六〇年代後半、マッカーシー旋風に翻弄された五〇年代前半、ポリティカル・コレクトネスに過剰反応した九〇年代後半に時代設定され、アメリカ史の暗部を描き出している。これらの作品にはロス文学の愛好者にはお馴染みの主人公ネイサン・ザッカマンが登場するのだが、ただ、今回は、読者が抱くイメージを完全に覆し、ネイサンはプロットに直接関わることのない、静かで分析的な語り手に徹している。従来の、自己のアイデンティティをアクロバティックに追求す[26][27]

る、ある意味であくの強い人物から、時代に翻弄される他者たちの振る舞いを注視し、その意味をアメリカ精神史との関連で位置づけようとする内省的な人物に変容を遂げたのである。結果として、アメリカ精神（＝アメリカニズム）が包摂する問題点の検証がより深く、より広範にできるようになったと言えるだろう。デイヴィッド・ビアールらは『内部者／外部者』（一九九八）の中でユダヤ系は「外部者である内部者、内部者である外部者」[28]であり、境界存在であるゆえの不安定感を持ちやすいと指摘しているが、内面を見つめ、自らのアイデンティティを模索する作家という身であるなら、その不安定感はなおさらであろうし、その副産物としてアメリカ社会への鋭い観察眼が培われるのも自然なことだろう。二十世紀半ば以降、数多《あまた》のユダヤ系作家が活躍したのは単にその結果に過ぎないとも言えるだろう。ロスの場合も最初期の作品『さようなら、コロンバス』からアメリカニズムを問う姿勢が見られるが、ただ九〇年代後半からのアメリカ史三部作は明らかにそれら初期作品とは異なっている。七〇年代半ばから十年以上にわたってロンドンからアメリカを眺めただけでなく、イスラエル訪問を繰り返したことは、間違いなくロスのアメリカ人としての意識、およびユダヤ系としての意識に新たな地平をもたらしたのであって、三部作はまさにその成果と言えるのである。

5　晩年のロス――筆を擱《お》く決意

二十一世紀に入って最初のロス作品『死にゆく動物』（二〇〇一）は、アメリカ史三部作とはずいぶん趣《おもむき》を異にしている。本作は『乳房になった男』（一九七二）と『欲望学教授』（一九七七）の主人公デイヴィッド・ケペッシュが六十代の初老の男性として再登場、美しいキューバ系の女子学生キャスティラに惹かれ、しばらくの間愛人関係になるものの、三十八歳という年齢差もあって結局別れてしまう。数年の後、突然訪ねてきた彼女は乳癌のため、かつてケペッシュを魅了した美しい乳房を切除する手術を控えており、死の影に怯えている。ケペッシュは若い頃一度結婚し、子どもをもうけたものの離婚し、その後は多数の女性とセックスする自由を求めて、結婚はもちろん、長期にわたる関係も避けてきたのだが、自身の年齢による衰え、その後に来るであろう死への予感が、キャスティラの不安と同期し、これまでのポリシーを覆し、彼女を助けたい、彼女のところに駆けつけたいという強い思いに駆られるのだった。しかし、作品は内在するもう一人の自分が「よく考えろ、今行ったら、お前は終わりだぞ」(一五六)とささやきかけるところで終わっている。つまり、ケペッシュが結局どのような選択をするかは明らかにされていないのだが、とはいえ、身体、病、老い、死をモチーフにしていることは疑いようがなく、本作は二〇〇六年以降の最晩期の中篇小説、『エブリマン』(二〇〇六)から『天罰』(二〇一〇)までの五つの作品の先駆けとなっているといえるだろう。

一方、『死にゆく動物』の三年後の作品、『プロット・アゲインスト・アメリカ』(二〇〇四)では、ロスは再度アメリカの歴史に立ち返っている。ただし、今回は意匠を変えて、一九四〇年の大統領選で当選したのがフランクリン・ローズヴェルトではなく、チャールズ・リンドバーグだったという歴史改変小説の形をとっている。リンドバーグは一九二七年、大西洋単独無着陸飛行に初めて成功し世界的名声を得たアメリカの英雄だが、ナチス幹部のヘルマン・ゲーリング[29]から勲章をもらうなど親ドイツの姿勢が強かった。その彼が合衆国大統領になったことで、アメリカ国内に反ユダヤの嵐が吹き荒れ、その状況に翻弄される一家族の姿を、ロスと思《おぼ》しき少年、その名もフィリップという名の少年の目を通して描いたのが本作である。意表をつく設定にもかかわらず、ロスの語りの巧みさは読者を無理なく物語世界に招じ入れてしまい、この小説がベストセラーになったのは当然のことと言えるかもしれない。

そして最晩年の二〇〇六年から二〇一〇年まで、ロスは毎年一作の驚異的なペースで中篇作品を発表していった。それらの作品は、七十代の作家としては自然なことだが、老い、老いがもたらす創造力の衰退、自殺願望などがモチーフとなっている。一方で、朝鮮戦争で死亡した若者の義憤が描かれるなど、ロスのアメリカを問う姿勢は変わっていない。ただ、これら五作品にかつてのロスの筆力を見出す読者は多くはあるまい。それはある意味で作家としての「声」の喪失でもあって、おそらくそれを誰よりも感じ取ったロスは、二〇一二年、フランスの雑誌 *Les Inrockuptibles*(30) のインタビューで自分はもう小説を書くことはないと断筆宣言をすることになるのである。こうして五十年以上にわたる作家生活についに幕が下ろされたのだった。

輝かしいデビューで始まり、三十代でスキャンダラスな作品で注目され、四十代ではイギリスとイスラエルを視野に入れることで作品の幅を広げ、ポストモダン的手法にも挑戦し、アメリカに戻った五十代半ば以降、アメリカ精神を鋭く問う作品群を発表したフィリップ・ロス。それはまさしく、作品の数だけではなく、多様性においても群を抜いた作家の道程であったと言えるのではないだろうか。

◉注

（1）**イェーシバ大学**　ニューヨーク市にあるユダヤ教正統派の大学。

（2）Philip Roth. *The Facts: A Novelist's Autobiography* (New York: Farrar Straus Giroux, 1988), 127. 以下の引用はこの版による。

（3）Irving Howe. "Philip Roth Reconsidered." *Commentary*, Dec. 1972.

（4）Roth. *Portnoy's Complaint* (London: Penguin, 1995), 225. 以下の引用はこの版による。

（5）**ヘンリー・ジェイムズ**　アメリカ生まれでイギリスで活躍した作家。人間の内面を精緻に描く心理主義小説で知られ、また、ヨーロッパ的な視点とアメリカ人としての視点を持ち合わせ、国際的な観点を内包する優れた小説作品を数多く残した。

（6）**聖句箱**　ユダヤ教の律法の章句を収めた革の箱。朝の祈りの際に身につける。

（7）Roth. *Why Write?: Collected Nonfiction 1960–2013* (New York: Library of America, 2017), 133–34.

（8）Roth. *Why Write?* 178.

（9）ロスが育った頃のニューアークについての詳細は Michael Kimmage. *In History's Grip: Philip Roth's Newark Trilogy.* Stanford Studies in Jewish History and Culture, 2012. に詳しい。

（10）イディッシュ語は東欧ユダヤ人たちが話していた日常語であり、それに対し、ヘブライ語は聖典の言語として学習の対象だった。ただ、二十世紀半ばのイスラエル建国にあたり、さまざまな国からやってくるユダヤ人に共通の言語として、ヘブライ語が日常語として採用された。

（11）聖書には旧約聖書と新約聖書があり、ユダヤ教は「神の子イエス」の存在、および、イエスの教えを綴った新約聖書を聖典として認めていない。したがって、ユダヤ教徒は幼い頃から旧約聖書を学び、それが宗教行為の重要な一部とみなされる。だが、二十世紀半ばの物質的な豊かさを享受する国アメリカに生まれた子どもの目には、はるか昔の砂漠の世界はあまりにも異質なものと映るのである。

（12）ワスプ（ＷＡＳＰ）は **White Anglo-Saxon Protestant** の最初の文字を合わせたもの。アメリカの主流を形成するイギリス系のプロテスタントの人々を指す。

（13）**ゴイ**　ユダヤ人から見た異邦人、異教徒のこと。

（14）**生活扶助料**　離婚あるいは別居した妻に夫から収入に応じて支払われるもの。ロスの場合、デビュー作以降執筆が進まず、収入は減るばかりであったにもかかわらず、同じ額を要求され、裁判官から「もっと速く書けないのか」と言われたという。

(15) **ウォーターゲート事件**　一九七二年六月、ワシントンＤＣの民主党本部に仕掛けられた盗聴器に端を発する政治スキャンダルのこと。時の大統領ニクソンの関与が疑われ、弾劾裁判を恐れたニクソンは任期を全うすることなく辞任した。

(16) ニカラグアは中米の国。一九七九年、サンディニスタ民族解放戦線が親米的だった独裁政権を倒したが、アメリカは革命政権打倒のため、反革命傭兵軍コントラを組織し、介入していった。ソ連がサンディニスタ政権を支援したこともあり、米ソの代理戦争の様相を呈し、紛争状態は十年続いたが、冷戦の終結とともに内戦も終了することとなった。

(17) Claudia Roth Pierpont. *Roth Unbound* (New York: Farrar Straus Giroux, 2014), 100.

(18) アッペルフェルドに対するインタビューは Roth. *Shop Talk: A Writer and His Colleagues and Their Work* (Boston/New York: Houghton Mifflin Company, 2001) に収められているだけでなく、『オペレーション・シャイロック』の一部ともなっている。

(19) **キャンプ・デイヴィッド合意**　一九七八年、メリーランド州キャンプ・デイヴィッドにある山荘でエジプト大統領サーダート、イスラエル首相ベギン、アメリカ大統領カーターによる三者会談が行なわれ、中東の和平のための道筋に一定の合意が形成された。結果としてシナイ半島がエジプトに返還されたが、パレスチナ問題は棚上げされるなど、他のアラブ諸国の反発を招き、サーダートはその後暗殺されることになった。

(20) イスラエルは砂漠の地に近代的灌漑《かんがい》を施し、周辺のアラブ諸国とは異なり早くから果物をはじめとする農業生産に秀でていた。アメリカで果物と言えばカリフォルニアが有名で、その意味でカリフォルニアが連想され、一九六〇年代前半までのイスラエルがカリフォルニアに擬されている。

(21) **プリーモ・レーヴィ**　イタリアの化学者・作家。アウシュヴィッツ強制収容所の生還者で自身の体験を描いた『これが人間か』(一九四七) がよく知られている。

(22) Pierpont. 159.

(23) Pierpont. 145.

(24) Hannah Parry. Dailymail.Com., 23 May, 2018.

(25)『アメリカン・パストラル』(一九九七)はピューリッツァー賞、『私は共産主義者と結婚していた』(一九九八)はダブリン国際文学賞、『人間の染み』(二〇〇〇)はペン/フォークナー賞を受賞している。

(26)**マッカーシー旋風** 一九五〇年、アメリカの共和党上院議員ジョーゼフ・マッカーシーが「国務省に入り込んでいる共産主義者のリストを持っている」と発言。冷戦状況を背景に、一気にアメリカ国内で共産主義者の摘発が行なわれることになり、その勢いの激しさから「マッカーシー旋風」と呼ばれ、「赤狩り」と呼ばれることもある。その後、マッカーシーの発言は虚偽だったことが判明する。

(27)ポリティカル・コレクトネスとは本来、社会から差別用語をなくすことでよりよい社会にすることを目指したものだが、差別表現に対する魔女狩り的様相を呈することにつながってしまった。PCと記述されることが多い。

(28)David Biale, Michale Galchinsky and Susannah Heschel. eds. *Insider/Outsider: American Jews and Multiculturalism* (Berkeley: University of California Press, 1998).

(29)**ヘルマン・ゲーリング** Hermann Wilhelm Göring(一八九三―一九四六) 第一次世界大戦のドイツ空軍のエース・パイロットとして名声を得て、のちにナチ党に入党、ヒトラーの後継者に指名されるなど高い地位についた。

(30)*Les Inrockuptibles* は一九八六年発刊のロック音楽に関する月刊誌で、九五年から週刊となる。当初はもっぱらロックについての記事が多かったが、次第に扱う範囲を広げていった。

第二章　作家としての旅立ち
――『さようなら、コロンバス』

1　ロス文学の三要素

前章でフィリップ・ロスの経歴を追いながら、ロス文学のおおまかな構成要素や背景を見てきたが、そこから浮かび上がるのは、最後まで「ユダヤ系アメリカ作家」であったロスの姿と言えるだろう。反ユダヤ的だと非難され、「ユダヤ系作家」というレッテルを終始嫌っていた作家に対するそのような呼び方は[1]、亡きロス自身、草葉の陰でひどく不満に思うかもしれない。彼は遠からぬ死期を思い、葬儀や墓地の準備をしたが、葬儀はユダヤ教の儀式によらず、永眠の地としてはニューヨーク州にあるバード大学の墓地を選んでいる。バード大学はリベラルな姿勢で知られるだけでなく、その墓地にはハンナ・アーレント[2]（一九〇六―七五）が眠っており、ユダヤ系知識人と無縁というわけではないが、バード大学そのものは米国聖公会に起源を持つれっきとしたキリスト教系の大学である。

また、確かに作家としてのキャリアの前半では、アメリカにあってユダヤ系であるゆえのアイデンティティ探求がロス文学の主要なモチーフの一つであったものの、後半になるにつれ、アメリカ史三部作に見られるように、アメリカ社会のあり方を検証する作品が多くなり、それらの作品が高い評価を受けるようになったことを考えると、ロスの軌跡を「ユダヤからアメリカへ」と捉えることも可能であるかもしれない。

ただ、それにもかかわらず、やはりロスはユダヤ系アメリカ作家であり続けたと言えはしないだろうか。ロス自身、あるエッセイの中でユダヤ系であることについて次のように語っている。「自分はユダヤ系として生まれた幸運をとても喜んでいる。それは複雑で、面白くて、倫理的に厳しい、特異な経験である」(3)。「幸運」という言葉から、ユダヤ系であるゆえの歴史性や困難が作家としての彼にプラスに働いたことを、ロスが深く自覚していたと推測できるのではないだろうか。

言うまでもなく、この場合のユダヤ性とは、ユダヤ教の信仰を指すわけではなく、また、一世代前が経験したアメリカ移民としての苦難とも直接の関係はない。それらと無関係であるわけではないが、それらの痕跡を探し求めることはロス文学を狭義のユダヤ性に閉じ込めることになるだろう。内田樹は『私家版・ユダヤ文化論』(二〇〇六)の中でユダヤ人が培った文化的特性は「自分が現在用いている判断枠組みそのものを懐疑する力」(4)を有することと述べているが、これこそロスのユダヤ性の特質を言い当てた言説にほかならない。初期ロス文学において、作家が生まれ育ったアメリカ・ユダヤ系社会の価値観を懐疑し、時にその特質を揶揄したことは、誰しも疑わないところだろう。実際、それはユダヤ系の人々からの非難を呼び起こし、若きロスはそのために少なからず苦しむことになった。

一方、すでに紹介したように野球やアメリカ英語に代表される「アメリカ」をこよなく愛した彼は、ベトナム戦争やウォーターゲート事件を契機としてアメリカの大義を疑うようになるが、その後、単なる政治的事象を超えてアメリカ精神の神話そのものの欺瞞《ぎまん》性に迫っていった。これらのことを考えても、自身が属する枠組み、パラダイムを懐疑する姿勢こそロス文学の根幹をなしていると言えるのではないだろうか。

さて、そのような「ユダヤ性」に裏打ちされたロスの各作品をこれから四つの位相に分けて見ていくのだが（最晩年の作品群も位相としてカウントするなら五つの位相となる）、その前段階として、作品の数の多さとその多様性にもかかわらず、彼の文学を通底する三つの特徴を指摘しておきたい。三つとは、《声》、《身体》、《歴史》である。《声》には言語が包摂され、《身体》には性、病、老いも含まれる。また、《歴史》はアメリカの歴史だけでなく、ユダヤ系にとっての歴史意識、時間意識が絡んでくる。これらの要素はロスの作家としてのキャリアが進むにつれ少しずつ変化を遂げつつも、なお一貫してそこにあり、その変容を追うことでロス文学の全体像の把握が可能になると考えている。

2　未決定のアイデンティティ

『さようなら、コロンバス』は中篇小説「さようなら、コロンバス」と短篇五編をまとめて一九五九年に出版されたロスのデビュー作だが、すでにこの中に先にあげた三つの特徴が、質、量ともにその後の作品群と較べるとやや弱いものの、確かな形で表われている。

表題作「さようなら、コロンバス」はユダヤ系の若い二人の男女、ニール・クラグマンとブレンダ・パティムキンのひと夏の恋を描くみずみずしい青春小説の格好をとっている。ニールはニューアーク市の公立図書館勤務の二十三歳、一方、ブレンダはボストンの名門女子大学ラドクリフの学生で、夏休みの間、ニューアークから少し離れた高級住宅地ショート・ヒルズの実家に戻っており、二人は富裕層のための会員制スポーツセンターのプールで出会う。図書館員のニールは会員ではなく、従姉のコネで臨時的にプールを利用していただけなのだが、プールサイドにいた彼にブレンダが、泳いでいるあいだ眼鏡を持っているように頼んだことから二人の関係は始まる。ただ、それは最初から緊張を孕む関係であった。

見知らぬ人間にほとんど命令口調で頼み事をするブレンダは五〇年代後半になって揶揄として使われるようになった呼び名、「ユダヤ系アメリカ人プリンセス」（JAP《ジャップ》／Jewish American Princess）(5)の典型にほかならない。父親が洗面台やキッチン・シンクの製造販売で成功し、一家はそれまで住んでいたニューアークからショート・ヒルズに住居を移したのだが、ブレンダにとって幼い頃のニューアーク時代は遠い記憶でしかない。パティムキン家では食事を作るのは黒人女性の料理人、三人の子どもたちが親しむさまざまなスポーツ用具は庭の木に無造作にぶら下がり、地下室の大きな冷蔵庫には果物がいっぱい、それが彼女の現在の環境であり、そのことを当然のことと受けとめている。

一方、両親が健康上の理由でアリゾナに転居したため、叔母の一家とともにニューアークに暮らすニールは経済的にも社会階層的にも、ブレンダの下位にいると言わざるを得ない。叔母の一家の暮らしぶりはパティムキン家と対照的で、料理は無論叔母自身が作り、エアコンもなければ、スポーツを楽しむ余裕があるわけでもないが、母親代わりとして叔母はニールの身の回りのことに細かく気を配っており、そういう意味でニールはひと昔前のユダヤ系移民家族の雰囲気の中にいると言えるだろう。ただ、ボストンの名門大学ではないにしろ、大学を出て、図書館に勤めている点で、ニールは明らかに新しい世代に属している。大学も図書館も「知」の世界であって、ブレンダに惹かれながら、ブレンダやパティムキン家をクールに観察するニールの姿はその表われと言えるだろう。

実際、出会った当初から、ニールはブレンダに二面的な態度で接している。プールサイドで自身の名前を名乗ったわけでもないブレンダに、その日のうちに電話するニールは言うまでもなく彼女に強く惹かれている。一方、夕刻、テニスをしているブレンダに会いにいき、彼女が暗くなるまでネットに近づこうとしない理由が、明るいうちは相手からのボレー攻撃を受けやすく、美容整形で直したばかりの鼻が歪んでしまうことを恐れてのことだと知った時、ニールは手術費用を尋ね、兄のロンももうすぐする予定だと聞いて、すかさず「お父さんも手術するの?」とからかっている。また、次の日には、近眼であるブレンダに「目も直したら?」と、彼女からすれば意地の悪い発言をするのだが、ここには千ドルもの大金を払ってユダヤ系の痕跡を消し、アメリカへの同化を志向するパティムキン家の兄妹やそれを許す彼らの両親に対して距離を置こうとするニールの心情が見え隠れしていると言えるだろう。

だが、そのような抵抗感を圧倒してしまうのが、ブレンダの肉体の魅力だった。物語の冒頭、ニールがブレンダに初めてときめきを覚えるのが、プールからあがった彼女がお尻のところでずり上がっていた水着を引き下ろす仕草だったことが示唆するように、作者ロスは二人の恋愛を描くにあたって、内面よりも肉体に重きを置いている。たとえば、彼女がラドクリフの名を言う代わりに「ボストンの学校」と言ったことにひっかかりを覚えたニールは、にもかかわらず「彼女の肢体《したい》に心ひかれるにまかせる」（一一）(6)し、また、ブレンダは「あなたのこと、好き」（一八）に続けて「あなたの体が好き、すてきよ」（一八）と言っている。さらに、ともにプールで戯《たわむ》れる合間に、お互いの気持ちを口にするうちに、「言葉にされ、創造されることで」、「愛に似た泡」（一九）が生み出されたとあり、作者は暗に二人の関係が本物の愛というより、肉体的なもの、その意味で泡のように消えやすいものであることを仄《ほの》めかしているのである。

とはいえ、いったん燃え上がった恋心は簡単に消えるものではない。ブレンダはやや強引にニールを夕食に招待し、さらに、夏休みの間、彼がパティムキン家に滞在できるよう両親を説得してしまう。ただ、パティムキン家を知れば知るほど、ニールは彼らと自分を隔てる溝を感じることになる。パティムキン氏は経済的成功にのみ価値をおき、兄のロンは立派な体躯《たいく》の大学バスケの元選手だが深く物事を考えるタイプではなく、妹のジュリーはブレンダに輪をかけたプリンセス気質で、世界が自分を中心に回って当然と考えている。パティムキン夫人はそういう夫や子どもたちを支えながら、ユダヤ系互助運動などの慈善活動に積極的に関わるなど、裕福なユダヤ系一家の主婦として立派に振る舞ってはいるが、明らかに異質な世界への想像力に欠けている。そういう彼らの姿を語り手のニールの視線を通して、ロスは巧みに描き出している。
たとえば、たまたまニールと二人きりになったとき、夫人がニールにユダヤ教会のどの派に属しているかを尋ねる場面がある。ユダヤ教会には関心がないことを見抜かれることを恐れ、ニールは「宗派抜きのただのユダヤ人」（八八）であると答えるものの、夫人のそれに対する冷ややかな反応を見て、続いて「マルティン・ブーバー[7]の本はご存じですか？」と思わず尋ねてしまう。しかし、夫人はブーバーの名を知らず、「その人は正統派？ 保守派？」と問い返すに留まる。二人の会話のちぐはぐぶりから読者は、ニールが、律法や形式に固執しない独自の世界を模索したブーバーに共感を覚えていることを理解し、一方、夫人は、料理人の女性に肉と乳製品のナイフ類を区別する[8]よう指示していることからもわかるようにユダヤ教の教えを遵守《じゅんしゅ》してはいるが、ユダヤ系であるゆえの屈折した知性や意識とは無縁な存在であることを知るのである。

　このようにパティムキン家の家族に囲まれ、違和感ばかり覚えるニールなのだが、自身のアイデンティティを未だ模索中の二十三歳の若者は、彼らが見せつける財力に圧倒され、借りてきた猫のような振る舞いしかできない。一週間ほど滞在することになり、客用寝室で着替えの服を片付けている最中にロンが入ってきた時、彼は虚栄心と対抗心から唯一持ってきたブルックス・ブラザーズ[9]のシャツをロンの視界に入るようベッドのうえにしばし放置する。だが、ロンが立ち去り、室外から届くパティムキン家の家族が交わすいかにも彼ららしい俗っぽい会話を聞きながら、彼は「ブルックス・ブラザーズのシャツの上に座り込み、自分の名前を声に出して言って」（六六）みるのだった。それは自分を見失うまいというニールのささやかな抵抗ではあるものの、その声はパティムキン家の人々の大声にかき消されてしまうのである。

ところで、ニールがアイデンティティを模索中であることは、図書館を訪ねてくる黒人少年とのエピソードにも表われている。黒人少年はタヒチを描いたゴーギャンの画集を見るために毎日のように通ってくるが、ニールが貸し出し証を作って家に持ち帰るように勧めても、公共図書館のシステムを理解しない少年は耳を貸さない。ある日、高齢の来館者が当の画集を借り出そうとしたため、ニールは思わず、この本は取り置きの希望があって、貸し出しすることはできないと嘘をついてしまう。ニールのとっさのこの反応の意味については、二つの要因を考慮すべきだろう。一つは黒人少年、いま一つはゴーギャンである。黒人少年は、図書館の同僚たちの対応を見ても差別の対象であることが明らかだが、ニールが彼に共感を覚える理由は、単に人種差別に異議を唱えるリベラルな精神からだけではない。それも無論あるのだが、少年が最初にやってきて「アート・セクション」の場所を尋ねる際、黒人訛《なま》りゆえに「心臓の部《ハート・セクション》」（三三）と発音した点、および、タヒチを描いたゴーギャンの画を夢中になって見ている少年が「最後の仕上げを待っている未完成品のように見えた」（三六）と描写されている点を見逃すべきではないだろう。すなわち、この少年の「ハート」はパティムキン家に代表されるようなアメリカ的価値に未だ染まっておらず、ニールが彼に特別な関心を抱いた理由はそこにあったと考えられるのである。

もう一つの要因、ゴーギャンについて言うなら、彼が描いた世界が非西欧の、モノ中心の価値観からかけ離れた十九世紀末のタヒチであったことを忘れてはならない。言うまでもなくここにもパティムキン的世界の反転が見られるが、同時に、ゴーギャンの代表作のタイトル「我々は何処から来たか、我々は何者か、我々は何処に行くのか」を思い出すとき、それはアイデンティティの模索途上の主人公ニールと重なってくるように思われるのである。そして、途上であることをあらためて示唆するかのように、パティムキン家に滞在中のニールはある夢を見る。それはニールが船長、黒人少年が航海士、乗組員が彼ら二人だけの帆船《はんせん》が太平洋の島の港に停泊し、さんさんと降り注ぐ陽の光を浴び、浜辺の美しい黒人女たちを眺めて幸福な時を過ごしていたが、不意に船が動きだし、女たちが「さようなら、コロンバス」と声をかける中、「船は島からどんどん遠ざかるばかり」（七五）という夢だった。この夢は、パティムキン的世界とは別個の、自分なりの「ハート」の世界を希求するニールだが、そのゴールはいわば遠い幻のようなものであることを語っていると言えるだろう。

3　二人だけの結婚

精神的に自身の輪郭を描ききれないまま、ブレンダに惹かれ、パティムキン家と関わるようになったニールだったが、パティムキン家に呑み込まれることをよしとせず、密かに抵抗する様子を作品は描き出している。すなわち、親に隠れてするブレンダとのセックスがそれにあたる。先に述べたように二人の愛が身体の魅力に傾いていることを考えれば、そして二人の若さを考えれば、それは当然と言えようが、同時に二人の行為は五〇年代アメリカの性道徳観念にとらわれているパティムキン家の両親に対する裏切りおよび反逆であり、ニールはその点に後ろめたさ以上に、確かな快感を覚えていたに違いない。

そして同時にブレンダにとってもそれは望ましいことでもあった。彼女と母親が微妙な関係にあることは、ニールを迎えた最初のディナーでの会話からも明らかだが、作品の中盤、ブレンダが泊まり客としてニールを勝手に招いたことを母親が咎《とが》め、経済観念がなく家事も手伝おうとしない娘を叱責する場面では、母と娘は激しく対立することになる。そして、母親への反発心をかき立てられたブレンダが、ニューアーク時代の古い家具の墓場のようになっている部屋で、ニールに「ぼろっちいソファの上」（六九）の性行為を要求するのは、間違いなく旧世代への反逆のためにほかならなかった。

二人が親の目をかすめ、そのような行為をしていることを当の両親がまったく疑っていなかったとは考えにくいが、彼らはとりあえず気づかないふりを続け、パティムキン家は息子ロンの結婚式の準備で大わらわとなっていく。それは自然にニールにブレンダと結婚するという選択肢があることを思わせ、また、九月が近づき、ブレンダがボストンに戻る日が近づいていると意識したとき、彼は「ブレンダと結婚したいとせつに」（七八）思うのだった。だが、そう思いながら、実際にニールがしたのはプロポーズではなく、ブレンダに避妊具ペッサリーの装着を求めることだった。ここにはどのような意味があるのだろうか。

経口避妊薬ピルが一般的になる以前、ペッサリーが避妊具として使われた時期があった。これは女性の子宮に装着するもので、コンドームのように性行為の途中で着用するのではない点、すなわちセックスの快楽を邪魔しない点で評価されていた。ただ、医師に処方してもらう必要があり、ブレンダが最初強く抵抗したのも無理はないことだった。妊娠しないよう気をつけているし、大丈夫だと反論する彼女が「何のために必要か」と問うと、ニールは「楽しみのため」（七九）と答え、さらに「ぼくが頼んでいるから、ただやってくれ」（八一）という理屈に通らない議論までしている。そこには二人の関係を、結婚という社会的なもの、パティムキン家やその周辺とつながるものにするのではなく、あくまでも性、すなわち、二人の身体の領域に留めておきたいニールの願望が働いている。それはある意味で、パティムキン家に絡め取られることのない「二人だけの結婚」でもあって、実際、やがてブレンダがニールの願いを受け入れ、マンハッタンの医者を訪ねることになったとき、彼女の診療が終わるのを聖パトリック教会の中で待つ彼は、思わず次のように神に語りかけている。「いま、お医者がブレンダを僕の妻にしようとしているところです」（一〇〇）。

ただ、それに続けて「これが最善の道かどうか自信がないのです」と付け加えていることが示唆するように、またユダヤ系の青年がカソリックの教会で神に語りかけるちぐはぐさからも想像されるように、この「結婚」は極めてもろいものでしかなかった。レイバー・デー（労働休日、九月の第一月曜日）が来て、ブレンダが大学に戻ると、手紙や電話でのやりとりも間遠になり、ユダヤ教の祭日ロッシュ・ハシャナ[10]の日、学業が忙しいブレンダのため、ニールがボストンに出向くことで二人の再会がようやく実現する。ただ、久しぶりに会ったブレンダにニールは「人が違う」（一二四）ように感じ、抱きしめ合っても、季節が移ったために「お互いの間に分厚いコートが挟まっていることを妙に思う」（一二五）のだった。考えてみれば、夏の間、二人の身体を隔てていたのは薄い夏服でしかなかったし、しばしば裸で抱き合っていたのだ。そこでは互いの身体は手を伸ばせばすぐそこにあり、その結実として、二人だけの「身体による結婚」が成り立っていたと言えるだろう。

しかも、そのような違和感以上に問題だったのは、ブレンダの今までとは違う様子だった。夫婦のふりをしてチェックインしたホテルの部屋でもそれは変わらず、問い質《ただ》すと、家に置いてきたペッサリーを母親が見つけてしまったこと、動転した母親からの手紙には「一番いい学校にやり、一番上等のものばかり買ってあげていたのに」（一二九）、「あまりな仕打ち」（一二九）という強い非難の言葉が並んでいたことをブレンダは告げるのだった。それを聞いてニールは「なぜ、家に置いてきたのか」と詰問《きつもん》するが、おそらくニールにとってペッサリーは「二人だけの結婚」の証し、奇妙な言い方になるが、ある意味で結婚指輪に匹敵するものであって、ブレンダの置き忘れは「聖なるものの軽視」に等しかったのではないだろうか。一方、母の手紙がモノにこだわる価値観をもろに表わしているにもかかわらず、ブレンダはニールとの結婚より、両親との関係を重視し、両親から拒絶されることを恐れるばかりなのだ。

必然の結果として、二人の関係は終わりを迎えるのだが、ニールはニューアークに戻る前に、夕闇に沈むハーバード大学を訪ね、いま、ラモント図書館の正面入り口の前に立っている。中は真っ暗で、街燈のあかりで鏡のようになったガラス扉に映る自分を見て、ブレンダ・パティムキンを愛した自分はいったい何者なのかと考えるが、「ぼくの外面は内面についてなんの知識も与えない」（一三五）ことを知るだけだった。そして、いつか彼の思いは「内側の冷ややかな床をつたって、書棚へ、未整理のままの書棚へとのびていく」（一三六）のだが、「未整理の書棚」という表現は彼のアイデンティティの未決定を示唆していると考えて間違いないだろう。同時に、知の最高峰、知の宝庫とも言えるハーバード大学の図書館の内側へと想像上の視線を走らせている彼が今後も精神の自己探求を続けていくであろうことも疑いようがないだろう。ただし、あわせて、作者ロスが痛烈な皮肉を忘れず、この図書館のトイレにはパティムキン製流しがついていることに言及し、純粋な知の世界も物質主義の侵入を回避できるわけではないことが仄めかされていることも見逃すべきではないだろう。

しかしながら、なお希望もあるかのように、作品は、最後、汽車に乗り、ひと晩かかって「ユダヤ暦の新年の第一日目の朝、ちょうど日の昇りかけるころ、ニューアークに帰り着」（一三六）いたニールの姿で終わっている。この一文から、読者はひと夏の恋とその終わりを経験したニールが、ユダヤ系として新たなアイデンティティを模索していくと想像することになる。言うまでもなく、それはパティムキン家に見られるようなアメリカ的価値を鵜呑みにするようなユダヤ性ではなく、叔母に代表されるような移民の記憶に固執するユダヤ性でもなく、未だ存在しない、独自のユダヤ性になることであろう。

4　優等生の文学

「さようなら、コロンバス」が主人公ニールのユダヤ系としてのアイデンティティ探求の物語であり、《身体＝セックス》が一つのポイントであることを見てきた。先に述べたロス文学の三つの特徴のうちの二番目が本作において重要な役割を果たしているわけだが、では他の二つについてはどうであろうか。

第三にあげた《歴史＝時間》について言うなら、パティムキン家のアメリカへの同化、金銭的上昇志向をクールに突き放して描くロスの文章の中に、それを垣間見ることができるだろう。ただし、ここには後に見られるようになる深く切り込むような歴史意識は見られず、むしろ平板で風刺的な描写に留まっていることは指摘しておくべきだろう。

第一にあげた《声》については、ニールが初めてパティムキン家の面々と食事を一緒にする場面に注目したい。例外的に描写文が排されたこの場面では、人々の錯綜する会話が映画の台本のように直接綴られており、彼らのなまの《声》が生き生きと表現されている。話題があちこちに飛ぶ様子、互いの微妙な関係性などが説明抜きに理解できる点で、ロスの友人たちがそろって口にした「ロスの耳のよさ」を想起しないわけにいかない。さらに、ここには笑いの要素も含まれ、後に『ポートノイの不満』で一気に開花する才能の片鱗《へんりん》を見ることができるのである。とはいえ、この点が重要なのだが、それは作品中ここ一カ所だけであり、その他の部分は、むしろ巧妙な語り、構成、巧みな比喩と暗喩から成っており、作者が執筆時二十五歳であったことを考えると、脱帽すべき筆力と言うべきだろう。

実際、ニューアークとショート・ヒルズの対比、黒人少年とゴーギャン、ハーバードの図書館とパティムキン製流しの組み合わせなど、作品の構成要素にも創意工夫が見られ、シカゴ大学大学院で優れた作家たちの作品を深く学んだロスの、その成果が本作なのかもしれない。ただ、これらのある意味で意図的すぎる意匠のゆえに、破綻はないが上手に作られすぎの文学作品、優等生の文学という評価もありうるだろう。前章で述べたように、この後のロス文学のダイナミックな変容の軌跡を思うと、この時点では「文学」という枠の中にフィリップ・ロスがちょうどよく収まってしまっている印象は否めない。巧みに書けてはいるが、ロスの本当の《声》はまだ聞こえてこないのだ。したがって、「さようなら、コロンバス」は全米図書賞を受賞するほどの優れた作品ではあるものの、あくまでもロス文学のスタート地点、ロス文学の長い旅路の出発点として捉えられるべきだろう。

5　五つの短篇について

『さようなら、コロンバス』には議論してきた表題作のほかに五つの短篇が収められている。ロスは基本的に長編または中篇を多くものした作家であって、これら初期短篇を除けば、一九七三年の「私はいつも私の断食をあなたに称賛してもらいたかった——または、カフカを見ながら」が唯一注目に値する短篇作品ということになるだろう。ただ、本作の五つの短篇はそれぞれロス文学の要素をよく表現しており、これからそれを見ていくことにしたい。

最初の「ユダヤ人の改宗」は十三歳の少年オスカー（オッツィ）・フリードマンがヘブライ語の教師ラビ・バインダーの教えに疑問を呈し、反抗する物語である。十三歳と言えば、反抗期の始まり、すなわち自分の頭でものを考えようとする年齢である。彼の言動はヘブライ語学校の秩序を乱すものとして、母親はすでに二度も呼び出しを受けている。一回目は「イエスは神の子ではなく、母マリアが普通に性行為の結果産んだ子である」と主張するラビ・バインダーに、オッツィが、「神が六日で世界を作ることができるなら、男女の性交抜きに妊娠させることなんて簡単にできるはずだ」

（一四一）と反論した時、二回目は、飛行機事故による死者リストの中にユダヤ人の名前を見つけ、悲劇だと語る母のことを、合衆国憲法の平等の理念に反するのではないかとラビに議論を挑んだ時である。母が譴責《けんせき》を受けたことでいったんは大人しくなったオッツィだが、その日、ラビに発言を促され、思わず「あなたは神のことなんて何も知らない」（一四六）と言い放つ。怒ったラビは平手打ちを加えようと手を伸ばし、それを避けようとしたオッツィの鼻にまともにあたり、鼻血が吹き出す。オッツィは教室を飛び出し、学校の屋上に駆け上ってしまう。そこから彼を救い出そうとする騒ぎが始まり、大人たち、仲間たち、母、急遽《きゅうきょ》呼ばれた消防士たちを巻き込んだ攻防が始まるのである。

考えてみれば、先にあげたイエスの誕生および飛行機事故に関するオッツィの主張は論理的に言えば正しいものであり、フィリップ・ロス自身が思春期に覚えた疑問でもあったのではないかと推測される。そして、オッツィの身の安全を心配する大人たちに対し一時的に優位に立ち、権力を掌握《しょうあく》したように錯覚した彼が、屋上から命じて彼らを跪《ひざまず》かせ、「イエスを信じる」と言わせる、つまり、ユダヤ人を改宗させるストーリー展開には、作家のユダヤ教の教えへの懐疑がいくばくか反映されているように思われる。無論それは作家がキリスト教信者になったことを意味しているわけではなく、むしろ、紀元一世紀当時の硬直化したユダヤ教に対しイエスが展開した批判に共鳴するところがあったということではないだろうか。いずれにしろ、ユダヤ系作家としてロスがユダヤ教に無関心ではなかったこと、体制としてのユダヤ教に潜む欺瞞や脆弱さ（おそらくそれは他の宗教でも同様だろうが）、ラビの権力等には批判的な立場を取っていたことがこの短篇に表われていると言えるだろう。

二番目の短篇「信仰の擁護者」は第二次世界大戦末期、ヨーロッパ戦線を経て、本国に戻り、今は新兵の訓練に当たっている軍曹マルクスに対し、ユダヤ系の新参訓練兵グロスバートが同じユダヤ系であることで優遇してもらおうと働きかける様子を描き出している。ナチスのユダヤ人迫害に関連して「ドイツでは〔ユダヤ人たちが〕お互い協力しなかったから、言いようにされてしまった」（一七四）、だから協力し合いましょうというグロスバートの論理は、実は、掃除をさぼりたい、外食したいなどの利己的な願望を通すために過ぎないのだが、ナチスのしたことをその目で見てきたマルクスには一定の効果をもってしまう。しかし、親戚から過ぎ越しの祭り[11]に誘われているという作り話で外泊許可を取ったことを知ったとき、マルクスはグロスバートに制裁を加えずにはいられなかった。政治的コネを使って国内任務につくことになっていたグロスバートについて、配属先決定の権限を持つ上官に、「兄がヨーロッパ戦線で戦死したため、本人は前線で戦うことを希望している」（一九八）と嘘の申告をして、決定を覆し、太平洋戦線に派遣されるよう計らったのである。

この短篇は『さようなら、コロンバス』の中で最も反ユダヤ的と非難され、物議を醸した作品である。確かにずる賢く立ち回るユダヤ系の若い兵士は、非ユダヤ人が抱くネガティブなユダヤ人像に合致しているし、同じユダヤ人に対し報復するマルクスのやり方も褒められたものではないだろう。ただ、ここで注目しておきたいのは、ヨーロッパで流されたユダヤ人の血を利己的に利用する態度へのロスの冷徹な視線である。それは程度の差はあれ、一貫して同胞に寄り添おうとした一世代前のユダヤ系作家にはあまり見られないものであり、ロスが鋭利に客観的にユダヤ系同士の人間模様を描いていることは作家としての彼の新しさを証明しているとも言えるだろう。

次の作品「エプスタイン」はロスの風刺的気質がよく表われている作品である。おそらく主人公が当時の作家の年齢よりはるかに上の五十九歳、くたびれた中年男という設定ゆえに、自由に風刺の才能を発揮できたのであろう。ルー・エプスタインは紙の会社を経営し、それなりの成功をおさめた郊外族であるが、息子を十一歳で小児麻痺で亡くし、[12]三十年連れ添った妻はすっかり脂肪がついて魅力を失い、会社の先行きにも不安を抱いている。そういう彼がたまたま知り合った近隣の女性に惹かれ、性的関係を持ち、その結果、彼のペニスに発疹ができてしまう。ある朝、偶然それを見た妻は、彼が売春婦とつきあって梅毒にかかったと決めつけるが、その騒ぎで目を覚まし起きてきた、娘、娘のボーイフレンド、訪問滞在中の甥にも発疹を見られてしまい、彼の屈辱感はいや増すのだった。そして、離婚を要求する妻から逃れるように近隣女性の家に避難した彼だが、そこで心臓発作を起こし、救急車が呼ばれる。駆けつけた妻に医者は「命に別状はない、ノーマルな暮らしをすれば大丈夫」(二二九)、また、ペニスの発疹についても「単なる炎症でしょう」(二三〇)という診断を告げる。こうして大騒ぎの末ではあるが、エプスタインにノーマルでそこそこ幸せな暮らしが戻るだろうと示唆されて、作品は終わっている。

本作で興味深いのは、エプスタインとその妻の世代と、娘や甥の世代とのジェネレーション・ギャップが笑いの一つの要素になっている点である。先に述べたように、主人公は中年男だが、甥との会話で明らかにされるように、移民第一世代でもある。ひたすら努力して今の地位を確立したであろう彼にとって、親の家のリビングルームのソファでセックスを楽しむ娘や甥は理解を超えている。一方、彼らとは対照的に、エプスタインの場合は、おそらく近隣女性と浮気したことへの罪の意識がペニスの発疹となって表われているのである。この対比は「さようなら、コロンバス」のパティムキン夫妻と、ニールとブレンダのカップルの価値観の違いに通じるものがあるが、あくまでもドタバタ喜劇として意図された本作では、若い世代のアイデンティティ模索のモチーフとは無縁で、年上の世代の混乱ぶりを苦い笑いとともに描いており、ユダヤ系コミュニティへのロスの観察力の鋭さはここでも生きていると言えるだろう。

四作目の短篇「歌う歌では人はわからない」はロスの政治意識が鮮明に出ている作品である。語り手はハイスクールの一年生で、同じクラスに少年院を体験済みのイタリア系の生徒アルベルトが入ってきて、環境も育ちもまるで違う二人が友達同士になる。ラッソ先生は生徒たちに「職業適性テスト」を課し、アルベルトはどう解答すればよいのかわからず、語り手のアドバイスに従い、同じ項目、「病気の友人に本を読んであげるのが好き」(二三五)を選んだところ、先生から「弁護士」に向いていると診断が下り、裁判所に実地見学に向かう。ところが、アルベルトにとってそこは旧知の場所、少年院に送られる前に立たされた場所、二度と訪ねたくない場所だったため、ラッソ先生に怒りの感情を抱いてしまう。そして報復すべく、授業中、先生が黒板に向いている間、クラス全員を机の下に潜らせ、アルベルトの合図で皆が歌を歌い始め、さらに「星条旗よ永遠なれ」を歌ったところ、先生も声を合わせて一緒に歌ったのだった。

結局、アルベルトは「職業」の単位のみ取得して退学、その後のことは語り手は知らない。一方、ラッソ先生は教育大学時代にマルクス主義に傾倒した廉《かど》で非米活動委員会に召喚され、辞職に追い込まれてしまう。語り手はそれを聞き、先生が生徒たちと一緒に「星条旗よ永遠なれ」を歌ったことを手紙にしたため、委員会に訴えようかと考えたが、教育委員会の偏屈な婦人や保守的な小売店主たちに通じる理屈に思えず、断念し、記録として残ったものは生涯、人に付いて回るのだと思い知るのである。言うまでもなく、このストーリーを生み出した原動力はロスの学生時代の赤狩りの記憶であり、反発であろう。(13) そして、それに対し何もできなかった無力感も作品の背後にはあるのだろう。ただ、逆に言えば、ノーマン・メイラーやアーサー・ミラーのような先行世代は直接的に赤狩りをモチーフにした作品を発表しているが、(14) ロスの世代でこのような形で赤狩りを暗に批判した作家はほかにいないのではないだろうか。ここにロスの後年まで続く政治意識を見てとることは可能であり、時代への感受性が初期から人並み以上のものであったと言えるだろう。

『さようなら、コロンバス』の掉尾《とうび》を飾る「狂信者イーライ」は、一九八〇年代以降顕在化するロスのホロコーストへの関心の芽生えが認められる作品である。ある町に第二次世界大戦後ヨーロッパから逃れてきた、子どもを含む一団のユダヤ難民がやってくる。そこはアッパー・ミドルクラスの人々が住む一角で、経済的に成功したユダヤ系の家族も多く移り住んでいる。「ホロコースト」という呼称が一般化する前の時代であり、作中、ヒトラーの名もナチスという言葉も使われていないが、長い黒衣を身にまとい、街を悲しげな表情で歩き回る一人の人物の様子から、この一団がナチスの魔の手から逃れてきたこと、艱難辛苦《かんなんしんく》を体験したこと、子どもたちは孤児であることが容易に想像される。だが、そういう彼らを、郊外族となり、アメリカ社会への同化が進んだ五〇年代末のユダヤ系の人々は、自分たちの出自が注目されることを恐れて、迷惑な存在とみなしてしまう。一方、弁護士として彼らとの交渉役を引き受けさせられた主人公イーライは次第に彼らの苦しみに寄り添うようになり、自己保身的なユダヤ系コミュニティの主張に違和感を覚えるようになっていく。最後に自身のビジネスーツを、街を歩き回る人物の黒衣と交換し、その姿で歩き回るようになったイーライが「狂信者」として「治療」されてしまう展開は、同化志向のユダヤ系への強烈な風刺となっている。

以上、五つの短篇作品に、それぞれ違いはあるものの、作家ロスの特色がすでに表われていることを検証してきた。懐疑、風刺、政治意識など、若い作家でありながら極めて冷静にアメリカ社会やユダヤ系コミュニティを観察し、表現していることは評価に値するだろう。ただ、先に述べたロスならではの三つの要素、《声》、《身体》、《歴史》が深く探求されているかと言えば、ここでも、優等生的にまとめられており、後の爆発力はまだ見られないと言うべきだろう。それらの要素が有機的に絡み合い、一定のレベルに到達するには少なくとも十年、完成形に近づくにはさらに十年以上が必要だったのである。

◉注

（1）ロスはアメリカ・ユダヤ系作家という呼称について次のように述べている。「私は自分をアメリカ・ユダヤ系作家と考えたことは一度もない。それはドライサーやヘミングウェイが自分をアメリカ・クリスチャン作家と考えなかったのと同じだ。作家として最初から私は自分を自由なアメリカ人と考えてきた」Roth. *Why Write?* 335.

（2）ハンナ・アーレントはナチズムが台頭したドイツからアメリカへ亡命した政治哲学者。一九六三年、エルサレムで行なわれたアイヒマン裁判を傍聴し、『ニューヨーカー』誌に報告書を掲載した。その中で彼女はアイヒマンが想像していたような悪人ではなく、上からの命令に従っただけのごく普通の人間であると述べて、ユダヤ系の人々を中心に強く非難されることになった。

（3）Roth. *WhyWrite?* 65.

（4）内田樹『私家版・ユダヤ文化論』（文春新書、二〇〇六）、五。

（5）この呼称が太平洋戦争中の日本人の蔑称と同じである点で、ユダヤ人への差別意識が潜んでいるように思われる。

（6）Roth. *Goodbye, Columbus and Five Short Stories* (New York: Vintage, 1993). 以下の引用はこの版による。

（7）**マルティン・ブーバー**　Martin Buber（一八七八―一九六五）オーストリア出身の宗教哲学者。ユダヤ神秘主義の思想を発展させ、「我」と「汝」の対話の重要性を説いた。

（8）旧約聖書には食餌についての詳細な規定があり、その一つに肉と乳製品は厳密に区別することとあり、皿からナイフ、フォーク、スプーンに至るまで同じものを使ってはいけないとされている。

（9）**ブルックス・ブラザーズ**　創業二百年を超えるアメリカの有名な紳士服ブランド。

（10）**ロッシュ・ハシャナ**　ユダヤ暦の新年祭。

（11）**過ぎ越しの祭り**　旧約聖書「出エジプト記」にある、奴隷となっていたイスラエルの民をモーゼが率いてエジプトから脱出させた故事を民族の記憶として引き継ぐための行事。急ぎ出立したため、パンを膨らませる時間がなかったため、この日、ユダヤ教徒は酵母を入れないパンをはじめ、祖先の苦難を偲ぶ食事をすることになっている。

（12）小児麻痺（＝ポリオ）はロスの幼少時、アメリカで大流行し、親たちは自分の子どもが罹患するのをひどく恐れた。ロスの最後の作品『天罰』はポリオの大流行をモチーフにしている。

（13）ロスはマッカーシズムについて「冷戦と反共の嵐が私のハイスクールおよび大学時代に影を落とした」（Roth. *Why Write?* 344）と語っており、彼がこの時代の政治状況に無関心ではなかったことを明かしている。

（14）ノーマン・メイラー（一九二三―二〇〇七）にはハリウッドに吹いた赤狩りの嵐を扱った『鹿の園』（一九五五）、アーサー・ミラー（一九一五―二〇〇五）には赤狩りを植民地時代の魔女狩りになぞらえ、批判的に描いた『るつぼ』（一九五三）がある。ともにユダヤ系作家であることは注目に値するだろう。

第三章　束縛とのたたかい
――『レッティング・ゴー』と『ルーシーの哀しみ』

1　『レッティング・ゴー』について

（1）迷走

　前章で明らかにしたように、中篇作品「さようなら、コロンバス」は、パティムキン家の一員になることを最終的に拒否して（拒否されてという解釈も可能だが）、ボストンからニューアークに戻った主人公ニール・クラグマンが、この後、彼なりのユダヤ系アメリカ人としてのアイデンティティを模索していくだろうと読者に想像させるところで終わっている。言うまでもなくここには作者自身の、先行世代とは異なる新たな立ち位置を求める意識が透かし見えるのだが、実は、彼は本作以降の十年間、作家として自身の真の《声》を探しあぐねる時期を過ごすことになるのである。

　若干二十六歳、第一作で全米図書賞を受賞した作家が第二作で通常以上の注目を集めるのは当然のことと言えようが、第二作、本格小説としては第一作の『レッティング・ゴー』（一九六二）は残念ながら期待を裏切る作品になってしまったと言わねばならないだろう。アイラ・B・ナデルは『レッティング・ゴー』について「シーンの連続性」に不自然さがある点、登場人物の性格や振る舞いに一貫性が欠如している点など、小説としてのいくつかの問題点を指摘している(1)。ロスの作品の中で最も長く、登場人物も多い本作は間違いなく意欲作ではあるのだが、これから述べるようにタイトルとは真逆に作者が《偉大な文学》に囚われ、解放されていないゆえの迷走が目立ってしまっているのである。

(2) ヘンリー・ジェイムズの濃い影

ハーバード大学卒業後、軍役を経て、アイオワ大学の大学院創作課程に進学、ヘンリー・ジェイムズで博士論文を完成させ、今はシカゴ大学で作文のインストラクターをしている主人公ゲイブ・ワラックは、大学院時代に出会った友人ポール・ハーツにジェイムズの『ある婦人の肖像』(一八八一)の本を貸したのだが、そこに亡くなった母からの最後の手紙を挟んだままであったことに気づき、本を返してもらおうとするところから話は展開していく。物語のきっかけがジェイムズの代表作であり、また主たる登場人物が大学院で文学を学んでいることから容易に推測できるように、作品にはヘンリー・ジェイムズの濃い影が落ちている。具体的には、親子関係、恋愛関係、結婚等で正しく振る舞うとはどういうことかが問われるのだが、正しく振る舞いがたい状況や、振る舞うことを難しくする各登場人物の気質や心情もあって、問いを前にした彼らの、とりわけ主人公の葛藤が作品の中核となっている。

作品の冒頭で紹介されるのは、語り手でもあるゲイブの母が一九五二年に亡くなる直前に一人息子にしたためた手紙である。その中で彼女は自分と夫（＝ゲイブの父）との結婚で起きた不幸なことはすべて自分のせいだ、なぜなら、少女の頃から道徳的にきちんとしていようと堅く決意していて、夫に対しても人としての「向上」（二二）を促し続け、それが二人の結婚を不完全なものにしてしまったのだと語っている。だから、今は、ゲイブに残す言葉は何もない……と続けた彼女の本意は「自分の過ちを繰り返すな」、すなわち、善良さや正しさをいたずらに求めるなという息子へのメッセージにあったと言えるだろう。[2]

ゲイブは軍の駐屯地でこの手紙を受け取ったのだが、軍務に就く前に訪ねたロンドンの教会にあったヘンリー・ジェイムズを紹介する銘板の「勇気ある決断と惜しみない忠誠がもたらす素晴らしさを愛し、伝えた人」（三）という表現に強い感動を覚えたこともあり、軍隊勤務の空き時間にヘンリー・ジェイムズを繰り返し読むようになっていた。だから、何度も母の手紙を読み返した彼は、「他者および自分の人生に危害を加えないこと」を誓いつつ、無意識のうちに『ある婦人の肖像』の本に手紙を挟み込んだのである。ただし、一見、母の遺言を正しく理解したかのようなこの決意が、ジェイムズ特有のモラル性と強く絡むことによって、彼を他者の人生に関わらせ、結果として他者を傷つけ、自らも傷つくことになるのである。

たとえば友人ポール・ハーツとその妻リビーの不幸な結婚にゲイブはサポートを惜しまないが、それが本当に彼らのためになったかは極めて疑わしい。二人の結婚の困難はゲイブ同様ユダヤ系のポールが、非ユダヤ系のリビー・ドウィットとの結婚を両親に反対されるところから始まる。しかも、ポールとリビーが結婚を決意したのは、いかにも五〇年代らしく両者ともコーネル大学の学生、それぞれ二十一歳と十九歳の時だったこともあり、若さと宗教の違いを理由に双方の両親の祝福を受けられず、援助を打ち切られ、二人は学業を続けるためにデトロイトに移り住み、ポールは自動車工場の組立工として、リビーはウェイトレスとして働くことにする。しかもこのデトロイト時代に望まぬ妊娠から金銭的理由で中絶を余儀なくされるのだが、妊娠中絶にシビアな五〇年代アメリカ社会にあって、そのことによって二人がどれだけのストレスを抱えたかは想像に難くなく、彼らの間にすきま風が入り込むのは当然のことだった。

ポールと違い、成功した歯科医を父に持ち経済的に余裕のあるゲイブは、ハーツ夫妻に少しでも経済的安定をもたらすべく、自分が得た地位を利用して、短期ではあるがシカゴ大学講師のポジションを紹介する。だが、ゲイブの助力は純粋に友情からとは言い切れない。というのも、ゲイブはリビーに惹かれており、さらに厄介なことに、ヘンリー・ジェイムズを敬愛する彼は、不幸な結婚ゆえに精神的に不安定になっている彼女に『ある婦人の肖像』のイザベル・アーチャーを重ね合わせ、その思いが彼の行動を縛っている側面が見られるのである。そのためだろう、ラルフ・タチェット(3)同様、すでに既婚の身のリビーを側面から支えることしかできないゲイブは、腎臓の病を抱え、子どもを望めない体になったリビーのため、養子の世話をすることを申し出るのだった。

ただ考えてみれば、ジェイムズ作品のヒロイン、偶然に近い形で富を手に入れ、ヨーロッパを舞台に「精神の自由」を希求できた十九世紀のイザベル・アーチャーと、経済的に恵まれず、行動の自由も精神の自由も奪われた二十世紀半ばのリビー・ハーツを同一視することには最初から無理があった。しかも、イザベルを支えたラルフ、結核で遠からぬ死を予期し、自身の相続すべき父の財産を従妹のイザベルに譲り、徹底的に傍観者の位置に甘んじたラルフと異なり、ゲイブは性的冒険心ゆえに複数の女性と密接な性的関係を持っていく人間であって、リビーとゲイブの関係がイザベルとラルフのような屈折した、しかし美しい愛に昇華することは最初からありえなかったはずである。

《偉大な文学》への思いが登場人物の振る舞いに影響を与えてしまう事例は実は七〇年代までのロス作品には多く見られ、典型的なものは一九七二年の『乳房になった男』であろう。文学を教える大学教授がある日突然、巨大な乳房に変身してしまうという突拍子もない設定の本作で、カフカをこよなく愛する主人公は、カフカは「変身を描き出す言語」を持っていたが自分は持っておらず、自ら「変身の結果」になるしかなかったのだと語っている。[4] ただ、『乳房になった男』は、自己を突き放して語り、過激な笑いへと読者を誘う文体を獲得した『ポートノイの不満』の後の作品であり、それゆえ、《偉大な文学》の呪縛を笑い飛ばすことができているのだが、既述したように『レッティング・ゴー』執筆時のロスは呪縛の只中にあり、それはゲイブとリビーだけではなく、彼ともう一人の主要登場人物の女性、マーサ・リーガンハートとの関係にも表われている。

(3)「文学」に縛られて

マーサは離婚歴があり、二人の子持ちの非ユダヤ系の女性である点で、ロスが一九五六年に出会い、五九年に結婚、六二年に別居、最後は相手の事故死という形で関係が終わることになるマーガレット・マーティンソンがモデルであることは疑いようがないだろう。ロス自身、マーガレットに惹かれたのは、自身とはかけ離れた生まれ育ちに文学的興味を惹かれたからと語っている。ただし、彼女の経済的苦境や過去の不幸な経験を考えると、この場合、ロスが抱いたのはヘンリー・ジェイムズ的というより、トマス・ハーディやセオドア・ドライサー的な文学[5]への関心だったかもしれない。いずれにしろ、二人の結婚がやがて生活扶助料を巡る壮絶なバトルという泥沼に陥っていったことを考えれば、文学へのロスの思いは現実から遠く乖離《かいり》していたと言えようが、それを直視できるようになるにはいま少し時間が必要だった。したがって、『レッティング・ゴー』では主人公ゲイブはマーサのためにさまざまな努力をし、彼女の二人の子どもとも親しく接し、彼らがロングアイランドに住む実の父と夏を過ごせるよう計らったりもしている。

ただ、そもそもマーサに惹かれながら、リビーにも惹かれている状況、それは極論するなら、ドライサーとヘンリー・ジェイムズを両立させようとする試みとも解釈可能で、その不可能性は火を見るより明らかだろう。結果として、ゲイブは関係する誰をも幸福にせず、たとえば、マーサの子どもの一人マーキーは実父の家で事故死してしまう。また、マーサの友人テレサが未婚のまま産む子をポールとリビーの養子にするよう尽力するが、テレサは実は結婚しており、その夫から多額の金銭を要求されるなどのトラブルに巻き込まれることになる。最終的にはハーツ夫妻の養子にすることには成功するものの、彼らの不幸な関係が改善されたわけでもなく、明るい未来が予想されるわけでもない状況のまま、物語のエンディングでは、ゲイブはマーサからもハーツ夫妻からも逃げるようにして、イタリアでの教員の職を得て、旅立ってしまうのである。

こうして他者によかれと思って行動したすべてが無に帰したに等しく、本作は「文学」に絡み取られて自由な身動きができなくなった「文学青年像」を提示してはいるが、それ以上でもそれ以下でもない作品として終わっている。ゲイブもポールもユダヤ系の若者という設定を考えれば、本来ならユダヤ系アメリカ人アイデンティティの次の段階、「さようなら、コロンバス」からもう一歩踏み出した新しい方向性を提示すべきところ、そういう気配は微塵《みじん》も感じられない。おそらく、五〇年代のアメリカの順応主義の風潮、そこに含まれるアメリカの伝統的、ピューリタン的価値観にロスは足を取られすぎたのだろう。それはまだ大きな壁となって彼の前にあり、ニューアークとそこに住むユダヤ系の人々を描出する時には自由に動いた彼の筆が、シカゴという中西部の大都市を舞台にワスプの人々をも登場させようとしたとき、逡巡と停滞を繰り返すしかなかったのだと想像しても間違いはないだろう。

2 『ルーシーの哀しみ』について

(1) 通らなければならない道

ロスの第三作『ルーシーの哀しみ』は六七年、前作『レッティング・ゴー』から数えて五年後に出版された。五年という間隔はロスの場合、極めて異例と言わなくてはならない。ほとんどの作品が前作から一年または二年、長くても三年の間をおいての出版であることを考慮するなら、五年の年月の意味するところは大きいように思われる。すでに繰り返し述べてきたように、この時期彼は離婚問題に苦しんでいたのだが、それは彼の男としての倫理意識を突き崩し、アイデンティティを揺るがし、最終的には救いを求めて精神分析医にかかるようになっている。そのような中で創作活動が行き詰まってしまうのは無理もないことだったろう。そしてこれもすでに述べたことだが、一九六二年のイェーシバ大学のシンポジウムで反ユダヤだと糾弾された経験から、彼は二度とユダヤ人のことは書くまいと堅く決意したのであり、このことも次の作品の筆を遅らせることになったように思われる。

実際、五年の試行錯誤のうえ、ようやく出版された『ルーシーの哀しみ』はみごとにユダヤ系の人間は一人も登場せず、舞台も中西部の小さな町、時代は五〇年代初頭であり、あたかも作家が前作でぶつかった壁にあえて再挑戦したように思われなくもない設定なのだが、後述するようにそれはロスにとってどうしても通過しなくてはならない道だった。ただし、完成した作品は内容的には地味で、必ずしも高い評価は受けなかった。しかも多くの読者はヒロインのルーシーを恐ろしい女と嫌い、批評家たちは彼女の人物造型に作家の女性蔑視、女性嫌いを認めたのだった。さらにロス文学の三つの特徴、《声》、《身体》、《歴史》のいずれについても、判然とした形では表われておらず、ロスの研究書で割かれるページ数も多いとは言えない。しかし、作家自身がいくつかのインタビューで語っているが、[6]この作品は彼の作家としてのキャリアの「分岐点」となったのであり、その点について、これから具体的に論じていきたい。

(2) 真の父を求めて

『ルーシーの哀しみ』の原題は *When She Was Good* であり、これをそのまま日本語に置き換えれば「彼女が善良だった時」となる。言うまでもなくこの場合の「彼女」は主人公のルーシーであり、ロスは「聖なるルーシー」というタイトルを考えた時期もあったというくらいだから、(7) ルーシーの「グッドネス」が作品の中心的テーマであることは間違いがないだろう。ところが奇妙なことに物語は「彼女」ではなく、「彼」、ルーシーの祖父ウィラード・キャロルの話から始まっている。

ウィラードは森林地帯に生まれ育ったが、ある年齢に達したとき、自身の父の野蛮と母の無知蒙《もう》昧《まい》を嫌悪し、「文明」世界を目指し、リバティ・センターという名の小さな町に移り住む。そこで結婚し、一家を構えた彼は、妹ジニー（両親の「非文明性」ゆえに幼い頃高熱のまま放置された結果、知的障害者となり、施設に放り込まれていた）を自分のところに引き取る。しかしウィラードの孫娘ルーシーに特別の愛着を覚えたジニーがルーシーの通う小学校までついて行き、教室の外から大声でルーシーの名を呼び続けることから、教師に苦言を呈され、ウィラードは最終的にジニーを施設に戻すことを余儀なくされる。ウィラードは自分が結局あの「野蛮な」父と同じことをしているのではないかという思いに苛《さいな》まれるが、このエピソードは次のように読み解くことができるだろう。すなわち、「文明」に憧れ、その名も「自由の中心」たる町に住む、愛情深く善良な男が、「善良」の実践に失敗した、彼は現実の前では無力であったのだ、と。しかもこのエピソードが作品のすべての物語に先行して提示されているのである以上、そこに何の意味もないとは考えにくく、ルーシー・ネルソンの悲劇はこの祖父との関係を念頭において考察すべきだろう。

ただ、妹ジニーを施設に戻した後も、ウィラードの「善良」への信念は揺らぐことはなかった。だから、娘のマイラと所帯を持った婿のホワイティ・ネルソンが三〇年代の大恐慌の最中、失職し、彼を頼ってきたとき、彼ら夫婦をいやな顔一つせずに受け入れたし、ホワイティが幾度となく酒に溺れ、自堕落になっていってもそのたびに許し、再起するように激励したのだった。だが、ウィラードの「善良」はホワイティにとっては大きな問題を孕んでいた。というのも義父が許す側として優位に立つ限り、義父が家長であり、権威者であり、一方、ホワイティは愛する妻に対し真の夫になれず、娘ルーシーの真の父親にはなれないのである。こうして彼はウィラードに許されれば許されるほど、酒に溺れ、時に暴力的になっていくのだが、「善良」なウィラードには娘婿のそのような屈折した心理のからくりを読み解くことができない。むしろ彼を許すことに一種の男気を覚えている気配もあり、したがってウィラードの側から事態を変えることはありえず、娘一家は彼のところに今や十数年も留まっているのである。

しかしこういう状況に孫娘のルーシーが変化を引き起こした。ルーシーは父親が酒に酔って母親に暴力を振るおうとしたとき、警察を呼んで父を留置場に入れてしまったのである。それは祖父母が友人宅を訪問し、留守をしている間のことで、帰ってきてそれを知った祖父ウィラードはルーシーにどうして自分にまず連絡してくれなかったのかと問い詰めるが、ルーシーは己れの行為を後悔している様子はまったく見せない。なぜなら彼女は祖父ウィラードの文明的「善良」がまったく役に立たないことを熟知しているからだ。民主的な話し合いで物事を解決しようとする祖父の姿勢を高校生になった孫娘はもう信じない。信じるにはあまりにも長いこと祖父の無力を見てきたのだ。

だがここで見逃してならないのは、ルーシーの一見非情な振る舞いの背後には「父」を求める切ないまでの気持ちがあったという点である。たとえばもともとプロテスタントの家庭で育った彼女がなぜ高校時代にカトリシズムに近づくのか。それはこの宗教が神父を文字どおり「ファーザー」と呼ぶからではなかったか。実際ルーシーのダムロッシュ神父に対する憧憬《しょうけい》の気持ちは父を求める娘のそれに酷似している。さらに彼女が神に祈ったのは「父が本当の父になること」だった。それほど彼女の父を求める気持ちは強く、逆に言うなら「父の不在」の意識は強烈だったのである。

とはいえ、改めて断るまでもないが、ルーシーに父がいなかったわけではない。実際にはともに暮らすホワイティ・ネルソンという父がいたのだ。ただ彼は彼女に「生きていく上での指針」を与えてくれるような父ではなかった。誇れるような仕事もなく、義父の家に寄寓し、すぐに飲んだくれる父、その彼にルーシーは「父の不在」を感じるしかなかった。おそらくそれゆえなのだろう、彼女は長じても祖父をダディと呼び続けている。だが、その祖父が実は無力であること、祖父の「善良」が父ホワイティから「本当の父」になる機会を奪っていることに高校生のルーシーは気づいている。それを悟った時、ルーシーの絶望は深く、酔った父を警察に引き渡すことになったのである。

このように考えれば、ルーシーの行為は必ずしも非難に値するものではないだろう。ただ、父ホワイティがその日荒れたのは、ピアノ教師をして生計を助けている妻マイラがレッスンの間立ち続けで疲れた足を湯につけ、癒やしている姿を目にして、己れの無力に対する口惜しさ、愛する妻に苦労をかけてすまないという気持ち、いつまでも夫にも父にもなれない辛さ、その他もろもろの思いが胸に去来し、爆発した結果であった。しかも暴力といっても、妻が足を浸していたバケツをひっくり返した程度であるとすれば、それでパトカーを呼び、父を警察に引き渡してしまうルーシーに疑問を覚える読者も少なくないのではなかろうか。第一、夫と妻、父と娘といった私的関係に、公の権力である警察を安易に介入させるのは問題ではないだろうか。

だが、それ以上に問題なのは、助けを求め、警察に電話した時点で、ルーシーはある重大な選択をしてしまったという点である。それは自分だけを正義と見なす選択である。本来、人間関係というのは相互的なものである。ルーシーの家族についても、誰かが一方的に悪いということはないはずである。ところが、ルーシーが父を警察に引き渡したとき、そのような人間の相互関係性は無きものにされ、警察を呼ぶ側が正しく、警察に引き渡される側が間違っている、という一義的な関係に収束されてしまったのだ。これはある意味で彼女自身が《警察》になることに等しい。実際、これ以後、糾弾者としてのルーシー、糾弾される者としての家族という図式が次第にはっきりしていく。こうして彼女と他者との交流は双方向ではなく、一方通行のものに変わっていったのだった。

(3) 警察化する自我

そしてロイ・バッサートが出会ったのは、このような自己絶対化、自己警察化を果たしつつあるルーシー・ネルソンだった。この頃彼女は将来の経済的自立のため、大学進学を目指し、高校の授業終了後も喫茶店でアルバイトをして学費を貯めようとしていた。一方、ロイは二年間の軍隊生活をアリューシャン列島で過ごした後、故郷の町に帰ったものの、自分が何をしたいのか決めかねて、無為に日々を過ごしている。そういうロイの目には目的意識をはっきり持ったしっかり者のルーシーが魅力的に映る。ルーシーの方も自分を求めてくれる若者に悪い気はしない。こうして二人の宿命的な関係が始まった。

戦後世代のはしりであるロイは（実際ロイは第二次世界大戦には参戦していない）、高校の教師で古いモラルの持ち主の父と、刹那《せつな》的快楽至上主義的な義理の叔父の二つのモデルの間で揺れているのだが、ルーシーとの関係においても二つの価値の間で宙ぶらりんの状態にある。たとえば、車にルーシーを乗せ、恋人たちの逢い引きの名所までドライブし、肉体関係を迫るロイは、新しい男女関係のモラルを生きる青年と言ってよい。しかし、いざ彼女と関係を持つとなれば、避妊具を用意できず（ドラッグストアで買う勇気がなかったのだ）、原始的避妊方法を実践するしかなかった。さらにルーシーとの結婚など毛頭考えていなかった彼だが、ルーシーが妊娠したとなれば、男として責任を取ることは当然のように受け入れている。これらのエピソードは五〇年代初頭のアメリカ、特に中西部の田舎町で、いかに古いモラルや《男らしさの神話》が強固であり、戦後の新しい世代もそれらから決して自由ではなかったことを物語っている。

そしてロイが《男らしさの神話》に縛られているのと同様に、自立を求める新しいタイプの女性ルーシーも《女らしさの神話》から自由ではなかった。そもそも彼女が妊娠したこと自体、従属的な性として避妊を男性に任せてしまったことが原因と言えるだろう。そのうえ妊娠が判明すれば学業を断念し、結婚を選択していく姿勢は伝統的男女観の表われに他ならない。ルーシーがこの時点ですでにロイを軽蔑し、ほとんど愛情を抱いていないことを考えれば、なおさらそう言えよう。仮に彼女が六〇年代後半以降に青春を過ごしたなら、ピルを用いて女性主導で避妊できたであろう。妊娠したとしても中絶やシングルマザーなど、男に依存しない選択は複数可能だったはずである。だが五〇年代初頭のルーシーにあっては「恐ろしい堕胎《だたい》」か「結婚」の二つに一つの選択しかありえなかったのだ。

ロイとルーシーの結婚がいかに時代の産物であるかを、作者ロスはある女性を使って巧みに表現している。ロイは写真学校に通うため、リバティ・センターと同様の田舎町で、ある未亡人の家の一室を借りることになった。道徳堅固な未亡人は入居時にロイに絶対に女性を部屋に入れないことを約束させた。しかし彼は同じ町にあるカレッジに通うルーシーをこっそり連れ込んでいた。ある日、二人が、妊娠が判明し、結婚について言い争っているときに、出かけていて留守のはずの未亡人が突然ドアを開け、ルーシーを見出し、激怒する。それに対しロイは必死になって、ルーシーはフィアンセで二人はすぐに結婚すると抗弁する。未亡人がルーシーにそれが事実かどうか確認するので、ルーシーも結婚の予定を言明せざるを得ない。こうして結婚は言わば既定の事実となっていくわけだが、このあたりのことをこのように詳細に書き込んだ作者の意図が、二人の結婚に至る経緯に、いかに外的要因、すなわち古いモラルが関わっていたかを示すことにあったと考えても、そう外れてはいないだろう。

(4) 悲劇へのスパイラル

だが言うまでもなく、内発的な二人の愛情からではなく、外的、社会的要因でスタートせざるを得なかった結婚生活が幸せに推移するはずはなかった。しかも先に述べたように、ルーシー・ネルソンはすでに《警察的自我》を持ち始めていた。だからルーシーにとって重要なのは「正しさ」と「義務」であり、「愛」ではない。まして「愛」ゆえに迷う人間など軽蔑の対象に過ぎない。たとえば、妊娠の件で最初に相談に行った保健室の医師が「お母さんに相談なさい、お母さんは貴女を愛していて……」と言いかけると、ルーシーはきっぱり言う。「愛があの人のダメなところなんです」(一四三)(8)。

さらに、堕胎の可能性を探って両親と話し合う過程で、母が過去に堕胎を経験していることを知って激怒するルーシーに、母が「仕方なかったのよ」と言ってすすり泣いたとき、ルーシーは「それは正しくない。人はいつでも正しいことをしなくてはならない」(一八五)と言い切っている。この言葉はルーシーの自我の《警察化》、「愛」よりも「正しさ」を優先する彼女の思考回路をよく表わしていると言えるだろう。

しかもこの自我は自ら母になることによって、弱まるどころか、強化されていった。子どもを護《まも》る母として、彼女は夫に対し義務の遂行を強く求めた。ロイが精神的に大人になりきれず、夢のようなことを言うたびに苛立《いらだ》ち、妻と子どもに対する義務の大きさを言い募ったのだ。このようなルーシーの姿はまさに自身を疑うことを知らぬ警察権力を思わせ、多くの読者に嫌われるのも当然と言えるだろう。ただ、ルーシーの自我の「警察化」を促したのは、父を求めながら与えられなかった彼女の虚《うつ》ろさ、寂しさだったこと、したがって彼女の異様なまでの「義務」の強調や警察的言語の背後には癒やしがたい哀しみが存在することを忘れてはならないだろう。

そういう意味で、ルーシーの人生の転機がいつも、父に対する激しい感情的反応を契機として訪れたことは不思議でも何でもない。結婚後ますます《警察化》したルーシーは、ある日母を殴った父を許さず、ついに家から追い出すのだが、しばらくしてその父が窃盗の罪でフロリダの刑務所で服役していることが知らされる。母マイラは娘に言う。「でもあんたは嬉しいでしょう。あんたが父さんにいつでもいてもらいたかった所〔刑務所〕にあの人が今いるんだから」（二五九）と。そしてこの後なのだ。ルーシーが突然狂い出すのは。長男エドワードに続いて、二番目の子どもを宿し、ようやくロイを愛していることを自覚し、歪みあっていた親類とも仲良くやっていこうと決意していた彼女が、実家から自宅への帰路についたドライブの途中で突如狂ったように夫ロイを非難し始めるのである。

母ルーシーの異様な態度に幼いエドワードが怯える様子を見て、ロイはついに別れを決意する。息子を連れて家を出た彼はルーシーに「もうダメだ。エドワードは自分が育てるから」と電話をかける。ルーシーは家族の形を壊すまいと必死になるが、一方で、頭の中で母への反論を繰り返し考えている。「私が彼を刑務所に入れたのではない、警察が入れたのだ。いや、刑務所に彼を入れたのは彼自身だ」（二五九）。だが他方で彼女は一つのイメージにとりつかれている。囚人服を着た父の口が開いており、前歯に口紅で「無罪」と書いてあるイメージ。もし、父が無罪だとしたら、父を断罪した自分とは何者なのか。第一、あの人が無罪だとしたら、この社会はどうなってしまうのか。そしてあの人を有罪とみなすことによって作ってきた自分の自我はどうなってしまうのか。

こうして彼女の自我が最大の危機を迎える。彼女は今さら己れの過ちを認めるわけにはいかない。それはこれまでの自我を、これまでの生き方を無と化すことだからだ。だから振り上げた拳《こぶし》は決して自分にではなく、他者に、「義務を遂行しない者たち」に振り下ろされなくてはならない。自分と自分のお腹の中の第二子を見捨てるロイに、そしてそれをそそのかす親戚の連中に。そしてここでもルーシーは警察に頼ろうとする。警察に事情を訴え、親戚に「拉致《らち》」されている息子を救いだそうと考え、中西部の真冬の午前三時だというのに彼女は闇の中に飛び出していく。そして、極寒の町をさまよい歩き、ロイとの出発点とも言える逢い引きスポットまで辿り着いた彼女は凍死という最期を迎えるのだ。まさに人生いかに生きるべきかを探しあぐねてひと回りしてしまったかのように。

(5)「アメリカ」への気後れを克服する

大学に進学し自立することを夢見ていた少女が、望まぬ妊娠、不本意な結婚の果てに、二十二歳の若さで、中西部の極寒の地で新雪に包まれ凍死する――『ルーシーの哀しみ』のストーリーをこのように要約すれば、その悲劇性は明らかで、通常であれば読者は彼女に同情し、涙さえ流すかもしれない。だがルーシー・ネルソンの場合はそうはならず、逆に「性悪女」と罵られ、フィリップ・ロスは「女を忌み嫌う作家」とレッテルを貼られることになった。では、ロスはなぜこのような作品を書いたのか、それは考えておかなければならないだろう。

そのために第一に注目したいのは発表年である。前作『レッティング・ゴー』は六二年の出版だが、執筆はおそらくその前の二~三年をかけてなされたことだろう。となればケネディ大統領が就任し、人々が明るい未来に希望を抱いていた時期にあたる。作家のプライベートとしては逡巡しながらもマーガレット・マーティンソンと結婚するに至る時期にあたるだろうが、後に『男としての我が人生』(一九七四)に生々しく描かれるようになる壮絶な出来事は未だ経験していなかったと推測される。

一方、『ルーシーの哀しみ』の執筆をその後の数年間と想定するなら、マーガレットとの果てしない闘争に否応なく巻き込まれた時期に当たるだろう。実際彼はその苦しみの中で精神分析医にかかり、家族関係を含め、幼い頃からの自分を見つめ直すよう促されている。必然的にそれがこの後のロスの文学に変化をもたらしたと考えてよいだろう。

そしてそのような個人的な事柄以上に重要なのは、この間、ケネディ大統領の暗殺、ベトナム戦争の泥沼化、反戦運動の高まりなど、アメリカ社会に大きな変化が起きていた事実である。実際、ロスはインタビューで「一九六三年まではアメリカを信じていた」(9)と語っており、かつて愛国少年であったことも踏まえれば、自分が信じ、愛してきたアメリカが「自由」という名の大義を振りかざしてアジアの無辜《むこ》の人々を殺戮《さつりく》していることは、驚愕そのものだったろうし、価値の大転換をもたらすものだったことだろう。ロスはこの時期つきあっていた女性とともに反戦運動にも関わっており、アメリカ政府とアメリカ民主主義への失望は拭《ぬぐ》えないものになっていったと思われる。

ベトナム戦争時代が人生で最も政治的になった時期だと回想したロスは、直接ポリティカルな発言をしたことはなかったと断りつつも、次のように続けている。

『ルーシーの哀しみ』のヒロインが自身の破壊的な復讐心を韜晦《とうかい》するために使うレトリックを、アメリカ政府がシステマティックな殺戮こそベトナム人の「救済」に繋がるのだと主張するときに用いる言語と結びつけることはあった。(10)

作家の発言は『ルーシーの哀しみ』執筆の背後にあるものを明らかにしている。すなわち、アメリカはルーシー同様、「善良」の意味や方法を時代の変化の中で見失い、理念を硬直化させ、「世界の警察」になっていった。個々の人間の苦しみが見えず、遠く離れた国の人々に振るう暴力の意味を疑わなくなってしまった。そのことに大いなる疑問を抱いたからこそ、ロスは本作の舞台の町を「自由の中心《リバティ・センター》」と命名したのであろう。

むろん『ルーシーの哀しみ』が出版された当時、多くの批評家はそのようには読み取らなかった。彼らはただルーシーを恐ろしい女と非難し、ロスについては「ドライサーのリアリズムの路線を狙いながら、ドライサーの水準には達していない」[11]と評して終わった。しかし中には慧眼《けいがん》にも、ジョナサン・バウムバックのように、ルーシーの「善意」と「アメリカのベトナムにおける善意」を重ね合わせて論じた評者もいたのだった[12]。

それはさておき、ロスはなぜ『ルーシーの哀しみ』を書いたのかという最初の問いに戻るなら、答えはずばり、「アメリカの呪縛からの解放のため」と言えるだろう。『さようなら、コロンバス』において彼はユダヤ系の人々を自由に揶揄していた。しかし、『レッティング・ゴー』でワスプの人々の世界を描こうとすると、ロスの筆は闊達《かったつ》さを失った。それは若き作家として自身の文学地図を広げようとしたものの、小さい頃から誇りに思ってきたアメリカ的価値（＝世界をリードする民主主義国家、自由と可能性の国）への畏怖の思いもあり、また、ワスプの人々への気後れもあり、筆の動きが止まってしまったのだ。

だから、極めて比喩的に言うなら、ロスはルーシー・ネルソンに託して彼の内なる「アメリカ」、理念としての「アメリカ」を凍死させたのだ。そうすることによって、ロスはこのあと、アメリカを思うがままに描けるようになっていく。そして言うまでもなく、その最初の成果こそ、『ポートノイの不満』に他ならず、それを自覚しているからこそ、ロスは『ルーシーの哀しみ』を「分岐点」と位置づけたと考えられるのである。

●注

（1）Ira B. Nadel. *Critical Companion to Philip Roth: A Literary Reference to His Life and Work* (New York: Library of Congress Cataloging-in-Publication Data, 2011), 154.

（2）Roth. *Letting Go* (New York: Penguin, 1984). 以下の引用はこの版による。

（3）ラルフ・タチェット　ヘンリー・ジェイムズの代表作の一つ『ある婦人の肖像』の主要登場人物の一人。ヒロインの精神の自由と自立を陰で支え続ける。

（4）Roth. *The Breast* (London: Jonathan Cape Ltd., 1973), 72.

（5）トマス・ハーディ　Thomas Hardy（一八四〇―一九二八）　イギリスの自然主義作家。セオドア・ドライサー　Theodore Dreiser（一八七一―一九四五）　アメリカの自然主義の代表的作家。ともに環境に翻弄される人物像を描いた作品で知られる。

（6）ロスは『素晴らしいアメリカ作家』（*Reading Myself and Others*）の中で、『ルーシーの哀しみ』を書いていく過程で、「自分の才能の別の側面を活かす方法を模索するようになった」（一九）と語っている［Roth. *Reading Myself and Others* (New York: Penguin, 1985). 以下の引用はこの版による］。それが結果として『ポートノイの不満』になったと考えられ、その意味で分岐点だったと言えるだろう。

（7）Roth. *Reading Myself and Others*. 31.

（8）Roth. *When She Was Good* (New York: Penguin, 1985). 以下の引用はこの版による。

（9）Pierpont. 69.

(10) Roth. *Reading Myself and Others*. 11.
(11) Robert Alter. "When He Is Bad." Pinsker, Sanford. ed. *Critical Essays on Philip Roth* (Boston: G. K. Hall & Co., 1982), 46.
(12) Jonathan Baumbach. "What Hath Roth Got." Pinsker, Sanford. ed. *Critical Essays on Philip Roth*. 47–48.

第四章　解放
――『ポートノイの不満』

1　解放がもたらしたもの

フィリップ・ロスの新作はしばしば読者を驚かせてきたが、『ルーシーの哀しみ』の二年後に『ポートノイの不満』が出版されたときほど人々を驚かせたことはなかった。いや、それは驚きを通り越して、一つの事件と言ってよかった。作品がベストセラーとなっただけでなく、テレビを含むメディアでも大々的に取り上げられ、作家の私生活への好奇心もいや増し、彼はニューアークの両親に取材の際の想定問答を示唆しなければならなかったし、自身は騒ぎを逃れてヤドーの芸術家村にしばし身を隠したほどであった。

では何がそのような事件を引き起こしたのだろうか。言うまでもなく、あまりにもあからさまな性への言及、それも大人になってからの男女のセックスというより、思春期の少年の過剰なマスタベーション衝動の記述に人々は驚愕したのであった。もともとピューリタン精神の強いアメリカでは、性表現に極端に慎重な傾向が強く、それは、アメリカ文学の誇る姦通《かんつう》小説の傑作『緋文字』（一八五〇）に性描写が一つもないことにも、ヘミングウェイ（一八九九―一九六一）の代表的恋愛小説『武器よさらば』（一九二九）でも二人の性的結合は婉曲《えんきょく》的に表現されているだけであることにも表われていると言えるだろう。例外を挙げるならヘンリー・ミラー（一八九一―一九八〇）の諸作品があるだろうが、今では名作の誉れ高い『北回帰線』が一九三四年、アメリカでの出版がかなわず、パリで出版された事実、一九六一年、出版できるようになったものの、すぐに猥褻《わいせつ》の廉で裁判沙汰となり、六四年になってようやく連邦最高裁が文学作品であると認定したという事実に、性表現に対するアメリカ社会の厳しさと頑なさが伺えると言えよう。

ただ、周知のとおり、六〇年代は黒人公民権運動、ベトナム反戦運動のうねりの中で、既成価値を疑う世代が台頭したこともあり、いわゆる「性革命」なる現象も生じた時期であった。おそらくそういう変化があって初めて、六〇年代の最後の年、『ポートノイの不満』は出版の運びとなったのだろうが、それでもなお、いくつかの図書館では蔵書とすることが禁じられたと伝えられている。

だが、本作を「性の解放」という時代論的観点で議論することは、ロス文学の全体像を探る試みとしてはあまり意味がないだろう。というのもむしろ本作では作家フィリップ・ロスの「解放」、今まで彼を縛ってきた《ユダヤ》、《アメリカ》、《偉大な文学》などから彼が「解放」された点が重要なのだ。『ポートノイの不満』でロスは作家として新たな出発を果たした。それは繰り返し言及してきたロス文学の三つの特徴、《言語》、《身体》、《歴史》のうち、「言語」と「身体」が作品の重要な要素になっている事実にも表われている。以下に具体的に見ていくことにしたい。

2　《言語》について

『ポートノイの不満』は一貫して主人公アレックス・ポートノイの一人称の語りから成っている。言ってみれば告白文学なのだが、たとえば三島由紀夫（一九二五―七〇）の『仮面の告白』（一九四九）のような冷静沈着な語りではなく、どちらかと言えばJ・D・サリンジャー（一九一九―二〇一〇）の『ライ麦畑でつかまえて』（一九五一）の生き生きした口語体の語りに近い。実際、ロスはバックネル大学時代に『ライ麦畑でつかまえて』を読み、読者に親しげに語りかける文体に感銘を受けたと語っている。(1)とはいえ、世の中の汚さを嘆き、自分はピュアでありたいと願う少年の語りと、三十三歳、立派な職業につきながら、強い性衝動を持ち、街で「拾った」女性と隠微な関係を続けている大人の男の語りが同じであるわけはない。四文字語の落書きを子どもたちが見ることがないよう消して回るホールデンに対し、アレックスは四文字語はもちろん、性に関わるエピソードを次々と繰り出すのだから、違いは歴然としていると言えるだろう。

性への禁忌《きんき》が強い社会にあって、このような語りが可能になったのは、この語りが実は読者に向かってではなく、精神分析医のシュピルフォーゲルに向かってのものであることによる。主人公は今、精神の危機にあり、救いを求めて医師のところにやってきている。分析の一環として医師は患者に幼少期からの家族関係や性的抑圧の記憶を語らせるのが常であり、患者であるアレックスは物心ついた頃から現在にいたるまでの心に引っかかる人物や出来事について滔々《とうとう》と、時系列的に行ったり来たりしながら自由に語っていくのである。本来なら促しの言葉や、分析のための質問など、医師も途中で言葉を発すると思われるが、アレックスの側からの医師への語りかけは多少挿入されるものの、医師による中断はほとんどなく、最後に、精神的混乱の極みに達したアレックスの「あ〜〜〜〜！」という、言葉にならない叫びを受け、シュピルフォーゲルは「さあ、始めましょうか？」という強いドイツ訛りの英語で語るだけなのである。

こうしてアレックスはノンストップで、内容的な規制を受けることなく、文学的であろうとする気負いもなく語り続ける。といってその語りは、性的に露骨な要素が入り込むことはあっても、全体的に受ける印象は決して下卑なものではない。むしろ、小さい頃から成績優秀で、今は「ニューヨーク市機会平等監視委員会」の副長官という重職についていながら、実は内面では後ろめたさを抱え、自身をもてあますに至った人物の屈折した心情を巧みに描き出すことに成功している。さらに、友人たちの証言にあるとおり、ロスはニューアーク時代の知り合いの性癖や言葉遣いを面白おかしく真似をしては人々を笑わせるのが得意だったというが、主人公アレックスによる家族や親戚や友人たちの描写にはその才能がフルに活かされており、結果として前三作のロス作品とはまったく異質の言語世界が展開することになったのである。

実際、読者はロスの語り口のうまさに導かれ、過激なまでのユーモアにしばしば笑わされ、それでいていつのまにか主人公が抱える悩みをのぞき込んでしまっている。そういう意味では笑いとシリアスの配合が絶妙であり、これこそロスが新たに発見した「言語の力」の賜物《たまもの》と言っていいだろう。たとえば、思春期になってマスタベーションの衝動が抑えられず、食事中にトイレに駆け込んだアレックスに、母はアレックスが学校帰りにユダヤ教で禁じられている食べ物を食べて下痢をしたに違いないと思い込み、問い詰めるのだが、その場面を見てみよう。

「それは液体状だったの？ それともちゃんとしたうんち（poopie）だった？」

「そんなの見てないよ。見なかったよ。うんちなんて僕に言わないでよ。僕はもう高校生なんだぜ」

「私に向かって大声を出すのは止めなさい、アレックス、おまえが下痢に苦しんでいるのは私のせいじゃないんだからね。家で出されたものを食べていたら、一日に五十回もトイレに駆け込むことはないんだよ。ハナ〔アレックスの姉〕から聞いておまえが何をしているか知っているんだからね」

姉貴の奴、下着がなくなったことに気づいてたんだ。ああ、ついにわかってしまった！ ああ、後生だから死なせてくれ。一刻も早く！（一九）

つまり、数日前に姉の下着を拝借し、それに向かって射精した弟は母親にそれが知られてしまったかとひどく怯え、死にたいと考えるほど恥じ入っているのである。一方、母親は息子のそんな思いを知らず、家では禁じられているのに、彼が放課後、友達とホットドッグの店に行き、フレンチフライを食べたことはお見通しだと高らかに宣言する。それだけでなく、この後に、トイレで便秘に苦しむ夫に向かい、ドア越しに息子に説教するよう求め、夫、すなわち父はひどい便秘症で苦しんでいる最中のため、「自分が力んでいるときくらい、放っておいてくれないか」（二〇）と言い返す描写が続き、三者三様の思いとそのずれ具合はほとんどコメディ映画のギャグに近いと言えるだろう。

同時に、半ページにも満たない短さでありながら、この場面は、ユダヤの食餌《しょくじ》規則に忠実であることで家族を、とりわけ最愛の息子を護ろうとする強い母、大きな保険会社のユダヤ系差別と闘うことに必死でそのストレスから便秘症を病んでいる弱い父、そういう彼らに反発し、高校生にもなって排泄について干渉されることに苛立ち、それでいてやはり両親を愛してもいる思春期の息子という三人の家族関係やその社会的背景まで描き出しており、ロスが新たに見出した「言語の力」がみごとに証明されていると言えるだろう。ユーモラスでリズミカル、自由闊達、そして的確な描写力。第二章で述べたように、「さようなら、コロンバス」のパティムキン家の食事場面にもロスの「言語の力」の片鱗は伺えたが、ここまでの力は発揮されていなかった。『ポートノイの不満』をロス文学全体の中に位置づけるとき、この点はしっかり押さえておくべきだろう。

3　二つのアイデンティティに引き裂かれて

アレックス・ポートノイは一九三三年、すなわち、東欧から大量にユダヤ系移民が押し寄せ始めて五十年近く経ってから、ユダヤ系の住民が圧倒的に多いニュージャージー州、ニューアークに生まれている。言うまでもなくこれは作者フィリップ・ロスと同じであり、多くの読者やメディアが

『ポートノイの不満』の主人公＝作家自身と考えたのも無理もなかった。それはともあれ、一三三年生まれである主人公を取り巻くものは移民一世のそれとは大きく違っていた。第一に家で話されるのはアメリカ英語であって、イディッシュ語ではない。第二に父親は会社勤め、母親は専業主婦であって、行商やスウェット・ショップとは縁がない。(2) 第三にユダヤ教の食餌《しょくじ》のルールに従ってはいるが、息子に期待するのはアメリカ社会で成功することであって、ラビになることではない。(3)

そういう意味でアレックスは、アーヴィング・ハウが『父たちの世界』(一九七六)でノスタルジックに描いたニューヨークのロウアー・イーストサイドの移民文化とは最初から無縁だった。また、小学校低学年時代が第二次世界大戦と重なることもあり、アメリカ国家とアメリカ文化をこよなく愛する少年として成長していった。彼は精神分析医シュピルフォーゲルに、かつて自分はすべてのアメリカ軍歌をそらで歌い、すべての戦闘機や軍艦の名前を言えたと語っている。とはいえ、一方で、小学校の授業終了後にヘブライ語を習わされ、過ぎ越しの祭りや安息日等の儀式への参加は当然視され、新年祭などの重要な祭日にはシナゴーグに行くよう求められもした。要言するなら、彼は小さい頃から二つのアイデンティティに引き裂かれた存在だった。学校の成績もよく、両親に深く愛される「ユダヤのよい子」("a nice Jewish boy") は両親や周囲が求めるユダヤ的なものを真っ向から拒絶することもできず、といってアメリカ民主主義の意義や世界のさまざまな歴史を学校で習えば、ユダヤ的な世界はいかにも狭隘《きょうあい》で、そこに留まることは自分を閉じ込めることのように思えて、葛藤を抱えるようになっていったのである。

結局、アレックスはユダヤよりもアメリカを優先させることによって、《引き裂かれたアイデンティティ》の問題を一時的に封印する道を選んでいく。アメリカに近づく方法として、具体的には成長過程で変化する三つの戦略があり、時系列的に言うなら、最初が野球、二番目が非ユダヤ系女性シクサ[4]（shikse）、三番目がアメリカ民主主義への献身である。当然のことながら、野球は小学生時代、シクサは思春期から青年期、三番目は青年期から三十三歳の現在までに対応するのだが、先に述べたようにそれが封印のための戦略に過ぎなかったゆえに、今、彼は精神的限界に達し、分析医のオフィスを訪ねているのである。

野球は周知のようにアメリカで生まれ、発達したスポーツであり、アレックスの中で野球とアメリカは等号で結ばれていた。身体能力の限界があり果たせなかったが、可能であれば彼は喜んでプロの野球選手になっていたことだろう。少年時代のアレックスがいかに野球に夢中だったかは、ヘブライ語学級の間もグラウンドに飛びだしていきたい衝動に駆られていることから容易に想像できるだろう。

シクサについては思春期の性的目覚めとともにアレックスの妄想の中心になっていく。むろん周囲にはユダヤ系の少女がたくさんいるのだが、彼にとっては青い目、金髪のワスプの少女たちは本当の意味のアメリカを象徴する存在であって、彼女たちに触れること、できるなら性的に結ばれることこそ、アメリカに届くことのように思われるのだった。彼の憧れは強く、彼女たちに少しでも近づきたくて近くの屋外スケート場で彼女たちの後ろを滑るのだが、一方で、彼女たちが自分のユダヤ系の鼻を見て笑いはしないか、自分のユダヤ系の名前を知って蔑《さげす》みはしないかと怯えてもいるのだ。だがそれは彼がアメリカの「本流」から外れているという意識の裏返しであり、彼は本物のアメリカ人になるためにはシクサを性的に征服しなくてはならないと思い込むようになるのである。実際、彼は青年期になると次々に非ユダヤ系の女性を誘惑していくのだった。分析医に彼はこのことを次のように説明している。

> 私が言いたいのは、先生、私はこの女たちに自分のペニスを突っ込んでいるというより、彼女たちの出自に突っ込んでいるような気がするってことなんです。まるで、ファックすることでアメリカを発見しようとしているような感じ、アメリカを征服しているみたいな感じなんです。コロンブス、キャプテン・スミス[5]に繋がる系譜ってわけです。どうも、私の「明白なる天命《マニフェスト・デスティニー》[6]」は四八州の女すべてを誘惑することみたいです。(二六五)

引用は、アレックスの中でシクサとアメリカが重ね合わされていることを示しているが、同時にそれは彼女たちが愛の対象というより、征服の対象であり、そういう意味では敵に近いもの、少なくとも彼を圧迫するものと解釈可能であることをも示唆している。したがって、彼がどんなに彼女たちを誘惑しようと、この孤独な闘いにゴールはなく、彼はアメリカの中心に到達せず、常にアメリカとの愛憎関係の中に宙ぶらりん状態で取り残されてしまうのだ。

　そして第三の戦略、アメリカ民主主義への献身は、彼のこのような疎外感と関係している。自由、平等、幸福を追求する権利をすべての国民に保証する合衆国独立宣言は、アメリカの周縁的存在としての痛みを抱えるアレックスのような存在にとって、一つの救い、一つの希望だった。だから彼は奴隷廃止宣言をした大統領エイブラハム・リンカーンを心から尊敬し、大学で法律を学んだあと、行政の道に進み、今は「ニューヨーク市機会平等監視委員会」の副長官として、日々、職業選択等の場面で人種差別が行なわれていないかをチェックする業務に従事している。まさに民主主義の番人となっているのである。そしてこの戦略が優れているのは、ポスト自体名誉あるものであって、アメリカ社会の成功者になった満足感を彼に与えるだけでなく、自分たちから息子が離れていってしまったと嘆く両親をも喜ばせるという、一石二鳥の効果がある点であった。六〇年代、黒人公民権法が成立し、人種の平等への関心が高まった風潮の中で、アレックスは新聞やテレビ等のメディアにしばしば登場し、息子自慢の両親はそのたびに知人たちに新聞記事を読むよう、テレビ番組を見るよう知らせるほどだったのだ。

三十三歳のアレックス・ポートノイはこうして、アメリカ民主主義のために貢献しているという誇り、社会的名声を手に入れたという満足、両親の期待に応えているという喜びの三つを手に入れた。それはユダヤとアメリカという二つのアイデンティティに引き裂かれてきた彼にとって、一つの確かな到達点であった。だが、どうしたことだろう、彼はこのあと、精神のバランスを大きく崩してしまうのである。

4　母による身体の支配

精神分析医が患者にすること、それは患者の幼少時の記憶を蘇らせ、精神的な行き詰まりの根本原因を探ることである。アレックスが訪ねた分析医シュピルフォーゲル博士も同様のアプローチを取り、フロイトのエディプス理論を適用して、まずは幼少期の母親との密着を疑い、母親について語らせている。『ポートノイの不満』が「私が出会った最も忘れがたい人物」というタイトルの最初の章で母ソフィ・ポートノイを登場させているのはそのためである。

小学校一年生のアレックスは母のあまりの有能さゆえ、担任の女性教師は変装した母親に違いないと思い込み、再び母に戻るべく変身中のところをキャッチしようと、授業終了のベルが鳴って大急ぎで家に戻るのだが、いつも母はすでにキッチンにいて、アレックスのおやつをテーブルに並べているのだった。このことは彼に教師と母が同一人物だという妄想を捨てさせることにはならず、むしろ母の能力に対する尊敬を増しただけだった。作品冒頭のこのエピソードは、幼児に正しい振る舞いを教え込むという、教師と母親の共通性を示唆していると考えられる。両者は、幼児に家や公の場でやっていいこと、やってはいけないことを教え、何も知らず生まれてきた赤ん坊、すなわち行動予測不可能な存在を、行動予測可能な社会的存在に転換させるだけでなく、その副産物として、幼児の側に畏怖と尊敬の念を植え付けるのである。

我々はしばしば母性愛の神話にとらわれ、権威を持ち、社会規範を示す父に対し、母は子どもを包容力で包むもの、許容するものとみなしがちである。実際、母親はより自然に近い存在、豊穣な大地のような存在と考える文化が世界に数多く存在する。だが、実は、赤ん坊を自然から切り離すのは母親に他ならない。授乳期の母子一体の幸福な関係に留まりたい赤ん坊を、母は時に脅してまで離乳させる。その後幼児は、いつ食べるか、何を食べるか、どういう道具を使って食べるかを教え込まれる。それは我々が「人間」になるための必修科目であり、ほとんどの場合その教師は母親であろう。そしてもう一つ忘れてはならない必修科目が「トイレット・トレーニング」で、トイレの使い方の訓練に始まり、排泄の必要があるときは知らせるように言われ、失敗すると叱られることの繰り返しの中で、人はトイレット・コントロールを身につけ、社会に出て行くことが可能な存在になるのである。そしてこの科目の教師も古来母親であることが多かったことは言うまでもないだろう。

母の力と権威によって乳幼児は自然状態のまどろみから覚醒させられるわけだが、ユダヤ系の家庭に生まれたアレックス・ポートノイには他のエスニシティの子どもより習う科目が多かったはずである。何しろ、食餌に関するさまざまなルールがあるのだから。そして彼はいささか気むずかしい子どもだった。だから、ある日、食べ物を口にしようとしない彼に向かって、母はナイフを持ちだし、「食べなきゃダメ」と威嚇《いかく》するのだが、それが仮に愛する息子に栄養を取って欲しいゆえの行為だったとしても、息子に恐怖、いわゆる「去勢不安」(7)を与えることになったと解釈することは可能だろう。

トイレット・トレーニングについても、母ソフィは、アレックスの幼い頃、彼のペニスの下側を撫でて排尿を促したという。そういうこともあったからだろう、もう少し大きくなって海水パンツを店に買いに行ったとき、彼が年上の従兄が持っているようなサポーター付きのものが欲しいと言ったところ、母は「お前のあのちっちゃなもののために？」とからかうように笑ったという。無論、それは彼をいたく傷つけたのだが、これらのエピソードが示すのは彼の「男性性」が母の完全なコントロール下にあったということである。また、思春期にさしかかる頃、一つの睾丸《こうがん》が陰嚢《いんのう》から腹腔《ふくこう》に上昇してしまったことがあり、彼はひどい恐怖を味わうことになるのだが、これもまた彼の「男性性」の不安が顕在化したエピソードと言えるだろう。

とはいえ、いくら母の支配が強くても、仮に父が強く権威ある存在であったなら、アレックスはここまで「男性性」に不安を覚えなかったであろう。マーク・シェクナーは、家に帰ってきては便秘の解消のために長くトイレにこもる父の姿が、アレックスの目には性的不能の表われのように思われたであろうと考察している。(8) 実際にそうであったかどうかはここでは問題ではない。問題は父のそのような姿に息子は実社会における父の無力を感じとり、父の中に男としてのロールモデルを見いだせなかった点にあると言えるだろう。

このように考えるなら、少年アレックスが父の大きなペニスを賞賛する場がロシア風呂（一種のサウナ風呂）であったのも当然だろう。というのもそこはユダヤ系の男たちが集う場、したがってワスプの男たちはもちろん、すべての女たちが排除される場であって、そこでは彼らの男性性は脅かされることがなかったからだ。だが、それは非日常的な、例外的な場であって、アレックスが日々目撃したのは、腸を動かそうと長いこと便座に座り続け、時にそのまま眠り込んでしまう父の姿だった。彼はある日の情景、何らかの理由で母が父を責めている情景をよく覚えているが、その記憶を蘇らせるたびに、責められているのが自分であるように思われるのだった。なぜなら「家の中で責められるような悪いことをするのは、四人家族のうちの二人、ペニスを持つ二人のうちのどちらかに決まっている」（九六）からである。

アレックスの身体がその成長期に母のコントロール下にあったことを見てきたが、当然のことながら、彼が大人の男になるためには、母の支配にいつまでも従っているわけにはいかない。アレックスの過剰なまでの自慰行為の意味はこの文脈で理解されるべきだろう。彼は母から自分の男としての身体を取り戻す必要があったのだ。しばしば彼が食事の途中で性衝動に駆られ、トイレに駆けこむのはこのことと関係する。仮にマスタベーションのためでなくとも、食事中にテーブルから立つことは正しいマナーとは言えず、彼の振る舞いは、食事のテーブルの総監督である母ソフィに対する反逆にほかならないと言えるだろう。

そして『ポートノイの不満』を有名にしたあのエピソード、母が家を留守にしている間に、主人公が冷蔵庫からレバーを持ち出し、レバーに向かって射精し、そのレバーがそのまま調理され、夕食のテーブルに出され、アレックス以外の一家のメンバーは何も知らずにそれを食したというエピソードの意味も同じ文脈で理解されるべきだろう。

また、幼い頃母親と重ね合わされていたのが小学校の先生であったことを考えるなら、アレックスが授業中に手をあげ、教師の許可をとってはトイレに駆け込み、自慰行為に耽《ふけ》るのも同じ意味合いで理解できるように思われる。彼は学校という、子どもを社会に順応する存在に仕立て上げる場で、己れの身体を使って密かな反逆を繰り返したのである。というのも、成績も行儀もよく、教師にも両親にも期待される「よい子」にとって、真に自分のものと言えるのは、彼の男性器だけなのだ。いや、逆にこうも言えるかもしれない。自慰に耽ることで、彼は公の場、他者が見ている場ではよい子を演じていられたのだ、と。

このからくりはその後も変わらず、ハイスクールを卒業し、一流のロー・スクールに進学する一方で、彼は次々と性的冒険を求めていく。そうすることで初めてもう一人の自分、社会的に認められる立派な自分を維持することが可能だったからである。しかも厄介なのは、公的世界で成功を成し遂げれば成し遂げるほど、私的世界ではより過激な性、より強烈な猥褻さが必要になっていき、こうして、「ニューヨーク市機会平等監視委員会」副長官におさまったアレックスは運命の女、モンキーと出会うのだった。

5 《身体》という主役

前節では、アレックス・ポートノイの過剰な性衝動が、母を起点として作り上げられた社会化された自分と、それに逆らう身体という二重構造から生まれたことを見てきた。つまり、アレックスはユダヤとアメリカという二つのアイデンティティの間で引き裂かれているだけでなく、「社会的存在」と「身体」という分裂も抱えていたと言えるだろう。無論、この分裂は人間すべてが抱えているものなのだが、ロスが『ポートノイの不満』で強調的にこの点を表現したのは間違いないだろう。作家自身、「『ポートノイの不満』以降の自分の作品の方向性は、自分の中の社会化されていない部分への関心の増加で説明できる」と語っている。[9] そしてこの傾向はたとえば四半世紀以上経ってから発表された『サバスの劇場』などでさらに強まっていったように思われるが、ともあれ、『ポートノイの不満』においてロスは「社会化されていないもの」の代表的なものとして、《身体》に対して主役級の扱いをしたと言えるだろう。ロス文学の特徴の第二番目《身体》が本作ではっきり表われていると述べたのはこの意味においてである。

そして『ポートノイの不満』はこのあとモンキーという女性を使って、「社会的存在」と「社会化されることを拒否する身体」という主人公の二重構造の欺瞞と限界を明らかにしていく。モンキーにはれっきとしたメアリー・ジェイン・リードという名前があるのだが、自身のみだらで隠微な性的欲望に過不足なく応えてくれる彼女について、アレックスは人間以下、したがってモンキーという呼称がふさわしいと考えている。それは逆に言えば自身も人間以下ということなのだが、彼はその事実に目を向けることはしない。また、高級行政官という立場の彼は、当然のようにモンキーとの関係を絶対の秘密にしており、彼女も影の存在に甘んじる日々が続いていく。だが、お忍びのヨーロッパ旅行中、ローマで娼婦を交えての三人によるセックスのあと、屈辱感に打ちのめされたモンキーはアテネのホテルでアレックスに結婚という形の承認を求めたのだった。アレックスはすぐさまその要求を撥《は》ねつけるが、モンキーはローマでの出来事も含めて今までのすべてのことをばらしてやると息巻き、それでもアレックスの態度に変化がないのを見ると、部屋の窓から飛び降りて死んでやると言い出すのだった。恐ろしくなったアレックスは卑怯にもその部屋から逃げ出し、アテネ空港へと急ぎ、どういうわけかニューヨークに戻る便ではなく、テル・アヴィヴ行きの便に飛び乗ったのだ。

第一章で紹介したように、この飛行機の中で彼は幼い頃、近隣の大人の男たちがやっていたソフトボールの試合の、ユダヤ系ならではと思われるやりとりを切ないまでの懐かしさで思い出している。それは、テル・アヴィヴ行きの飛行機を選んだこととも併せて、アメリカを優先し、ユダヤを封印してきた主人公のアイデンティティ問題に、ある変化が起き始めている兆しと言えるだろう。ただし、作者は主人公に安易でセンチメンタルな、「精神の帰郷」を思わせるようなエンディングを用意することはせず、物語はさらなる混迷と笑いの世界へと突き進んでいく。

イスラエル。ユダヤ人が血と涙の長い歴史の果てにようやく手に入れた祖国、アレックスにとっての「同胞の国」。そこを旅することにアレックスは何を期待したのだろう？　漠然とではあっても、祖国に抱かれ、自身のアイデンティティ問題が解決されると考えたのだろうか。

レンタカーで旅する途中、彼はヒッチハイクをしていた女性ネイオミを車に乗せる。彼女はキブツ(10)で働く二十一歳、背が高くがっしりしていて、どことなく母ソフィに似ている。さらにネイオミは厳しい政治環境に晒《さら》されているイスラエルのユダヤ人に較べて、アメリカのユダヤ系の人々がいかに軟弱であるか、アレックスはその典型だと非難するのだが、その口調の厳しさもソフィを思い出させるものがあり、彼はネイオミのような「疑似母」に叱られることで正しい道に戻りたい、アイデンティティのほころびを修復したいと考える。そこで唐突に彼女に結婚を申し込むのだが、そのようなアレックスの思考回路は未だに母のコントロール下にあると言えるだろう。

だが、無論のこと、答えはにべもない拒絶だった。すると彼は《身体》の欲求に従い、少なくとも彼女とセックスをしようと襲いかかる。ただ、イスラエルでは女性にも徴兵制があり、軍事訓練を受けたことがあるネイオミにあっさり押さえ込まれてしまう。しかもこの後、ネイオミの非難はエスカレートし、アレックスが就いている「ニューヨーク市機会平等監視委員会」副長官というポストについて、「あんたの仕事は人権や人間の尊厳がアメリカ社会に実在しているかのように見せかけることでしょ。実際にはそんなもの、ないのに」（二九六）と言い切るのである。おそらくそれは彼自身うすうす感じていたことだったのだろう。自身のアイデンティティの基盤の薄っぺらさを突かれたアレックスは激高し、もう一度彼女に襲いかかり、今度は押さえ込むことに成功する。だが、いよいよ彼女を陵辱《りょうじょく》しようとしたとき、ローマで娼婦と交わり梅毒に感染しているのではという不安がよぎり、彼は性的不能に陥ってしまい、そういう彼を「豚」呼ばわりしてネイオミは去って行くのである。(11)つまり、今回は《身体》さえ彼を裏切ったのである。

　となれば、彼に何が残っているのだろう？ アレックスは今、床に這いつくばい、屈辱感にもだえ、言葉にならない「あ〜〜〜〜！」（二五三）と叫ぶのみだった。母の支配から脱し、大人の男になろうという彼の試みは灰燼《かいじん》に帰し、赤ん坊そのものの姿になり果ててしまったのである。当然のことながらこういう状態ではアイデンティティのほころびの修復など望むべくもない。いやむしろ裂け目が広がり、完全な破綻状態と言ってよいだろう。そういう意味ではこれはかなり悲劇的なエンディングと言えようが、読者の読後感はいささか異なるのではないだろうか。

　というのも、作品の最終部分で、アレックスは想像上の自己審判を行なっており、そこで展開される裁判官とのやりとりが抱腹絶倒の自虐ユーモアに満ちているからだ。それはとりもなおさず、アレックスが自身の欺瞞、その限界をよく理解していること、しかもそれを笑いに換えられるほど突き放して自己を見る能力が彼に備わっていることを証している。それはまた、そのような主人公を表出する作家にも言えることであって、そういう意味で、最後のオチ《パンチライン》となる発言、シュピルフォーゲル博士の強いドイツ訛りの「Now vee may perhaps to begin. Yes?《さあ、始めましょうか》」の中の「始める」という言葉は、意外にポジティブな意味をまとっていると言えるだろう。『レッティング・ゴー』と『ルーシーの哀しみ』執筆の苦しみを後にして、ここからロスは自身の真のアイデンティティを求め、再出発するのである。

●注

（1）Pierpont. 27.

（2）帝政ロシアのユダヤ人迫害（ポグロム）から逃れて、十九世紀末から二十世紀初頭にかけて大量の東欧ユダヤ人が押し寄せた。彼らはニューヨークのロウアー・イーストサイドにコミュニティを作り、新生活をスタートさせたが、生計を立てるのは容易ではなく、多くの場合、行商や、スウェットショップで働き、わずかな賃金を得たのだった。スウェット・ショップとはアパートの小さな部屋に数人で集まり、既製服の縫製の下請けに従事する形態を指した。

（3）東欧ユダヤ人社会では息子がラビになることが両親の最大の望みだったことはよく知られている。

（4）ユダヤ系の人々は長い歴史の中で、自分たちのコミュニティを維持するためもあったのだろうが、息子がユダヤ教徒以外の女性と結婚することを恐れてきた。そのことの表われの一つとして、「シクサ」（＝異教徒の女性）という言葉があると思われる。

（5）イギリス人軍人・探検家のジョン・スミス（一五八〇―一六三一）のこと。アメリカ大陸各地を探検し、アメリカ合衆国成立への道を拓いたことで知られている。

（6）**明白なる天命**　Manifest Destiny　アメリカの西部開拓は神の意思によるもの、天命であるとしてネイティブ・アメリカンの追放や迫害をも正当化した標語。

（7）「去勢不安」はフロイトの考えた発達段階のひとつで、男根期に幼児が抱く、ペニスが切り取られるのではないかという空想からくる不安のこと。

（8）Mark Shechner. *After the Revolution* (Bloomington & Indianapolis: Indiana University Press, 1987), 207.
（9）Roth. *Reading Myself and Others*. 76.
（10）**キブツ**　イスラエルの集団農場。二十世紀初頭から始まる計画的な入植事業であり、徹底した自治意識、平等の思想が特徴。イスラエル建国にあたって、アラブ人との対立抗争の先兵の役割を果たした側面もある。
（11）ユダヤ教の教えでは豚は不浄のものとされ、食べることを禁じられている。したがって「豚呼ばわり」はユダヤ系の人間にとって侮辱の意味合いが特別に強いと言えるだろう。

第五章　本当の自分を描くということ
――『男としての我が人生』

1　症例報告ではなく

前章で明らかにしたように、フィリップ・ロスは一九六九年の作品『ポートノイの不満』でそれまで縛られていた《偉大な文学》から解放され、独自の言語世界、すなわち《声＝言語》を発掘し、同時に、社会化されていない《身体》の問題に光をあてることに成功した。そういう意味で、それが相当にスキャンダラスな作品であったとしても、『ポートノイの不満』がロス文学の最初のピークを形成していることは間違いないだろう。ただ、それからの十年、一九七九年の『ゴースト・ライター』まで、ロスは再び、自身の文学と呼べるものを構築すべく、葛藤の日々を過ごすことになった。

というのも、ユダヤ系アメリカ人青年の引き裂かれた二面性、すなわち、模範青年という表の顔と過激な性を嗜好《しこう》する裏の顔を巧みに描き出した『ポートノイの不満』は、フロイト理論の強い影響下にあることが明白で、極端な言い方をするなら、「症例報告書」に近いものとも言えるからだ。

実際、主人公の語りが明らかにしたのは、強い母のコントロールから抜けだそうともがく少年の身体性、男性性であって、それ自体、フロイトの精神分析理論に沿ったものである。ユダヤとアメリカに引き裂かれたアイデンティティについても、程度の差はあれ、他のエスニシティについても同様な要素が認められ、その意味では特殊なものとは言い切れない。敷衍《ふえん》するなら『ポートノイの不満』は誰しもが経験する社会的、文化的拘束がその人の人格に与える影響のケース・スタディ、その究極版とみなすことが可能なのである。

ただし、精神医学雑誌に掲載される客観的な観察に基づく症例報告と違い、「患者＝主人公」が赤裸々に、なりふり構わず勢いにまかせて語る内容は読者を笑わせ、圧倒するのに十分だった。ロス自身そのことに自覚的であったのだろう、アレックス・ポートノイは登場人物というより、「爆発」（という現象）であったと語っている[1]。この「爆発」があまりにも強烈だったので、その余波がしばらく残ることになった。ロスがしばしば同じ主人公を複数の作品に登場させることを念頭に、あるインタビューアーが「どうしてポートノイをほかの作品で登場させなかったか？」と質問した際、彼が『われらのギャング』と『素晴らしいアメリカ野球』（一九七三）は別の形態の「ポートノイ」だと答えているのはこのことと関連すると思われる[2]。

『われらのギャング』も『素晴らしいアメリカ野球』も攻撃的な笑いと風刺に満ちた作品であり、ロスは『ポートノイの不満』で手に入れた《言語》、すなわち「語りの力」を縦横無尽に発揮している。ロスによれば前者はベトナム戦争時のソンミ村虐殺事件の実行部隊メンバーに対する裁判で、時の大統領ニクソンが介入し減刑させたことへの激しい怒りが執筆動機であり、後者は語りの可能性をさまざまに探りながら、愛して止まない野球を素材に赤狩り時代のアメリカ政治を風刺したものだという。いずれにしろ、両者とも『ポートノイの不満』を執筆し、思いもかけないほどの成功を収めるという経験があって初めて生まれた作品と言えるだろう。

ただ、これもロス自身が語っているところだが、実はこの時期、彼は六八年に事故死した元妻との壮絶な闘いをなんとか作品化しようと試行錯誤を繰り返し、行き詰まっては断念して、『乳房になった男』や『われらのギャング』等の作品を執筆したのだという。『乳房になった男』は比較文学教授デイヴィッド・ケペッシュがある朝目覚めたら巨大な乳房に変身していたという設定の、フランツ・カフカへのオマージュ的作品であるが、主人公が精神分析医に自身の状況や変身の原因について饒舌《じょうぜつ》に語っており、明らかに『ポートノイの不満』との共通点が多い。

クローディア・ロス・ピアポントは『ポートノイの不満』以降のこれら三作品の問題点について、「登場人物がリアルでない、つまり抽象的である(3)」と指摘しているが、逆に言うなら、そのやり方ではロスが書きたいものを書けなかったということになるだろう。だからなんとか別のやり方、別のアプローチを探さなくてはならなかった。こうして、彼は「まるでトンネルを掘るように(4)」、何回も、何十回も、あらゆる方法を試しながら、失敗を積み重ね、ようやく『男としての我が人生』(一九七四)を書き上げた。そのような苦労をしてまで書きたかったもの、それは何か。ひと言で言うなら、個としての自分、「症例」に収まりきらない自己だった。

2　役に立たないフィクション

『男としての我が人生』は第一部が「主人公＝小説家」ピーター・ターノポルが創造した「登場人物＝小説家」ネイサン・ザッカマンによる二つの短篇作品、第二部がピーター自身の自伝的作品という二部構成になっており、この構成自体が先に述べたロスの試行錯誤をよく表わしている。後の作品群の代表的主人公ネイサン・ザッカマンが小説家であることはよく知られているが、ロスが主人公の職業を小説家にしたのはキャリア十五年目、八作目の本作が初めてである。八〇年代から九〇年代にかけて、ネイサンが登場する多くの作品を世に問うた際、ネイサン＝ロスと考える批評家や読者から「自分のことばかり書く作家」と非難されたことからわかるように、作家を主人公にすることにはそれなりのリスクが伴っている。ロス自身それはよく承知していたことだろう。ただ、それでもあえてそのようにしたことに意味がないとは考えにくい。具体的に作品内容を見ていくことにしたい。

第一部は「役に立つフィクション」と名付けられた二つの短篇小説から成っている。二作とも「登場人物＝小説家」のネイサン・ザッカマンによって書かれたという設定だが、このネイサンは名前は同じでも七九年に華々しく登場するネイサン・ザッカマン、あくが強く、攻撃的なユーモアを好むあの作家とはかなり異なり、書かれている内容はともかく、書き方は極めて紳士的であり、むしろ、そこに問題点があるように描き出されている。

最初の作品「サラダの日々」（"Salada Days"）では、靴屋を営むユダヤ系の父と優しい母のもとで大事に育てられた息子ネイサンと、近隣の実業家の娘シャロン・シャッツキーとの性的冒険が三人称の語りで描かれている。ただ、ネイサンは大学で文学を学ぶことによって知的優越感を抱く傲《ごう》慢《まん》な若者に変わり、両親と距離を置くようになっている。シャロンも排泄行為を思わせる苗字[5]を変えようとしない父に強い反抗心を抱いている。そういう二人が性的に惹かれ合うのだが、時は五〇年代、結婚前の若者が自由に愛し合うことは許されていない。ところが、奇妙なことに、二人の性的興奮は両親がそばにいることで高まるのだ。たとえば、二組の親夫婦がテラスで和やかに話し合っている傍らで、シャロンがバスルームのドアを開け放しにしたまま、便器に座り、ズッキーニやその他の野菜を使って自慰行為をする（これがタイトルのゆえんである）のをネイサンが眺めて楽しむシーンがあるのだが、描かれていることは強烈であっても、二人が親が考えている枠組みの内側に留まっている点を見逃すべきではないだろう。しかも、大学教授というポストを得るため、イギリスの名門大学で英文学を学ぶ予定のネイサンは、その前に徴兵義務を果たすべく入隊するのだが、兵舎に猥褻な言葉を散りばめた電話をかけてくるシャロンを、無知で複雑さに欠け、自分のような文学を学ぶ人間の「魂の伴侶」（二八）[6]にはなり得ないと考えるのである。

「魂の伴侶」という言い回しの古風さが示唆しているのは、《偉大な文学》、高尚な文学を信奉する態度であり、身体やセックスを含むそれ以外のすべてのものを一段下に見る傾向である。すなわち、ネイサンは形而上と形而下を区別する旧世代の価値観から自由になってはいないのだ。だから、作品の最後、「二十代の十年間にザッカマンが背負い込むことになる不幸を忠実に物語るには…（中略）…

まったく別のもう一人の人間〔もう一人の別のタイプの作家〕が必要だ」（三二）と綴られ、『男としての我が人生』全体の筆者ピーター・ターノポルによって（すなわち、自身の真の問題に向き合おうとしてもがいている作家フィリップ・ロスによって）、「サラダの日々」の作品としての限界、問題点が明示されるのである。

二つ目の作品「不幸への求愛」（"Courting Disaster"）は「サラダの日々」の続編の形をとり、その後のネイサン・ザッカマン、すなわち彼の「二十代の十年間」が「サラダの日々」とは異なり一人称で語られている。ネイサンの家族関係も多少変更され、「サラダの日々」と異なり、兄ではなく姉がいるのだが、低俗な娯楽や装飾品に夢中になる姉のことを、F・R・リーヴィス(7)のマシュー・アーノルド(8)論を愛読する弟は軽蔑せざるを得ない。このことからわかるように、「不幸への求愛」の主人公のネイサン・ザッカマンは相変わらず「高尚な文学」の信奉者であり、そして実際に最初の作品がそれなりに評価された駆け出しの作家でもあった。

そういう彼にとって、教鞭を執っていた大学の創作クラスで出会ったリディア・ケッテラーは眩しい存在だった。十二歳で父親に犯され、父が出奔したため病気がちの母と一緒に二人の伯母のところに厄介になったリディアは、その後、暴力的な男と結婚したものの、離婚、二人の間にできた娘モニカは夫に取り上げられてしまうという数奇な人生を生きてきた。それまで読書によって文学に触れてきただけのネイサンには、五歳年上の彼女が活字から立ち上がった「生きた文学」に思われ、気がつくと彼女に求愛、すなわち「不幸に求愛」していたのである。

そしてそうなれば結婚へと突き進むのは、ネイサンが抱く五〇年代的女性観からすればごく自然なことだった。女性は社会的に弱いものだから、男性が結婚という形で護ることによって初めて男女が対等になれると考えるネイサンはこうしてリディアと結婚するが、それは決して幸福な結婚ではなかった。彼女は「自分と結婚したことを後悔しているでしょう」と繰り返し言い募るだけでなく、前夫から取り戻した娘モニカの美しさと若い肢体に彼が惹かれていることに気づき、関係を疑ったのだ。そして、実際にはその時点ではネイサンの自制心からモニカとそういうことになっていなかったにもかかわらず、ある日、リディアは浴槽で手首を缶切りで切って、自殺を遂げてしまう。

リディアが自殺したことで、義理の関係とはいえ、周囲の人々に近親相姦を疑われるのではないかと恐れて、ネイサンは十六歳のモニカとともにイタリアに移り住み、彼女が二十一歳になるのを待って結婚を申し込む。だが、モニカが自分は誰のものにもなりたくないと断ったため、二人は着地点の見えない同棲生活を異国の地で続けている。リディアへの求愛から始まるネイサンのこれら一連の行動には明らかに「高尚な文学」と五〇年代的道徳観が色濃く影を落としている。実際、この短篇のタイトル「不幸への求愛」には「あるいは五〇年代を真摯に生きて」という副題がついているのだ。だがそれ以上に問題なのは、「イタリアにいる限り、自分が起こしてしまったことへの恥と後悔の思いは制御できる」が、「自分が送っている今の生活は本当の自分の生活とは言えないのではないか」というネイサンの思いである。

ネイサンはいま、不幸と道徳心が絡み合いもつれ合う「五〇年代的メロドラマ」に足を取られ、身動きがとれないでいる。だが、書店で眼を通すアメリカの雑誌などによれば、六〇年代後半のアメリカは誰が誰と寝ようが気にしない、道徳面でのドラスティックな変化が起きており、さらに文学の手法も大きく変わっているという。それを知ってから、自分の生き方を振り返り、書き綴ったものを読み返してみると、時代に遅れてしまったという焦燥感を覚えずにはいられない。彼の文章は「礼儀正しく、生真面目」（八二）であって、本当の自分、本当の苦しみを描くことができていない。すなわち、二番目の作品「不幸への求愛」もまた、別の作者、別の文学的アプローチの必要性が明らかにされて終わるのである。

３「私の本当の物語」

「私の本当の物語」と題された第二部では、ネイサン・ザッカマンに代わり、ピーター・ターノポル自身が自分に起きた本当のことを語り、第一部の二作品で限界が明らかになった「五〇年代風文学」に風穴《かざあな》を開けようとしている。実際、フィリップ・ロスと最初の妻マーガレットとの結婚への経緯、別居から彼女の事故死にいたる過程が作品プロットのベースになっており、自伝的要素が濃厚な仕上がりとなっている。ただ、八八年に出版された『事実』や批評家による伝記的研究を参照するなら、必ずしも事実に即しているわけではない。「主人公＝小説家」の名前や家族構成はもちろんのこと、作品中の一部の出来事はかなり脚色されていると思われ、作者ロスの側に、それらによって到達を目指す、ある着地点があったと想像されるのである。

「私の本当の物語」は五部構成となっており、第一セクションではヴァーモント州の芸術家村に滞在する作家ピーター・ターノポルが、ネイサン・ザッカマンのペンネームで書いた作品、すなわち第一部の二つの短篇を兄と姉に送り、その感想を聞くのだが、両者とも作品の批評より、不幸な結婚にいつまでも拘泥《こうでい》している弟の精神状態を心配する返事をよこしたのだった。

次のセクションでは、妻モーリーンと別居後、ピーターがつきあい始めたスーザン・マッコールとのことが語られる。自己主張が強く、夫を支配しようとしたモーリーンと異なり、スーザンは受動的で優しいうえに料理上手で、モーリーンとのことで深く傷ついた彼にとって大きな癒しとなっている。また、裕福な家の娘であるだけでなく、結婚した大企業の御曹司《おんぞうし》が飛行機事故によって亡くなり遺産を相続した結果、今は経済的に何の心配もない若き未亡人のスーザンは、執筆もままならず収入も限られている上にその多くをモーリーンへの生活扶助料、弁護士費用などで取られ、追い詰められているピーターを陰《いん》に陽《よう》に支えてくれてもいる。だが、受動的で、自身の考えを持たず、性行為においてもただ受け入れるだけ、そういう意味で自我が希薄なスーザンに次第にピーターは不満を覚えるようになり、さらに、年齢的に子どもが欲しい彼女が結婚を望んでいることが心の負担となり、最終的に彼はスーザンとの別れを決意するのだった。

「当世風結婚」と銘打たれた第三セクションの冒頭は、「五〇年代に大人になった男にとって、結婚とは思いやり、成熟、真摯さ」（一六九）の証しだったとあり、モーリーンとの結婚がある意味で五〇年代の価値観の産物であったことが示唆される。彼女は第一部の「不幸への求愛」のリディアと同様、幼い頃から辛い目に遭い、ピーターが出会った時にはすでに二度の離婚を経た大人の女となっていた。両親に愛され、大事に育てられてきたピーターには、彼女が少女時代に家出したことも、最初の夫が暴力的だったことも、次の夫が同性愛の俳優だったことも、すべて「新鮮」で、恋心を刺激し、二人は共に住み始める。だが、恋愛はすぐに終わり、ピーターが出て行って欲しいと頼むものの彼女は出て行かず、「自分も作家になる、女に負けるのが怖いんでしょう」などと言い出すので大げんかとなってしまう。あげくはモーリーンが彼の手首に噛みつき、それを振り払ったところ彼女の顔にあたり、鼻血が出る騒ぎに発展するのだが、そこでようやく彼女は出て行ったのだった。

ところが、その三日後、モーリーンは、けろりとした顔で現われ、ピーターに妊娠したと告げる。身に覚えがなく、にわかには信じがたい彼は薬局で尿検査による確認をするよう求めるが、彼女が結果を持ち帰る前に、一人薬局を訪ね、妊娠が事実だと知って激しく動揺する。思い悩んだ末に、最終的に、真の男らしさとは何かを考えた彼は結婚を決意する。まるで「大学の文学の授業で聞いたような道徳的決断」（一九三）だった。無論、モーリーンは大喜びで受け入れ、ピーターの求めに応じて中絶の手術を受け、二人は結婚したのだった。だが、三年後、モーリーン自身が告白するのだが、妊娠は真っ赤な嘘で、公園で出会ったお腹の大きい黒人女性から尿サンプルを買い求め、それを薬局に持っていき、手術についてはピーターから渡されたお金で一日中映画を見ていたのだった。

言うまでもなく、モーリーンの衝撃の告白はピーターの心を完全に打ち砕いた。五〇年代の価値観に背くまい、真摯に男らしくあろうと考えて決意した結婚は、虚偽の上に打ち立てられたものだったのだ。信じてきたものに足を掬《すく》われた彼は精神のバランスを崩し、救いを求めて、精神分析医シュピルフォーゲル博士のもとを訪ねることになる。

4　精神分析理論を演じてしまうこと

第四セクションはそのシュピルフォーゲル博士との関係を描いている。シュピルフォーゲル博士と言えば、『ポートノイの不満』でアレックス・ポートノイの主治医として、彼の途方もなく饒舌な告白の聞き手を演じた人物だが、ピーター・ターノポルもまた博士に対し、驚くべき告白をしている。すなわち、モーリーンからニセ尿サンプルの話を聞かされた直後、彼はモーリーンの下着を穿《は》き、ブラジャーを身につけ、さらに、それに続く日々、友人の家のバスルームの床や大学図書館の本に自身の精液をなすりつけるという行為を繰り返したという。女性の下着を身につけることは彼が男としてのアイデンティティを見失ったことを示唆し、一方、精液を随所に残すのは、それでもなお男であることを確認する、あるいは主張するためと考えられるが、このエピソードがシュピルフォーゲルの理論に合いすぎている点を我々は見逃すべきではないだろう。

シュピルフォーゲルはピーターの結婚およびその後の精神的破綻の主要因を、彼がいまだに「男根崇拝の威嚇的母親」の影響下にある点に求めている。母親と似た強い女性と結婚したのはそのためであり、しかし、結婚が自身を脅かすものであることが判明した結果、男性性を誇示する必要に迫られたというのが分析医の解釈なのだが、ピーターの振る舞いはまさにそれをなぞっているように思われる。そういう意味で、次のように考えられはしないだろうか。すなわち、ピーターは「威嚇的母親」の影響下にあるというより、シュピルフォーゲルの強い影響下にあって、フロイトを援用した彼の分析理論をそのまま演じてしまったのだ、と。少なくとも、作者ロスはそれを示唆するために、いささか現実味にかける下着や精液のエピソードをピーターに語らせたのではないだろうか。

実際、ピーターはシュピルフォーゲルをほとんど神聖視している。それは、たまたまマンハッタンの街でバスに乗る彼を見かけ、「当惑と信じられない思い」(二二〇)を抱くピーターの姿からも明らかだろう。この時期のピーターにとって分析医は絶対的権威、日常を超えた存在であって、それゆえ彼が普通の人間のようにバスに乗って街を移動するという事実を簡単には受け入れられなかったのだ。

とはいえ、治療が長引くにつれ、ピーターは分析医の紋切り型の解釈に次第に違和感を覚えていく。そして、その違和感が怒りに変化するきっかけになったのがシュピルフォーゲルが精神分析学会の学会誌に掲載した論文だった。「クリエイティブな職業に従事する人間の精神傾向の研究」を専門とするシュピルフォーゲルは論文の中で、「強い母親に育てられ、去勢不安を抱き、その補償作用としてナルシシズム傾向が増大した芸術家」の例を分析しているのだが、一応、症例研究対象をイタリア系アメリカ人の詩人としているものの、論拠とされているエピソードその他からピーターであることは明白だった。

ピーターの怒りは一つにはプライバシーの侵害、今で言えば個人情報の濫用に向けられるが、それ以上に彼にとって受け入れがたかったのは「ナルシシズム」という言葉だった。この時期、彼は離婚を承知しないモーリーンだけでなく、どんな事例であっても「かよわい」女性の味方であろうとするニューヨーク州裁判所にも苦しめられ、それでも正気を保とうと自身を見つめ直す作品を書くべく試行錯誤を繰り返していた。それは容易な作業ではなく、未完成の原稿が段ボールの中に積み上がっていくばかりだったが、それを「ナルシシズム」というひと言で片付けられることにピーターは強い怒りを覚えたのである。もちろん、自身でもそうではないかと疑う部分もあり、ピーターは段ボールに、フローベール[9]がある友人に宛てた手紙の一節「あなたは芸術を感情の捌け口の場に、溜まったものを流しこむ一種の溲瓶《しびん》に変えてしまっています。だから悪臭がします。憎悪の匂いがぷんぷんしています」（二三八）を貼り付け、自身への戒めとしていたのだ。

だが、一方で、同じフローベールが、「芸術においては創造的衝動は狂的である」や、「巨匠たちの一途さを思うがいい！　彼らは一つの考えを徹底的に追い詰める」などの言葉を残しており、それを思うと、ピーターはそれら未完成の原稿を捨てきれないのだった。そして、心の中で彼はシュピルフォーゲルに次のように反論せざるを得ない。「小説家にとって自己は肖像画家にとっての自分の顔のようなもの」（二四〇）、すなわち「細かい観察を要する最も手近な主題」であり、「作家が鏡の中を覗き込んでいるのは、自分の顔に魅せられているからではなく、どれだけ自分から身を離せるか、どれだけ自分をナルシシストでない眼で眺められるかに芸術家としての成功がかかっているから」（二四〇、傍点筆者）なのだ、と。ここには明らかに「症例」に収まりきらない自己、「症例の用語では語り尽くせない」幾重にも屈折した自己を表現しようと葛藤する作家としてのピーター・ターノポルがいると言えるだろう。

だが、シュピルフォーゲルを「卒業」することはそう易しいことではなかった。論文の件で、ピーターは分析医への怒りを恋人のスーザンにぶつけ、彼女から治療をやめるよう忠告されるものの、結局、彼はシュピルフォーゲルのオフィスを訪問し続ける。それは、彼自身の説明によれば、自分は不安と自己懐疑の日々を送っており、「論文についていくら抗議しても一歩も引こうとしないシュピルフォーゲルの強さ」（二五九）に賛嘆の思いを抱いたからだという。その強さはモーゼに喩えられるべきもので、「汝、妻の下着を欲すべからず」（二六一）云々の十戒にピーターは従わざるを得なかったのだ。

5　自分でしかない自分

そして「自由」と題された最終セクションでは、モーリーンおよびシュピルフォーゲルからの解放が描かれる。離婚訴訟が膠着《こうちゃく》状態のまま三年が過ぎたある日、モーリーンから「決着をつけたい、二人きりで話したい」との電話があり、何度も苦い目に遭ってきたピーターはかなり躊躇うもののの、彼女の訪問を受け入れる。だが、やってきた彼女は、案の定、前言を翻《ひるがえ》し、離婚はしないと言明し、それだけでなく「母の衣装を着せられて」というタイトルでピーターのことを小説にしたと言い、朗読を始めるのだった。激しい口論の末、強い怒りに駆られたピーターはモーリーンに暴力を振るい、あたりに血が飛び散るが、興奮状態のモーリーンが「死なせてよ」と叫ぶので、うつぶせになった彼女の尻を暖炉の火かき棒で殴りつけながら「さあ、殺してやる」と応酬するが、気がつくとモーリーンは恐怖のあまり脱糞《だっぷん》しており、ひどい悪臭が漂っている。我に返ったピーターが彼女にシャワーを使うように言うものの、なかなか言うことを聞かないばかりか、この事態を自分の弁護士に電話で知らせると言い張り、すったもんだの末、深夜になってモーリーンはようやく帰っていったのだった。

読者の誰もが驚く、そして嫌悪感を覚える凄まじいシーンだが、作品全体の理解のためには第三セクションのニセ尿サンプルの告白場面と対照して考えるべきだろう。というのも、どちらの場合もモーリーンへの怒りからピーターが暴力を振るっており、その意味で似ているのだが、第三セクションではその後、女性の下着や自身の精液によってシュピルフォーゲルの「理論」を実演していたのに対し、最終セクションではエスカレートした暴力の結果、モーリーンの排泄制御機能が破綻する様子が描出されており、明らかにスタンスの違い、焦点の違いが見られるのだ。

人間はあまりにも強い恐怖に襲われたとき、震えが止まらなくなるだけでなく、いわゆるお漏らしをすることはよく知られている。よく知られてはいるが、文学作品でそれがリアルに取り上げられることは滅多にあるものではない。では、なぜ、ロスはこのような場面をあえて描いたのか。想定可能な二つの理由として、一つは男性性に焦点をあてたシュピルフォーゲルの「理論」からの脱皮を求めたこと、もう一つは第一部の二つの短篇に見られた「高尚な文学」の縛りを自ら断ち切る決意を鮮明にすることを挙げることができるように思われる。

第一の点については今までの議論から明らかであろう。これは明らかに「性」を重視するフロイト理論に作家が背を向けた証しと見ることが可能だろう。したがって、ここでは第二の点について《身体》に着目して考えたい。

デイヴィッド・グーブラーは『フィリップ・ロスの主な様相』（二〇一一）の中でロスには作家

としてのキャリアの初期において、ライオネル・トリリング[10]（一九〇五―七五）をはじめとするニューヨーク知識人グループ[11]の場合と同じように、文学を神聖視する傾向が見られると指摘している[12]。親世代と異なり大学教育を受けた彼らは、アメリカへの同化を目指し、東欧ユダヤ系移民のルーツに背を向けるものの、なお残る反ユダヤ主義の壁にぶつかってしまう。そこで疎外感を克服するため、社会主義に近づくが、スターリンによる粛正などのソ連の忌まわしい現実を知り、代わってイギリス文学をはじめとする「文学」をアイデンティティの拠りどころにしたと言われている。第一章で概観したロスの個人史を見ても、大学における文学との出会いが作家を志す大きな動機となったことは疑いようがない。そしてこの場合「文学」は悩める自己を救済する高位のものと位置づけられるのだが、彼を縛るものでもあったのだ。こうしてヘンリー・ジェイムズ的な文学からの解放は作家としての自立を目指すロスにとって大きな命題となっていった。

　そのことを踏まえて最終セクションのこのシーンを見てみると、ジェイムズがこのような情景を描くことなど想像だにできないという事実に誰しも思い至ることだろう。ここにあるのは「高尚な文学」の真逆であって、言ってみれば、これはフィリップ・ロスによる、ジェイムズを頂点とする「高尚な文学」への最終決別宣言なのだ。もちろん、それはジェイムズを否定することではなく、ロスが自身の文学を希求する上で、どうしてもなされねばならなかった試みであったことを大急ぎで付け加えておきたい。

　さらに、ロス文学の三つの特徴のうち、《身体》への強い関心が見られることにも注意を払っておきたい。しかもここでは脱糞という身体の原点ともいうべき機能に焦点が与えられ、「性」はむしろ後方に追いやられているのも重要な点だろう。文明が進み、衛生環境が整うにつれて、《身体》を忘却する傾向が強まっている。十九世紀末から二十世紀にかけてフロイトが「性」を精神理解の鍵とみなしたことはその意味で画期的だったが、身体を全体として捉えたかといえば、疑問が残る。しかしながら、《身体》なくして精神はありえないのであって、後の章でも明らかにしていくが、ロスは八〇年代以降の作品でも繰り返し《身体》に読者の関心を導いていったのである。

それはともあれ、「高尚な文学」からの離反をさらに証明するかのように、この後、第五セクションは次のように展開していく。モーリーンが帰った後、ピーターは自分が振るった暴力を弁護士に報告するのだが、事件性を憂慮した弁護士は、今後の離婚裁判への影響を最小限に抑えるため、至急ニューヨークを離れるように助言する。助言に従い、取るものも取りあえずピーターはスーザンとともにアトランティック・シティ[13]に避難し、まるで「情婦を連れて行方をくらましているギャングの親分」(二八九)のような気分を味わうが、それもつかの間、モーリーンが自殺を図ったという知らせが弁護士からもたらされ、急遽、病院へ駆けつけるのだった。

幸い、モーリーンは命を取りとめたのだが、それは離婚訴訟がこれからも続くことを意味し、裁判長に尿サンプルのトリックが事実であることを証明するため、彼女のアパートに侵入し、日記を手に入れ、「自分がいなければ、彼はフローベールの陰に隠れて、現実がどういうものか知らずに終わるだろう。彼が許しさえすれば、私は彼のミューズ〔文芸の女神〕になってあげられるのに」(三一〇)という書き込みを見つける。それはある意味でピーターの問題点を鋭く衝いており、彼は否も応もなく日記を読み進めざるを得ない。

一方、モーリーンの日記を読みながらピーターは同時進行的にウィリアム・フォークナーのノーベル賞受賞のスピーチ(14)を読むのだが、「人間は不滅です。……人間には憐憫《れんびん》と犠牲と忍耐のできる魂が備わっているからです」という一節に、思わず心の中で叫んでしまう。「なんとくだらない演説だ。どうしてそういうあなたに『響きと怒り』や『村』が書けたんだ?」(三二二)と。つまり、ピーターはフォークナーの大袈裟で抽象的な言葉の羅列に苛立ったのだが、モーリーンのリアルな肉体、リアルな渇望、さらに、それと向き合い、闘い続けているピーター自身のリアルな肉体とリアルな苦しみ、それらをまさに体験している身として、フォークナーの演説(作品ではなく)の抽象性、観念性の薄っぺらさを糾弾せざるを得なかったのだ。

そして自殺騒ぎの半年後、モーリーンは交通事故であえなく亡くなった。ピーターは果てしないモーリーンとの闘い、ニューヨークの離婚法との闘いから解放された。だが、法律的にはまだ妻であるモーリーンの死を両親に知らせる電話を切り、振り返ると、そこには体をまるめて、頼りなさそうな姿で椅子に座るスーザンがいたのだ。そして作品の最後はこのように結ばれる。「ああ、と僕は心の中で叫んだ――スーザン。君は君なんだ。そして僕であるこの僕は、僕であって、他の誰でもないんだ!」(三三〇)。

最後のピーターの叫びの意味を我々はどう解釈すべきだろうか。それは「他の誰でもない僕」への帰着、「個」としての彼に帰着したことを意味するのではないだろうか。この「個」は精神分析で抽象的に語られる症例ではない。また、「個」対「社会」という社会学的な対立構造で語られる「個」でもない。あくまでも作家として、男として、人間として生きる一つの「個」、ピーター・ターノポルという名前を持つ「個」であり、その「個」はいま「高尚な文学」への信仰から解放され、ほんとうの自分なりの文学を追究する出発点に立ったのだ。そしておそらく、モーリーンの存在があって初めてここまで来られたのだ。だからこそ、作者ロスは『男としての我が人生』という本作品の冒頭にモーリーンの言葉「彼が許しさえすれば、私は彼のミューズになってあげられるのに」を掲げたのであろう。

●注

（1）Roth. *Why Write?* 155.
（2）Roth. *Why Write?* 13.
（3）Pierpont. 78.
（4）Roth. *Why Write?* 158.
（5）「大便をする」の動詞 shit の過去形として shat があり、「シャッツキー」の響きは聞く人にそれを思わせるのである。
（6）Roth. *My Life as a Man* (New York: Penguin, 1985). 以下の引用はこの版による。
（7）**F・R・リーヴィス**（一八九五―一九七八） イギリスの文芸評論家。大衆文化に対抗して上質な文学を保存する必要性を訴えたことで知られている。
（8）**マシュー・アーノルド** Matthew Arnold（一八二二―八八） 十九世紀のイギリスの詩人、文芸評論家。物質的に豊かになりながら精神的な堕落や腐敗が見られるイギリス社会に対し、真の教養の大切さを説き、ミルトンやシェイクスピアの重要性を強調したことで知られている。
（9）**ギュスターヴ・フローベール**（一八二一―八〇） 十九世紀のフランスの小説家。代表作『ボヴァリー夫人』（一八五七）でロマンティックな想念に囚われた医師の若妻が、姦通の果てに破滅していく様を怜悧な文章で描き、リアリズムを確立した。

（10）ライオネル・トリリング　アメリカ・ユダヤ系の文芸批評家・小説家。コロンビア大学で教鞭を執りながら、『パルティザン・レビュー』誌等で批評活動を行なったニューヨーク知識人の中心的人物。

（11）ニューヨーク知識人　二十世紀半ば、ニューヨークを拠点に活動した知識人の総称。多くがユダヤ系で、社会主義的志向と文学理論の統合を目指した。

（12）David Gooblar. *The Major Phases of Philip Roth* (London: British Library Cataloging-in-Publication Data, 2011), 25.

（13）アトランティック・シティ　ニュージャージー州にあるリゾート地。一九七六年にギャンブルを合法化し、ラスベガスと並び、カジノが多く存在する。

（14）ウィリアム・フォークナー（一八九七—一九六二）　ヘミングウェイと並び称されるアメリカを代表する作家。実験的手法、壮大なプロットで知られる。一九四九年にノーベル文学賞を受賞。

第六章　ネイサン・ザッカマン登場
――『ザッカマン・バウンド――三部作とエピローグ』

1　作家の物語

フィリップ・ロスは一九六九年の『ポートノイの不満』で自身の《声》を発見し、ヘンリー・ジェイムズ的《偉大な文学》の呪縛から解放された。だが、それは充分なものではなかった。というのも、《声》は自由な語りの雰囲気を漂わせながら、実態としては、ポートノイの葛藤は精神分析医による症例報告の枠の中に留まっており、《偉大な文学》に代わって作家は精神分析理論に拘束されることになったとも言えるのである。その意味ではロスは本当の意味の自身の文学を未だ確立するには至っていなかったと考えてよいだろう。

そして書かれたのが七四年の『男としての我が人生』であり、前章で詳述したように、そこでは「症例」ではない「自分」を描く試行錯誤がモチーフとなり、作品自体は必ずしも優れた出来であるとは言えないものの、『われらのギャング』をはじめとするポートノイ的な一連の作品から次のステップに進むにはどうしても書き上げる必要がある作品だった。この作品を通して、「自分でしかありえない自分」を書く方向性を見出したロスは、こうして七九年からフィリップ・ロスの読者にはお馴染みの、職業は作家、名前はネイサン・ザッカマンを主人公とする作品群を執筆する。具体的には、七九年の『ゴースト・ライター』に始まり、八一年の『解き放たれたザッカマン』、八三年の『解剖学講義』と二年に一作のペースで書き継がれ、最後に小品『プラハ狂宴』を加え、一九八五年に四作品をまとめたかたちで出版された『ザッカマン・バウンド——三部作とエピローグ』がそれにあたる。

あしかけ六年、最初の作品の執筆期間を考慮するなら八年はかかったであろうこの作品はゆるやかな繋がりをもちながら、それぞれ、駆け出しの作家の迷い、迷いからの解放、職業放棄を模索するほどの作家の苦悩を描き、最後の小品ではなお作家であり続けることを選択する場面で終わっている。その意味で本作にはフィリップ・ロスが作家として抱える葛藤が色濃く反映されていることは間違いがない。ただし、しばしば誤解されるのだが、「ネイサン・ザッカマン＝フィリップ・ロス」ではない。ネイサンは長兄だが、ロスには兄がおり、ネイサンの父は第二作で息子ネイサンを拒否するような言葉を残し亡くなるが、ロスの父は本作出版の三年後に、ロスにケアされながら穏やかな死を迎えている。とはいえ、『ザッカマン・バウンド』が作家の自伝でない以上、そのような差異は問題ではなく、むしろ、なぜ作家を主人公としたのか、なぜ、作家として何をどのように描くかについてこのようにこだわったのかが問題であろう。それはこのシリーズの後、書かれることになる『カウンターライフ』や『オペレーション・シャイロック』のモチーフと深く関わっており、以下にシリーズの各作品が描き出したものを具体的にみていきたい。

2 『ゴースト・ライター』——作家の自己確立

(1)文学上の「父」を求めて

「若き芸術家の肖像」——『ゴースト・ライター』はそう名付けられても、少なくともそういう副題をつけられてもよかったかもしれない。実際、この作品を構成する四つのセクションのうち、二番目のセクションのタイトルは「ネイサン・ディーダラス」("Nathan Dedalus")となっており、当然のことながらここには読者にジェイムズ・ジョイス(一八八二—一九四一)の『若き芸術家の肖像』[1](一九一六)の主人公スティーブン・ディーダラスを想起させようという作者の意図が働いている。若き芸術家はいつの時代にあっても過去の大作家に追いつき、追い越したいと思っているものだ。いくつかの短篇を出版し、新進作家として希望に燃えるネイサン・ザッカマンもまたその一人であって、一九五六年の十二月のある日、尊敬する先輩作家E・I・ロノフをマサチューセッツ州バークシャーの家に訪ねたのも、今後、作家として自分がどう進むべきかについて何らかの指針を与えてくれることを期待してのことだった。

予め想像したとおり、ロノフは礼儀正しい、芸術に身を捧げた人物、ヘンリー・ジェイムズを思わせる人物だった。そしてロノフの生活もまたネイサンが理想とする、芸術家のそれに思われた。閑静な住居、執筆に疲れたときに散歩を楽しむのにちょうどよい雑木林、献身的な妻。こういう環境にあれば、書くことに専心できる。文章を彫琢《ちょうたく》し、精神を錬磨《れんま》し、いずれは世界の《偉大な文学》に貢献することもあるいは可能かもしれない。ネイサンの夢は膨らまずにはいられない。

だが、実はネイサンがロノフを訪ねた理由は文学上のアドバイスを受けるためだけではなかった。完成した短篇作品をいつものように事前に父親に見せたところ、その内容が反ユダヤ主義者を喜ばすだけだから出版するなと言われ、ネイサンは、父を狭隘で防御的な価値観に囚われていると強く反発する。だが一方でまだ若い彼は父親の支えを失う心許なさを拭いきれないでいる。だから、同じユダヤ系の先輩作家ロノフが、食事の時、「素晴らしい新作家に乾杯」(二九)と言ってグラスを合わせてくれたことは、ネイサンを喜ばせずにはおかなかった。今やネイサンはもう一人の父の承認を得たのであり、しかもこの父は文学の深淵で普遍的な価値の体現者にほかならない。その父に「精神上の息子」("spiritual son")(九)として認められた以上、ユダヤ系アメリカ人の偏った価値観に縛られている実の父のことなど忘れてもかまわないのではないか。ネイサンの異常なまでのロノフへの執着の秘密はこの辺りにあると言えるだろう。

実の父を切り捨てるために先輩作家に近づくというのは、考えてみればずいぶん不純な動機である。しかもネイサンはロノフに接近する前に、別のユダヤ系作家アブラヴァネルに認められるべく努力しているのである。第一、ネイサンはロノフの文学に本当の意味で傾倒しているわけではない。ネイサン自身、ロノフ訪問を実現すべく、自分にとってロノフがどんなに大きな存在かを綴った手紙のことを思い返し、「真摯な気持ちを吐露していると思いながら、それを言葉にするや否や、すべてが明白なウソのように思われた」(八)と述べて、実は二人の想像力の質に差異があることを示唆している。

駆け出しの作家ネイサンが、ロノフ的世界、ロノフ的生活に憧れながら、資質的にはまったく別ものであることは、第二セクション「ネイサン・ディーダラス」に顕著に表われている。雪がひどいのでひと晩泊めてもらうことになったネイサンは、昼間見かけたセクシーで神秘的な女性エイミー・ベレットのことを思いながらロノフの書斎で自慰に耽り、文学の聖所を自らの手で汚すのである。こういうネイサンの姿は、文章を何十回と推敲し、そのためには妻の存在さえ忘れてしまうロノフの世界と何と懸け離れていることか。もちろん、欲望を満足させてしまえば、彼はすぐに高い志の文学青年に戻り、ロノフの蔵書の中からヘンリー・ジェイムズの短篇集を取り出し、壁に貼られたジェイムズの言葉の意味を探ろうとするのだが、二つの連続行為の背反性は、作家としてまだ自分を探り当てていないネイサンの姿を鮮明に浮かび上がらせていると言えるだろう。ネイサンは「聖化された文学」に属するにはあまりにも俗、あるいは精神世界に身を捧げるにはあまりにも身体的なのである。

ところで迷える見習い作家を励ますかのように、外側から見る限り一点の曇りもない、聖職者のような作家ロノフの別の側面が書斎の天井を通してネイサンに伝えられる。遅くなって帰宅したエイミーの寝室で彼女とロノフが話し合っている。ネイサンは好奇心を抑えきれずに耳を澄ますがよく聞き取れない。天井にもっと近づこうとロノフの書き物机の上に乗り、それでも届かないのでヘンリー・ジェイムズの分厚い本の上に乗る。まさに「聖なる文学」の俗なる使用法と言ってよいだろう。ともあれこうしてネイサンはエイミーが昼間のうちに紹介されたような、ロノフの創作コースの学生であるだけではないことを知るのである。彼女は今ネイサンの頭上でロノフに抱いて欲しいとせがみ、それがダメならせめて胸にキスして欲しいと迫っている。ロノフは自分には妻を捨てることはできないと言明し、エイミーを幼女のようにあやした後、何もせずに立ち去っていく。

妻以外の女性に惹かれてしまう、男としての側面がロノフにもあったこと、それは文学の祭司というイメージを裏切るものである。だがよくよく考えてみれば聖なる文学者というイメージ自体、ネイサンが、実の父を否定し、乗り越えるために勝手に作り上げた虚像ではなかったか。いまネイサンは自分の過ちに気づき始める。ロノフを代理父にしてはならない、実の父との相克《そうこく》を擬似的な父子関係でごまかしてはならない。自身の文学の方向性、想像力の行方は自身で定めていかなくてはならないのだ。

(2) 生き延びたアンネ・フランク

そしてエイミーとロノフの極秘の話し合いからインスピレーションを得たネイサンが、想像力を飛翔させ、驚くべき物語を紡ぎ出していくのが「運命の女」(“Femme Fatale”)というタイトルを持つ第三のセクションである。それによれば、エイミー・ベレットは実はアウシュヴィッツを生き延びたアンネ・フランクであり、収容所番号を焼きごてで消し、名前を変えてアメリカに亡命し、いまロノフのもとに身を寄せている。最近になってたまたま歯医者のオフィスで手にした雑誌記事から、自分が隠れ家で書き綴っていた日記が同じく生き延びた父親の手によって出版され、世界的なベストセラーになっているのを知った彼女は、作品のインパクトが減じることを恐れて自分が生きていることを父親には知らせまいと決意する。だが、ブロードウェイでヒット中の劇場版の『アンネの日記』を見て、彼女の心は千々に乱れる。隠れ家での記憶、収容所の劣悪な環境、母と姉の死、それらを思えば、舞台の上で演じられている物語は「彼らの物語」であって、「自分たちの物語」ではないと、強い怒り、疎外感、悲しみに打ちのめされてしまうのだ。

ところで、ネイサンはなぜ突然、生き延びたアンネ・フランクという途方もない物語を想像したのだろうか。(3) いくつかの要因が考えられるが、第一の理由は、エイミーすなわちアンネ・フランクを婚約者として紹介することで、彼の作品を反ユダヤ的であると批判する、父をはじめとする大人たちにひと泡吹かせたいという、極めて利己的な計算である。そのときの大人たちの驚いた顔、ひと言も発せられなくなるだろう状況を想像するだけで、ネイサンは痛快な気分になるのだ。

ただ、主人公ではなく、作家ロスの側から言えば、アンネ・フランクというモチーフを作中に導入するにはより深い理由があったように思われる。本作の出版の一年前の一九七八年、テレビドラマ『ホロコースト——戦争と家族』(ジェラルド・グリーン原作)(4) が大ヒットし、驚異の視聴率をマークしている。エミー賞八部門を受賞したこの大型連続ドラマは、メリル・ストリープをはじめとする錚々たる俳優陣を配したこともあり、それまでホロコーストに無関心だった人々にも、ホロコーストは忘れてはならない悲劇だという認識を浸透させることになった。歴史的に不正確な点、テレビドラマにありがちなセンチメンタルな単純化が見られるこの作品の芸術的評価は分かれるところだろう。ただ、推定七千万以上の国民が視聴したと言われる作品の影響力は計り知れないほど大きく、その流れの中で、当時のジミー・カーター大統領のもと、ホロコースト記念博物館をワシントンに作る計画が持ち上がった。

ただ、計画は立案当初から政治の波にもまれ、完成までの道のりは平坦ではなく、一九九三年にようやく竣工《しゅんこう》の運びとなった。それにしても、なぜ、ドイツやイスラエルのような直接の当事者ではないアメリカにそのような博物館が建設されることになったのか。それは「ホロコーストのアメリカ化」とでも呼ぶべき現象を考慮することで理解できるだろう。実際、完成した建物の名称は「アメリカ合衆国ホロコースト記念博物館」であって、しかも、建物のロケーションにアメリカニズムの影が見え隠れするのだ。首都ワシントンのナショナル・モールのほど近くに建てられたこと自体は、ホロコーストの記憶をアメリカの子どもたちに継承してもらうという建設理由を考えれば自然なことだったかもしれないが、周知のように、ナショナル・モールには連邦議会、ジョージ・ワシントン記念塔、リンカーン記念堂などアメリカ民主主義を象徴する建築物が林立している。つまり、ホロコースト記念博物館でナチスによる残虐行為の数々を目のあたりにして重い気持ちになった来館者たちは、出口から一歩出たとたん、アメリカ民主主義の輝かしい建造物を目にするのである。ジェイムズ・E・ヤングはこのようなロケーションゆえに、「アメリカ合衆国ホロコースト記念博物館は『アメリカの勝利』を伝えようとしているように思われる」(5)と述べている。我々は「罪深いヨーロッパ」ではなく、「自由の国」、「民主主義の国」の国民なのだという喜びの伴う認識、それこそが「ホロコーストのアメリカ化」の目指したものであるのかもしれない。

しかも、実を言えば、「ホロコーストのアメリカ化」はすでに一九五二年の『アンネの日記』英語版の出版から始まっていた。英語版の出版に当たって、国民に人気の高いエレノア・ローズヴェルト（第三十二代フランクリン・ローズヴェルト大統領の未亡人）に序文を依頼したのはその嚆矢《こうし》だが、戯曲版の作成の際、担当をユダヤ系作家のメイヤー・レヴィン（一九〇五―八一）から非ユダヤ系の二人の作家に変えたのも同じ流れと言えるだろう。結果としてアンネ・フランクのユダヤ性は希釈され、さらにアンネの「いろいろなことがあるけれど、それでも私は人間は善良だと信じている」という言葉を意図的にエンディングに配することにより、観客の意識を、強制収容所での彼女の過酷な体験、チフスの罹患《りかん》と死という悲劇的事実から遠ざけることになったのだ。

ユダヤ系作家として、初期短篇においてもホロコーストを取り上げているロスが、この現象をどう見ていたか、明確にその点について言及している文献は存在しないものの、決して肯定的に見てはいなかったであろうことは、本作における「エイミー＝アンネ」の表象から明白であろう。

すでに述べたように『ゴースト・ライター』の主人公、ネイサン・ザッカマンが先輩作家ロノフを訪問したのは一九五六年十二月のことだった。この年、『アンネの日記』はブロードウェイでロングラン上演中であり、トニー賞およびピューリッツアー賞も受賞している。すなわち、アムステルダムの一人のユダヤ人少女がホロコーストの記憶継承の象徴的存在、文化的に神聖なアイコンとなったのである。実際、ネイサンの反ユダヤ的傾向を危惧した、故郷ニューアークの有力者からの手紙には追伸として「上演中の『アンネの日記』を見なさい」（一〇二）というアドバイスが添えられており、アンネ・フランクの教育的、教科書的存在価値が示唆されている。

ところが、ネイサンはこのアドバイスに従うどころか、アンネ・フランクをゴーストとして甦らせ、その聖なるイメージの解体に着手する。ハナ・ワース・ネシャーは、『ゴースト・ライター』

を論じる中で、『アンネの日記』の作品としての価値を守るべく、自身の生存の公表を断念するアンネの姿に、父との関係を芸術のために断ち切る潔さ、家族より芸術を優先させる精神を認めている[6]。確かに、「家族か芸術か」という二者択一の観点から言えば、この議論は妥当と言えるかもしれない。だが、「アンネ＝エイミー」がロノフに投げかけた「〔彼らのものではなく〕あなたのアンネ・フランクになりたい」（一五四）という言葉や、それに伴う欲望をむき出しにした必死の振る舞いを、その論理だけで説明できるだろうか。むしろ、ここには「ホロコーストのアイコン」、教科書的アイコンに収斂《しゅうれん》されてしまうことへの激しい抵抗の思いが隠されているのではないだろうか。

ネイサンは「アンネ＝エイミー」が自分の日記について、「それは人々を啓蒙するために書かれたのではない…（中略）…日記は自分たちが血肉として生きる姿を文字の形で取り戻すために書かれた」（二四七）と考えていると想像する。十五歳で途絶えた命。その命が孕んでいたのは生への激しい渇望であり、性への飽くなき好奇心であったはずである。だから、生き延びたかもしれないアンネ・フランクは、『アンネの日記』という名の、美しくはあっても窮屈な墓に閉じ込められることを断固拒否したのではないだろうか。それはまた、何百万というユダヤ人のそれぞれが血肉として生きていたこと、血肉として生きることを求めていたことを示唆するものではないだろうか。ここに「ホロコーストのアメリカ化」に対するロスの抵抗を読み取ることができようし、それはとりもなおさず「生き延びたアンネ・フランク」というモチーフを導入した根源的な理由と考えてよいだろう。

（3）オリジナルな想像力

「エイミー＝アンネ」の物語には、自分を非難する大人たちを見返したいという主人公ネイサンの利己的な理由、および「ホロコーストのアメリカ化」の欺瞞を暴こうとする作家ロスの思惑が働いていることを見てきたが、さらにもう一つ大きな理由がある。それは若き作家ネイサンの独自の想像力世界の開示とでも名付けられるべきものである。

というのも、いったん、エイミーを生き延びたアンネ・フランクと想像したネイサンは物語にさらなるひねりを加えるのである。すなわち、エイミーは本当はアンネではなく、ロノフの気をひくために「生き延びたアンネ・フランク」のふりをしているだけだというのだ。愛撫を懇願するエイミーを理性で斥《しりぞ》けてしまうロノフであっても、ホロコーストのアイコン、アンネ・フランクを拒否することは難しい。ロノフを「魅惑し」、「堅固で賢明で、徳から外れることのない彼の想像力に侵入し」（一五五）、「彼の運命の女」になるためにアンネになるというのがエイミーの戦略であった。こうして第三セクションのタイトルの真の意味が明かされるわけだが、実はエイミー・ベレットの物語はロノフ的文学からの解放を求めるネイサン・ザッカマンの物語でもある。アンネのふりをするエイミーが自分自身の二重性について語る次の言葉はネイサン自身のものでもあるのだ。

「私はまるで体の半分の皮膚が剝ぎ取られ、肉がむき出しになっているように感じる。誰もが私の顔の皮膚のない半分を恐ろしげに見つめる。あるいは、皮膚がちゃんとある別の半分を見る人もいる。でも、どちらの側を見られても、私はいつも叫んでしまう。『もう半分を見てよ。

どうして見ないのよ！』と」（一五二）

ここに見られる暴力的な二重性、それはヘンリー・ジェイムズ的な、深淵であっても整った文学とは無縁なものだろう。そしてもちろんロノフの文学とも。ネイサンは今、先輩作家の想像力を超え、背反する力学が生み出す自身の文学世界に飛び出そうとしている。ロノフの書斎でひそかに書き綴った途方もない物語こそ、彼がこれまでの文学の「文法」を逸脱した新しい想像力を摑みかけている証しと言えるだろう。

そして慧眼なロノフはネイサンの資質を最初から見抜いていた。彼はネイサンの文章には「ここ何年ものあいだお目にかかっていない声」（七二、傍点筆者）が響いていると語り、それは文体というより、「膝の後ろあたりから発せられ、頭の上のほうまで届く声」なのだと付け加えている。この追加説明はいささか奇妙な印象を与えるが、身体から発し、身体を通過している点に深い意味があるように思われる。それは「文体」と比較して考えるとわかりやすい。作家の頭の中で繰り返し彫琢され、静かに発酵《はっこう》し、完成していく「文体」とは異なり、ネイサンの《声》は自然発生的で、勢いがあり、まるで役者の発する《声》のように身体性を持っている……ロノフが言わんとしたことはそういうことではないだろうか。

一方、文学という芸術に身を捧げ、エイミーに惹かれる自分を封印するロノフはネイサンの対極にあると言ってもいいだろう。しかし、ロノフ家の内実はネイサンの想像を裏切るものであることが、宿泊して迎えた次の日の朝、露呈する。妻ホープは夫とエイミーの関係に気づいており、また、夫の文学のために歯ブラシの位置にさえ気を遣うような長年の暮らしへの鬱憤《うっぷん》もあり、突然、朝食の席から立って、家出を決行しようとする。旅行カバンを持って食堂に現われた彼女はエイミーに向かって、「これからは貴方が私の代わりにロノフと暮らせばいい、ただし、ロノフと結婚するとは生きることを奪われること、ロノフは素晴らしい作品を生の否定から作り出している」(一七四―一七五、傍点筆者)のだと言明するのだ。

何も言い返すことなく黙ってホープの言葉を聞いていたエイミーは、そのまま立ち上がり、ロノフ家を去ってしまうが、家出の意志を変えないホープは、雪景色の中へ出ていく。妻を引き留めるためロノフはその後を追うが、このドタバタ劇の最中にも、ネイサンに、昨日からのことをきっと書きたいだろう、作品にしたいだろう、書斎に紙があるから使ってくれと言い、後輩作家への配慮を忘れない。そして「作家としての君は善良でも礼儀正しくもないこと、私とは違うことはわかっているよ」とも付け加えるのだ。それは《声》だけではなく、作品の中身においても自分とは異質の「作家の卵」に向けられた、先輩作家からの心優しい承認の言葉と捉えることができるだろう。

3 『解き放たれたザッカマン』と『解剖学講義』――記憶をめぐる二つの物語

(1) 有名作家になるということ

ザッカマン三部作第一部『ゴースト・ライター』はアンネ・フランクという「聖なる殿堂」(一五〇)の破壊を通じて、ユダヤ人少女の生きられなかった生への渇望を浮かび上がらせ、ホロコーストの記憶の継承問題に一石を投じ、同時に、駆け出しの作家ネイサン・ザッカマンに彼独自の想像力を追究する道を示唆するところで終わっている。それを受け、三部作の第二部『解き放たれたザッカマン』は、《偉大な文学》への信仰の縛りから解放され、自らの足で歩き出したネイサンが、性への過激なまでの言及に満ちた作品を発表、それが大ベストセラーとなり、大きな成功を手に入れたところから始まる。

『解き放たれたザッカマン』は一九六九年のネイサンを描いている。ロスの読者ならよく知っているように、六九年は『ポートノイの不満』が出版され、社会現象にまでなった年であり、ロスは有名人になること、多額の印税が入ってにわかに金持ちになることとの、メリットとデメリット双方を身をもって知ることになった。ロスのエッセイその他を読む限り、デメリットの方が多かったようで、それは作品の随所に表現されている。たとえば、冒頭の場面で、『ポートノイの不満』に該当すると思しき『カーノフスキー』(*Carnovsky*) 出版で時の人となったネイサンがマンハッタンでバスに乗ると、隣の席の男から「金持ちがなぜバスに乗る? 自家用ヘリコプターでも買え」(一八四)と因縁をつけられる。さらに、『カーノフスキー』が赤裸々な性的独白に満ちているがゆえに「こんな汚い本を書くやつは殺してやる」という趣旨の脅迫状まで届く。それだけなら無視すればいいのだが、「マイアミにいるおまえの母親を誘拐する予定だ、誘拐されたくなかったら五万ドルよこせ」(二八七)という奇妙な電話までかかってきて、愛する母の命が関わるとなれば、事態は深刻である。

そうこうするうちにマイアミから緊急電話が入り、例の脅迫電話を無視したため最悪の結果になったかと肝を冷やすが、それは四年前から脳梗塞で加療中だった父が再度発作に見舞われ、危篤《きとく》だという知らせだった。急遽、弟ヘンリーとともにマイアミに飛んだネイサンは、自身の作品の内容のことで長く緊張関係にあった父の臨終の床で、自分の言葉で父に呼びかける代わりに、機中で読んでいたビッグ・バンについての素人向けの解説書の一節を読み聞かせる。やがて母や息子たち、父の従妹たちが見まもる中、父は息を引き取るが、最後にひと言、不鮮明な発音であったが「bastard（庶子、ろくでなし）」と言い放ったのであった。ネイサンは、日頃政治的にアクティブな父なので、この言葉は時の大統領リンドン・ジョンソンに向けられたと解釈したかったが、父の目が最後に見上げていたのは間違いなくネイサンであった。

無事葬儀と埋葬を済ませた兄弟はそろってニューアーク行きの飛行機に乗り、父の最後の言葉「bastard」について、「faster」や「better」などの可能性を検討し、おそらく「batter」（＝ケーキ種）だったのだろう、我々はユダヤ的土壌から作られたのだからなどと話し合う。ところが、ニューアーク空港での別れ際、ヘンリーが急に、『カーノフスキー』を父の従妹の夫が病床の父に読み聞かせていたこと、それが父に計り知れないほどの痛みを与えたことを告げ、あれは間違いなくネイサンに向けた「bastard」だったと言い出す。さらに「あんたは、良心のかけらもないろくでなしだ。あんたにとっては何もかもがあんたの〈笑い製造機〉の材料なんだろう、でも我々は違うんだ」（三九七）と強い口調で責め、最後に「あんたが父さんを殺したのだ」（三九七）とまで言い切るのだった。

弟から痛烈な非難を浴びたネイサンはこのあと、ニューヨークに戻る前にリムジンでかつて両親とともに暮らした地区に向かうが、ユダヤ系の人々が生き生きと暮らしていたニューアークの町は今は黒人の町となり、すっかり様子が変わっている。一九六九年にはニューアークで大きな黒人暴動が起きており、ネイサンを育んだ温かな世界は完全に消滅してしまったのだ。その変貌ぶりに驚きながら、自身の家族が住んでいたアパートを見上げていると、窓から一人の黒人が顔をだし、「お前は誰だ？」と尋ねてくる。ネイサンは「誰でもない」と答え、「自分はもはや誰の息子でもなく、誰の夫でもなく、誰の兄でもなく、さらにはどこの出身でもないのだ」（四〇四—〇五）と考えるところで作品は終わっている。

このように、作品の主たるプロットは、ネイサンが父の縛り、家族の縛りから自由になっただけでなく、「どこの出身でもない」という言葉が証すように、ユダヤ系としての意識からも自由になったことを示唆している。これは作家である彼にとって大きな心的変化であり、まさに「解き放たれたザッカマン」というわけだが、実はこの作品にはもう一人重要な人物が登場しており、作品理解のためには彼のこと、本作品の笑いの強力仕掛け人アルヴィン・ペプラーのことを忘れるわけにはいかない。ただ、アルヴィンが表わすものは、実は次の作品『解剖学講義』と合わせて考えることで、理解が深まると思われるので、彼の役割の解明は次項にゆずることにしたい。

（2）記憶の二つのタイプ

『解剖学講義』は一九七三年の設定で、『カーノフスキー』騒ぎもひと段落し、作家としてさまざまな呪縛から自由になったネイサンが描かれる。しかし、作品冒頭は読者の期待を見事に裏切り、ネイサンは今、原因不明の首、腕、肩の痛みのため、床に横たわったまま、執筆もままならない状態で登場する。痛みの治療を求めて、整形外科をはじめ多くの医者を訪ね、心理的要因が潜んでいるのではと考え精神科医にもかかり、その他の民間療法や考えられる限りのあらゆる治療を試したものの、痛みはいっこうに緩和せず、彼は今、床に横たわり、日々テレビを見て過ごしている。すでに述べたように時は七三年、ニクソンのウォーターゲート事件がアメリカ社会を揺るがした時期であり、テレビは執拗にこのニュースを追っている。本来、政治的には少しも共感しない相手であるが、苦悩の色を日に日に濃くする大統領に、ネイサンは「自分と同じほどの苦しみに直面する唯一のアメリカ人」（四一六）として同情を覚えるほどである。そういう彼の世話をやくのは四人の女たちであり、ネイサンは自分が「牛乳や新聞を運んでくれる人間に対してセックスで報酬を払っており、まるで彼女たちの〈売春婦〉のよう」（四一七―一八）とさえ考える。

さらに事態を悪化させているのは、彼が物理的な痛みのゆえに書けないだけでなく、実は書くべきことを失っているという事実である。作者ロスはネイサンのそのような状態を明るくユーモラスに「ザッカマンは主題（subject）を失ってしまった。健康、頭髪（頭頂部がますます薄毛になってきているのである）、そして主題」（四四五）と語ったあとで、重々しく次のように宣言する。「父もなく、母もなく、故郷もなく、彼はもはや小説家ではなかった」（四四六）。解き放たれ、自由に書けるはずだった作家を待ち受けていた陥穽《かんせい》。それは彼が過去を、記憶を、彼を形成してきたすべてのものを断ち切った結果であった。そして、記憶を抹消したところで向き合う自己は無限のゼロであり、彼はその虚しさに身体の痛み以上の痛みを覚えているのだった。

さて、こうして新たに重要なモチーフとしてせりあがってきたのが「記憶」である。先に検証した『解き放たれたザッカマン』の重要登場人物アルヴィン・ペプラーは、実はこのモチーフと関係している。というのもアルヴィンは恐るべき記憶力の持ち主で、五〇年代、テレビのクイズ番組で次々とライバルを負かして「クイズ王」ともてはやされた過去を持っている。ただ、当時のメイン州知事（共和党）の息子が対戦相手になったとき、テレビ局はスポーツ・キャスターにすることを交換条件に、彼に八百長を持ちかけてきた。その条件を受け入れ、負けてやったにもかかわらず、裏切られ、スポーツ・キャスターにはなれなかったアルヴィンはその後、事実を公表し、以後、「今日までアルヴィン・ペプラーの名はアメリカ放送業界では汚い名前のまま」（一九八）であり、その後、何をやってもうまくいかないという。そして付言するまでもないだろうが、アルヴィンはこの成り行きに政治的介入だけでなく、あからさまなユダヤ人差別を覚えているのである。

ある日、レストランで食事をとっていたネイサンに近づいたアルヴィンは、独特な弾丸トークを駆使しながら、自分もニューアーク出身であり、かつての輝かしかったニューアークを作品で再現するネイサンを「我らがマルセル・プルースト」[7]（一九三）だとおだて、さらに自分が執筆中の本を出版してくれそうなところを紹介してくれるよう懇願する。アルヴィンのうさんくささを警戒し、ネイサンはこの日は途中でうまくまいたのだが、翌日、彼の住所を知っているかの如く、再びどこからともなく現われたアルヴィンは、四〇年代、五〇年代のヒット曲の導入部を聞いただけで、歌手、曲名、ヒットした年などすらすら言えるという驚異的な記憶力を披瀝《ひれき》する。ネイサンは最初こそ疑いの目を向けていたが、アルヴィンの奇才ぶりに思わず惹きつけられてしまう。しかしその後、よく考えてみて、アルヴィンの「記憶」について次のことに気づく。すなわち、アルヴィンの「記憶」は断片的、羅列的であって、「その中心には何もなく、過去に自身に起きたことの記憶でもない」

（三二八）ことに。そして自身の過去に繋がっていないがゆえに、「空虚な記憶」に過ぎないことに。
　また、そのことと関連するが、アルヴィンの「記憶」についてはもう一つ押さえておきたい特徴がある。彼が誰にも負けないと自負するクイズのジャンルは「アメリカーナ」、つまりアメリカの地理、歴史、文化、娯楽などアメリカ関連のすべての事柄なのである。それ自体はもちろん賞賛されていいことであろうが、アルヴィンがユダヤ系であることと合わせて考えると、彼の「記憶」は人工的な作り物であって、自然発生的な、内発的な記憶ではないと言えるだろう。彼はアメリカのメインストリームに参入したいがゆえに、卓越した記憶力を行使したに過ぎないのである。

　一方、アルヴィンの「記憶」と対照的な「記憶」が『解剖学講義』で言及されるネイサンの母の「記憶」である。作品の現在時点七三年では、母はすでに三年前、すなわち父の死の一年後に亡くなっているのだが、身体の痛みに耐えつつ、ネイサンは母の死について考えずにはいられない。特にネイサンを驚かせたのは、脳腫瘍を患い、意識が朦朧《もうろう》としていた母が、医師に名前を書くよう紙を渡されたとき、そこに書きつけたのが自分の名前セルマ「Selma」ではなく、「ホロコースト（Holocaust）」という言葉だったことである。そもそも母という人は、典型的な良妻賢母、控えめな女性であって、父と違って政治的な発言をすることは一切なかった。ネイサンには「その日の朝までその言葉を母が声に出して言ったことは一度もなかった」（四四七）と確信をもって言えるのだが、同時に「母の意識の奥底にそれは誰にも知られず、ずうっとそこにあったに違いない」（四四八）とも考えるのだった。

　アルヴィンの記憶が自分の利益のために作られた人工的な「記憶」であるとするなら、ネイサンの母のそれは間違いなく内発的なものであり、だからこそレモン大の腫瘍が他の記憶のすべてを追い出した後も、母の脳裏にこびりつき、決してはがれなかったと言えるだろう。これから明らかにするように、実はこのような「記憶」こそ、作家としてのネイサンが次のステップに行くために必要なものなのだが、『解剖学講義』のネイサンは当初そのことに思い至らない。むしろ、不毛な自己に向き合うのに倦《う》んだ彼は、他者を救うことにこそ新しい道が、痛みからの解放があるのではないかと考え、医学の道に進もうと考える。すでに四十歳になった作家が作家の道を放棄して、大学の医学部に進学しようというのである。

(3) 医者への転身?

母校であるシカゴ大学の医学部のパンフレットを取り寄せ、入学に年齢制限のないことを確認すると、相談に乗ってもらうため麻酔科の教授としてパンフレットに載っていた大学時代の旧友ボビーを訪ねるべく、ネイサンはシカゴ行きの飛行機に乗り込んだ。しかし、すべてを捨てて新たに医学の道を志そうという彼に、とりついて離れない怒りがあり、それを隣の席の見ず知らずの人間にぶつけてしまう。それはかつて自分のデビュー作を高く評価しながら、『カーノフスキー』がベストセラーになったとき、手のひらを返したように、ネイサンを「大衆が求めるユダヤ人のカリカチュアを提供する二流作家」(四七五)と断じた高名な文芸評論家ミルトン・アッペル(8)への怒りである。というのも、そのようにネガティブに自分を突き放したアッペルが、第四次中東戦争(一九七三)とそれに連動したオイル・ショックの影響で国際社会に反イスラエルの風が吹き始めると、今をときめくセレブ作家ネイサンがイスラエルを擁護する声明を出せば流れが変わるのではと考え、共通の友人を介してその実現を画策したのである。直接に依頼してこない姑息《こそく》さもネイサンの怒りを増幅させ、彼をアッペルへの復讐劇へと駆り立てることになったのである。

長距離のフライトに備えて多量の鎮痛剤をウォッカで飲み干した影響もあったのだろう、話しかけてきた隣席の男性に、ネイサンは自分の名はミルトン・アッペル、職業はポルノ雑誌の出版業と自己紹介すると、続けてノン・ストップで甚だしく卑猥な話を語りだす。ところでネイサンのこの姿、過激な饒舌ぶりは読者に前作の登場人物アルヴィン・ペプラーを思い出させずにはおかない。しかも、ネイサンは大学時代、抜群の記憶力を誇り、友人の父親に「クイズ・キッド」と呼ばれたほどだったという。その意味でもアルヴィン・ペプラーと、ミルトン・アッペルを演じるネイサンは重なるものがあると言えるだろう。

ところで、ネイサンのこの怒りの根本原因は何なのだろうか。今までのネイサンの考え方から推察するに、かつて尊敬の念を抱いていた先行世代の文学者アッペルが、父と同じように文学よりもユダヤ人防衛を優先させたこと、人間の本質に迫ることよりも政治的配慮を重視するようになってしまったこと、そのことに強い怒りを覚えていると考えられる。真摯な文学者としてそれは当然の怒りと言えるのだが、ただ、その怒りを表現するなら作品、文章でするべきであって、途方もなく猥雑な作り話でアッペルの名を汚すようなことをすべきではないだろう。

しかし、医学の道に方向転換しようとしているネイサンは今、自身から、文学から逃亡中である。そして強いアルコールと鎮痛剤は本来の自分からの離脱を加速させ、ポルノ雑誌出版業者アッペルを演じて快刀乱麻のトークが迸《ほとばし》り出る。ただ、彼は、言葉が言葉を生む、言葉の自己増殖状態に陥っており、内面から出てくる「ほんものの言葉」を語っているわけではない。別の言い方をすれば、ネイサンのこの時の言葉は、アルヴィンの「記憶」同様、空虚なものに過ぎないと言えるだろう。すべては過去を切り捨てたこと、自己に背を向けたことに起因する――アッペルを演じながら、心の奥底ではネイサンにもそれはわかっていたはずである。シカゴのホテルで眠りについたネイサンがひと晩中母の夢を見るのも、夢だけではなく母の幽霊を見るのも、そのことと関係しているだろう。母が今の彼を諫《いさ》めにきたのだ。日頃は合理思考の強いネイサンだが、このときは、生きている間は自分に嫌われまいといっさい批判の言葉を口にしなかった母が、死んだからこそ自分に警告しに来てくれたのだと考える。そして言うまでもなく、この母は名前の代わりに「ホロコースト」と書きつけた母であり、内発的な「記憶」、ユダヤの過去の「記憶」を心の奥深くに持ち続けていた母である。ネイサンが医学の道ではなく、これからも作家の道を進むとしたら、母のこの「メッセージ」が彼に与える影響は小さくないはずである。

ただ、覚醒はそう簡単にはやってこない。友人ボビーの高齢の父親が亡き妻の墓参りをすることになり、大学病院の仕事で多忙な彼に代わって、ネイサンは付き添いを申し出る。リムジンに乗り込んだネイサンは、相も変わらずリムジンの女性運転手相手に、ミルトン・アッペルを演じ、卑猥な弾丸トークを続けてしまう。そしてユダヤ人墓地で決定的な事件が起きる。ボビーの父が、血のつながらない、つまりボビーが養子にした孫息子がいかに期待外れかを滔々と述べ、最後に「あのろくでなし（bastard）を殺してやる」（六七六）と言った瞬間、ネイサンは老人に飛びかかり、首を絞めようとするのである。しかし抗う老人ともみ合いになり、雪のせいもあって足をすべらせ、転倒してしまう。すると周囲のいくつものユダヤ名の墓石が見えて、強力な鎮痛剤とウォッカのせいでほとんど朦朧とした意識の中で、彼はそれらのユダヤ名を十戒の言葉の中に入れて朗唱し始める、「Do not commit Kaufman!《汝カウフマンするなかれ！》 Make no idols in the form of Levine!《レヴァインを偶像崇拝するなかれ！》」（六六八）といった具合に。そしてさらに這いつくばって老人に近づこうとするが、それを阻止したのがリムジンの女性運転手の長くがっしりした革ブーツだった。

そして気づくと彼は病院のベッドに横たわっていた。ボビーの診断によれば、顎の下の骨を折り、口の中もひどい損傷を受け、舌が膨れ上がり発話ができない状態だと言う。しかし手術をすれば大丈夫と保証し、また、ネイサンの持ち物から、鎮痛剤やウォッカやマリファナまで使用していた事実を把握した彼は、苦しんできた首や肩の痛みも治療しようと言う。今までのネイサンだったらこの長期療養を執筆を妨げるものとして嫌がっただろうが、今の彼は医学部に入るための準備期間として歓迎し、ベッドから離れることが可能になると医療補助スタッフの真似事まで進んでこなしていく。そして、少しずつ発話できるようになった彼は、「自分が発する言葉が古びてなくて、まるでうっとりするほど染みひとつない」（六八八）ことに興奮を覚えるのだった。

（4）消し去ることができないもの

このような物語上の展開を見ると、ネイサンは今後も本来の自己に背を向け、医師への道を突き進むように想像されるが、実は、ネイサンが母のメッセージを内面化していくだろうと予想できる場面が作品中にいくつも描きこまれている。たとえば先の墓場の場面、ネイサンを狂気じみた行動に駆り立てたのはボビーの父の「庶子、ろくでなし（bastard）」という言葉だったが、むろんこれは自身の父の生前最後の言葉を彼に想起させたに違いない。ただ、もし、彼が本当に自分には父はもういない、自分は誰の息子でもないと思っていたのなら、このような行動に出たりしないだろう。さらに、自分が先行世代にそのような暴力的な振る舞いをしてしまったという罪の意識から、墓石に刻まれたユダヤ名を入れ込んだ「十戒（もどき）」を唱えたのであり、ここにも彼の意識深くにユダヤの遺産が入り込んでいることは明らかである。また、這いつくばって移動しようとする彼を阻止した革のブーツは、ナチスの将校のそれを連想させずにはおかない。少なくともユダヤ人やユダヤの歴史に少しでも関心のある読者であれば、この連想が突拍子もないとは思わないだろう。

そして作品の最後近く読者が目撃するのは、病院業務を手伝うべく、病院の廊下でカートに積まれた使用済みのシーツに深々と腕を入れるネイサンの姿である。シーツの湿り気に驚いた彼は、「肘まで血につかっている」（六九五）感覚に襲われるのだが、「血」という言葉は「生き延びたアンネ・フランク」が用いた「自分たちが血肉として生きる姿を文字の形で取り戻す」という言い回しを喚起させるものではないだろうか。しかも、作者は続いて周囲に患者たちの阿鼻叫喚《あびきょうかん》の声が響き渡る様を描いており、ここにも間違いなくホロコーストの影、強制収容所の影が認められる。これらの描写は自分の言葉が「染みひとつない」と喜ぶネイサンの現在と鋭い対照をなしており、読者として作者ロスの深い意図に思いを馳せないわけにはいかないだろう。すなわち、自身の過去、さらにはホロコーストを含むユダヤの長い歴史を意識から抹消したようでありながら、実はネイサンの心の深く細かい襞《ひだ》の一つ一つにそれらはまとわりつき、決して離れることはない。そしてそこにこそ、ネイサンの文学の真の源泉があるのだ。

4 『プラハ狂宴』——物語は身体であり血である

『解剖学講義』が、作家から医師への転身に希望を抱くネイサンの姿で終わっているものの、彼の奇矯《ききょう》な振る舞いの描写に作者ロスは、巧妙な形でホロコーストやユダヤの歴史、文化を潜り込ませていることを以上に見てきた。しかも、作品の最後はネイサンの意志を裏切る文章で締めくくられている。インターンのインターンとして「まるで未来から自分を引き離せると信じ」（六九七）、忙しく病院内を動き回るネイサンのことを、作者は「人は自分のコーパスから逃れられない」のだと牽制《けんせい》するのである。コーパスとは解剖学では身体を意味し、コンピュータ時代となってデータの総体を意味するようになった言葉である。だが、これまでの議論の文脈で言うなら、コーパスとはネイサンの書いてきたものの総体であり、同時にネイサンという自我を形成してきたユダヤ系アメリカ人としての過去、さらにはユダヤ系アメリカ人として長く学んできたユダヤの「記憶」でもあるだろう。ロスは作家はそういうものから決して逃れられないとネイサンに言い聞かせているかのようなのだ。

したがって、エピローグとも言える小品「プラハ狂宴」で、私たちが出会うのは、当然ながら、作家のネイサン・ザッカマンである。彼は作家であることをやめることはしなかった、いや、できなかったのである。だから、チェコから亡命してきた友人に、彼の父親でナチスに殺害されたイディッシュ語作家の原稿を取り戻すのを手伝ってほしいと頼まれたネイサンは、プラハに渡り、苦労を重ねようやく手に入れる。ただ、そこは共産圏の国、最終的に原稿は官憲の手によって没収され、即時国外追放の憂き目に遭ってしまう。しかし『ザッカマン・バウンド』という作品全体で言うなら、それでいいのである。そもそもネイサンはイディッシュ語を知っているわけではない。イディッシュ語の物語は彼の物語には決してならない。物語は自分で作らなくてはならないのだ。「物語は身体であり血だから、その人から剝がしようがなく、人は死ぬまで物語に自分の人生のテーマを吹き込み続け」（七八二）、したがって「物語は自分が作るものであると同時に、物語が自分を作りもする」（七八二）という一節はその意味で「プラハ狂宴」のテーマを明示すると同時に、『ザッカマン・バウンド』全体のテーマをみごとに語っているとも言えるだろう。

ホロコーストの記憶の継承の問題に接近しつつ、主人公の想像力の行方を示唆した『ゴースト・ライター』、「記憶」に背を向け、作家として解放される姿を描いた『解き放たれたザッカマン』、しかし解放されて見出したのは空虚であり、そこからは文学は生まれないこと、その意味で真の意味の「記憶」こそ大事であることを語った『解剖学講義』、そして最後に、物語は自分で作るものであることを示した『プラハ狂宴』。大部の作品が示唆するのは主人公ネイサンが「高尚な文学」や「狭隘なユダヤ性」の呪縛から解放される一方で、独自の想像力とは自身を形成する「記憶」と不可分に結びついたもの、すなわち“bound”されたものであることを認識するに至る過程であろう。そして言うまでもなく、この場合の「記憶」とはニューアークのユダヤ系コミュニティの懐かしい記憶だけではなく、アメリカ人の少年として進んで吸収したアメリカニズムだけでもなく、『ゴースト・ライター』の生き延びたアンネ・フランクや『解剖学講義』の母の遺言が示すように、個人の経験の限界を超え、広く遠く届く「記憶」であるはずだ。こうしてロス文学は、自由で闊達な想像力を武器に、もう一つ別の位相に突入していくのだが、それについては次章で詳しく触れることにしたい。

●注

（1）**ジェイムズ・ジョイス**　アイルランド出身の二十世紀を代表する作家のひとり。モダニズムの作品『ユリシーズ』（一九二二）が有名だが、『若き芸術家の肖像』ではジョイスを思わせる才能ある若い芸術家の自己形成の過程を描いている。

（2）Roth. *Zuckerman Bound: A Trilogy & Epilogue* (New York: Farrar Straus Giroux, 1985). 以下の引用はこの版による。

（3）本作の六年前、ロスは、フランツ・カフカが病で命を落とさず、また、ホロコーストも生き延びてアメリカに亡命し、初老のヘブライ語の教師になったという設定のユニークな短篇「私はいつも私の断食をあなたに称賛してもらいたかった――または、カフカを見ながら」を発表しており、死者を蘇らせ、そこから特異な想像力を働かせることはすでに経験済みであった。

（4）**ジェラルド・グリーン**　Gerald Green（一九二二―二〇〇六）　アメリカのユダヤ系作家、プロデューサー。小説の代表作は『最後の怒れる男』*The Last Angry Man*（一九五六）。

（5）James E. Young. "America's Holocaust: Memory and the Politics of Identity." Flanzbaum, Hilene. ed. *The Americanization of the Holocaust* (Baltimore and London: The Johns Hopkins University Press, 1999), 72.

（6）Hana Wirth-Nesher. "From Newark to Prague: Roth's Place in the American Jewish Literary Tradition." Milbauer, Asher Z.

and Watson, Donald G. eds. *Reading Philip Roth* (New York: St. Martin's Press, 1988), 26.

（7）マルセル・プルースト（一八七一―一九二二）フランスの小説家。生涯をかけて執筆した大作『失われた時を求めて』（一九一三―二七）で一人称の語り手が無意識的記憶に導かれるまま難解で重層的なテーマを語っていくが、同時に、十九世紀末のフランス社会が活写されている。

（8）ユダヤ系文芸評論家アーヴィング・ハウのことと想像される。第一章の冒頭部分を参照されたい。

第七章　イスラエルという視点
――『カウンターライフ』と『オペレーション・シャイロック』

1　変化の要因の数々

前章で明らかにしたように、『ザッカマン・バウンド』を経て、ロス文学は再び新しい位相へと移行することになるのだが、その最初の結実は『カウンターライフ』だった。ロス自身、この作品が一つのターニングポイントだったと述懐しており、(1)「すべてを変えた」、「拡大し、自由になる方法」を摑んだとまで述べている。実際、『カウンターライフ』にはそれまでになかった複数の要素が入り込んでいるが、具体的にそれらを指摘する前に、そのような変化を可能にしたのはこの間に彼の人生に起きたいくつかの出来事であったことを確認しておきたい。そして、変化は瞬時に起きるものではなく、徐々に起きるものであるから、七九年から始まる『ザッカマン・バウンド』シリーズの中にもある程度表われていることは言い添えておきたい。

ロスの経歴と作品の関係を概観した第一章で既述したことではあるが、まず一九七二年に『ポートノイの不満』のチェコ語翻訳版の出版企画のため、プラハを訪問したことがきっかけとなり、ロスのカフカへの関心が高まり、秀逸な短篇作品「私はいつも私の断食をあなたに称賛してもらいたかった――または、カフカを見ながら」（一九七三）が生み出された。また、それだけではなく、東欧共産圏の作家たちの苦境を知り、アメリカ・ペンギン社に「もう一つのヨーロッパの作家たち」という企画を持ち込み、十五年にわたって編集責任者を務めることになった。このことは、ロスの視野をそれまでの「アメリカ」および「アメリカ・ユダヤ系コミュニティ」から、もう一つ別の次元へと広げることになったことだろう。

また、一九七五年にイギリスの女優クレア・ブルームと出会い、恋愛関係となり、互いの生活を尊重しながら関係を続けるべく、一年のうち半年をロンドン、半年をコネティカットのロスの家で過ごすようになったが、結果として作家は外から、すなわち新しい観点からアメリカを眺める機会を与えられたのだった。さらに、クレアが一九七七年に『アンネの日記』を朗読し、CDを作成した事実は、生き延びたアンネ・フランクという『ゴースト・ライター』のアイデアに何らかのヒントを与えたと考えても不思議ではないだろう。

そしてそれ以上に重要なのは、半年のロンドン暮らしの中で、コネティカットでの暮らしと比較して飛躍的に拡大した交友関係である。その中には後にノーベル文学賞を受賞することになる劇作家のハロルド・ピンターがおり、虚実がないまぜになったピンター作品は、明らかに『カウンターライフ』、『偽り』（一九九〇）、『オペレーション・シャイロック――告白』（一九九三）に見られるロスのポストモダン的傾向に影響を与えたように思われる。また、ロンドンという地の利を活かして、パリを訪問してミラン・クンデラと親交を結んだことも、これらの作品の「遊び」的要素に貢献したに違いない。さらに、イスラエルを何度も訪問し、イスラエルという国をより深く知るようになったことが、『カウンターライフ』および『オペレーション・シャイロック――告白』の執筆を促したであろうし、エルサレムでホロコースト・サバイバー作家のアハロン・アッペルフェルドに出会い、インタビューを重ねたことが、ロスをホロコーストの多元的な理解へと導いたことだろう。

2 『カウンターライフ』について

(1) 大胆な構成

七〇年代から八〇年代にかけての場所の移動や有能な文学者たちとの刺激的な出会いはこうしてロスを新たな文学の可能性へと導いていったのだが、では、『カウンターライフ』はどのような点で画期的だったのだろうか。

『カウンターライフ』はタイトルの「対抗する人生」(counterlife)が示唆するように、矛盾に満ちた、読者を混乱させる小説である。登場人物の二人の兄弟のうち、心臓の手術で死んだのはいったいどちらなのか、作品のどの部分が本当の話でどの部分が嘘なのかはっきりせず、最後に至っても互いに相反する物語はそのままに放置され、読者は戸惑うばかりなのだ。ただ、物語の相互矛盾と表面上の目まぐるしい変化にもかかわらず、よく目をこらし、辛抱強く読みこんでいくなら、そこに二つのモチーフが作品の通奏低音として流れていることに気づくだろう。その二つのモチーフとは、一つはユダヤ人とは何者かという問題、もう一つは作家にとって想像力とはいかなるものかという問題である。

これら二つの問題を引き受けているのは『ザッカマン・バウンド』と同じ主人公、ネイサン・ザッカマン、したがって職業、経歴、家族関係等は前作の延長線上にある。ユダヤ系アメリカ人、ニューアーク出身、作家、結婚および離婚暦三回、両親はすでになく、弟一人とは疎遠になっている、と細目はすべて同じであるが、物語の舞台としてアメリカ東部以外にイスラエルとロンドンが加えられている点が大きく異なっている。また、『解き放たれたザッカマン』で兄を厳しく糾弾した弟ヘンリーをもう一人の重要な登場人物として配し、新たな視点が導入されたことで、ユダヤ人とは何者かというモチーフの展開に、ネイサンの視点からだけの場合よりもダイナミズムが生まれている。まずはその点から検証していきたい。

作品は全部で五章から成るが、最初の二つの章は、弟ヘンリーを中心に展開する。歯科医として成功し、妻と三人の子どもに恵まれたヘンリーだったが、心臓を病み、その薬剤治療の副作用として男性機能を喪失してしまう。真面目一方で性的にも冷たい妻キャロルとのセックスに失望し、愛人ウェンディとの奔放な性愛に生きる喜びを見出していた彼は、機能の回復を求めて生命の危険にもかかわらず外科手術を受けることを決意する。その手術の結果、死んでしまうのが第一章のヴァージョン、生き残ったものの、術後に鬱症を患い、愛人とのセックスどころか、突然敬虔なユダヤ教徒に変貌し、家族を捨ててイスラエル移住を決行するというのが第二章のヴァージョンである。したがって、第一章ではヘンリーの葬儀に参列し、そこで見聞したこと、および、すでに自分が知っていることとの比較対照を通して、自分と弟の過去、生き方の違いについて考えるネイサンが描かれ、一方、第二章では、ヘンリーの真意を確かめるため、かつ、願わくは家族のもとに帰るよう説得するため、イスラエルに赴き、言わばロス版『使者たち(2)』を演じる羽目に陥ったネイサンが描かれている。

ヘンリーの葬儀を中心に展開する第一章から浮かび上がるのは、完全に同化し、成功したユダヤ系アメリカ人一家の肖像である。彼らはユダヤ系であることに何の注意も払わず、イスラエルも関心の外、ユダヤ教など彼らにとってはむしろ唾棄《だき》すべきものにほかならない。ユダヤ教もユダヤ人意識も否定した彼らが求めたもの、それは中産階級的安定と秩序である。たとえばヘンリーは妻キャロルとの愛のない暮らしに耐えられず、一度はある女性とスイスで新生活を始めたいと願うが、諸般の事情を思って断念、今はその寂しさを愛人との過激なセックスで紛らわしている。こういう状況の中では男も妻も愛人も誰もが真に幸福であるとは言えないだろう。しかし少なくとも表面では中産階級的幸福がみごとに演じられている。それは仮に男が愛人との性の快楽を失いたくないあまりに、死を賭した手術を受けた挙げ句死んでしまったとしても変わらない。キャロルは葬儀の席に集まった人々に、ヘンリーが自分との充全な結婚の維持を望んで（すなわち夫婦の性関係の復活を求めて）あえて危険な手術に望んだと報告、彼らの夫婦愛の深さを弔辞《ちょうじ》の主題にするのだった。つまり彼女は夫の不名誉な死を巧みにカモフラージュして婚姻の美徳の祭壇に献納したのである。

こういう彼女だから、手術を生き延びたもののヘンリーが突如信仰に目覚め、ユダヤ原理主義者となってイスラエルに移住してしまったという設定の第二章で、夫がアメリカに帰還する条件として義兄ネイサンに伝えたのは、元のヘンリーであることであって、ユダヤ教の迷妄を少しでも残しているなら帰ってこなくて結構、と言い切るのだった。さらに彼女は「宗教なんて馬鹿馬鹿しい。中世の戯言よ。教会やシナゴーグを全部取り壊してゴルフ場にすれば、世界はもっとましになるわ」(一五三)と付け加え、アメリカの富に支えられた同化ユダヤ人の合理主義とその非情さを証すのだった。

(2) イデオロギーとしてのユダヤ

一方、ヘンリーの兄ネイサンはたとえ互いの生き方が違ったとしても、また、強い非難の言葉を受け、不和の時期がしばし続いていたとしても、キャロルのようにヘンリーを切り捨てることはできなかった。こうして第二章ではネイサンはヘンリーの後を追い、イスラエルに赴くが、ネイサンが見出したのは予想どおりまったくの別人となったヘンリーだった。彼はもはやアッパー・ミドルクラスの歯科医、典型的郊外居住者ではない。ヘンリー自身、今までの自分、アメリカの豊かさにどっぷり浸かって何の疑問も抱かなかった自分を激しい口調で否定する。ユダヤ教に帰依《きえ》し、イスラエルへの愛国心に燃えるそのような弟の変身ぶりに困惑するものの、ネイサンは義妹キャロルの要望に沿って、兄弟に共通の思い出やヘンリーの子どもたちの話をしてなんとか改心させようと試みる。だが、弟は聞く耳を持たず、「あんたはまだわかっていない。自分なんてどうでもいいんだ。自分はもうここでは存在しない。ここで重要なのはユデア(Judea)であって、自分ではない」(一〇五)と叫ぶように答えるのだった。

ユデアという、そもそも紀元前のユダヤ王国を表わす言葉を使うことから今のヘンリーの価値観は容易に想像できるが、言うまでもなくそれは兄ネイサンを驚かさずにはおかない。かつてヘンリーは「自分」を守ることに汲々としていた。俳優になりたいという大学時代の夢を諦め、歯科医となり、愛はなくとも安定した妻キャロルとの暮らしを続けてきた弟が、いま、そういう小心翼々とした「自分」を全否定し、ユデアが示唆する「我々」の中に生きる意味を見出そうとしている。しかしこの「我々」はヘンリーの生まれや育ちとは何の関係もなく、旧約聖書という媒体を通して作り上げられた観念に過ぎない。昼食を取りに出かけた町ヘブロンで、ヘンリーはそこがかつてアブラハムが生き、死んだ場所、アイザック（イサク）やヤコブやその妻たちが生き、死んでいった場所、つまり「ユダヤ人が始まった」（一〇九）場所であると嬉々としてネイサンに語るのだが、ネイサンは考えないわけにいかない、この「ユダヤ人」の中に、この「我々」の中にヘンリー自身は本当に含まれているのだろうか、と。

ネイサンが一番問題視するのは、ヘンリーの考えているユダヤ性がイデオロギーに過ぎないという点だった。自分の目で見、耳で聞き、肌で感じたものすべてを捨て、聖書という書物に書いてあることを信じること、そしていったん信じてしまったら、他者の言葉に耳を傾けようともしないこと……そこにあるのはイデオロギーの魔力、いや暴力ではないか。理論が優先され、現実に生きている人間が見えなくなってしまう恐ろしさ。実際、イデオロギーはなんと多くの人間を傷つけてしまうことだろう。テル・アヴィヴの町で再会したユダヤ人ジャーナリストの旧友シュキとの会話の中で、ネイサンはシュキの弟がアラブ人によって惨殺《ざんさつ》されたことを知る。エルサレムからヘンリーの住む西岸地区まで乗ったタクシーの寡黙な運転手は戦死した息子の写真を大事に持っていた。そういう事実をしばしば見えなくするもの、それがイデオロギーなのだ。

ネイサンがヘンリーをイスラエルに訪ねることによってはっきりしてきたもの、それはユダヤ国家ともユダヤ教とも無縁に自らのアイデンティティを確立しなければならない、つまりあくまでもユダヤ系アメリカ人としての自己像を探求しなければならないという一点である。ネイサンもヘンリーもアメリカ英語を話し、アメリカ文化を吸収して育ち、かれらの人格の根幹をアメリカが貫いている。それは主義主張で容易に否定できるものではなく、イデオロギーという名の消しゴムで簡単に消せるものではない。「機上にて」(“Aloft”)というタイトルを付された第三章で登場する気の触れたハイジャック未遂犯は作者ロスのそのようなメッセージを運ぶ道化役者にほかならない。

(3)「アウシュヴィッツを忘れよう」

ところで第三章を理解するためには、後の『オペレーション・シャイロック』で大きく扱われることになる、一九八八年にイスラエルで行なわれたジョン・デミャニュク裁判を巡る状況について知っておく必要があるだろう。アメリカ国籍を取得した自動車修理工デミャニュクが、トレブリンカ強制収容所(3)で残虐行為を繰り返したウクライナ人看守「イヴァン雷帝(4)」と同一人物なのかという問題はアメリカ国内でもかなり以前から報道されており、当然、『カウンターライフ』執筆時のフィリップ・ロスもそのことに大きな関心を寄せていたはずである。

過ぎた年月は人の外見を著しく変えてしまう。強制収容所の生存者たちによる四十年も前の記憶はおぼろなものでしかない。したがって、当人が強く否定している一方で、そのおぼろな記憶を頼りの証言に基づいて断行されようとしているこの裁判は多くの問題を孕んでいた。その一つが、一九六一年のアイヒマン裁判以降顕著になったイスラエル政府のホロコーストの政治利用である。欧米各国の「大戦中ユダヤ人を見捨てたのではないか」という罪の意識に訴えることが自国に利することに気づいたイスラエル政府は、「ホロコーストの犠牲者」というイメージを国際政治の場で次第に鮮明にしていくようになった。それは「ホロコーストのイスラエル化」とも呼ぶべき現象であって、イスラエルの軍事行動、パレスチナ人に対する強圧的な態度を非難する人々にとって、必ずしも肯定できるものではなかった。

第三章のエピソード、テル・アヴィヴ発ロンドン行きの飛行機でネイサンの隣席のアメリカ人の若者がハイジャックを試み、イスラエル政府に向け「思い出すことを忘れよう」といういささか滑稽にも思える主張を繰り返すエピソードは、「ホロコーストのイスラエル化」を巡るそのような状況を前提にすることで初めて理解できるだろう。彼は「アウシュヴィッツのことは忘れよう。そうすればイスラエルは世界の人々と仲良くやっていける」と信じているのだが、その主張自体は間違っていないにしても、手段としてハイジャックを選ぶ幼稚さ、ナイーブさはいかにもアメリカ生まれのユダヤ系お坊ちゃんにふさわしいと言わなくてはならない。実際、機中の彼はヘブライ語の祈りの本を読みながらキャンディバーを口に頬張《ほおば》り（まさにアメリカ！）、イスラエルに野球がないのが一番淋しいと発言するなど、アメリカ育ちであることは明白で、その意味で、エル・アル航空機（イスラエルの国営航空会社）には必ず搭乗しているテロ対策警備員にあっさり捕えられてしまうのは当然の成り行きだったと言えるだろう。しかも、ネイサン・ザッカマンの作品の愛読者でもある彼はハイジャックへの応援をネイサンに依頼していたため、ネイサンは警備員たちにこの若者の父親に違いないと決めつけられ、一緒に捕らえられてしまうのである。こうして言葉による威嚇だけではなく、屈辱的な身体検査までされ、飛行機はネイサンと若者、ユダヤ系アメリカ人の「親子ハイジャック未遂犯」を乗せてテル・アヴィヴに急遽引き返していくのだった。

全体としてロス文学特有の笑いを誘う第三章であり、リアリズムからはほど遠い幕間劇であるものの、エピソードとしてはアメリカとイスラエルのギャップを読者に理解させるのに十分な効果をあげていると言えるだろう。それはまた、機中でヘンリー宛に綴っていた手紙にも表現されている。弟に向けてネイサンは次のように語る。「君が仮にイスラエルの風土、食物、女性を愛してイスラエルを選択したのだったら、それはいい、自分は何も言わない。だが、自分のものとは言えない歴史や観念や行動様式に無理やり自分を押し込もうとしていることは」（一四九）自然なことなのだろうか、と。別の言い方をするなら兄は弟にこう言いたかったのだろう。自分の体と心が知っている「ユダヤ」を大切にせよ、と。それは当然「アメリカ」を含む「ユダヤ」であって、そこには不思議な活力に充ちたアメリカ英語や野球やジャズやドタバタ喜劇等の記憶が息づいているはずだ、それらを否定することは自らを空洞化することではないのか、と。

言うまでもなく、これはネイサン自身に向けられた言葉でもあって、こうして彼はイスラエルを後にして恋人マリアの待つロンドンへ向かうのだが、物語はエル・アル航空機同様、急旋回し、読者は突然今までの話が「お話に過ぎなかった」ことを知らされることになるのである。

（４）食人種はどちら？

「グロスタシャー」（"Gloucestershire"）と題された第四章ののっけから、読者は驚愕の新事実に直面させられる。心臓を病み、男性機能を喪失していたのは実は兄ネイサンの方であり、愛するマリアと家庭を築き子どもを持ちたいと願った彼は、生命の危険があるにもかかわらず外科手術を受けて死亡した。だからいま葬儀に出席しているのは弟ヘンリーである。ヘンリーとネイサンは父の死をめぐって対立し、長い間疎遠なままだった。もともと三度も結婚と離婚を繰り返し、同時に複数の愛人を持つようなネイサンの生き方をヘンリーは苦々しく思っていたのだが、父親の死がネイサンのスキャンダラスな小説によって早められたと信じたとき、彼は兄に激しい非難の言葉を投げかけ、実質的に決別することになったのだった。ヘンリーにとって何よりも許せなかったのは身内の人間を素材にし、過度に変形して作品に利用するネイサンの作家としての態度だった。したがって、ネイサンの葬儀を済ませてから、ネイサンが書き残したものの中から自分や自分の家庭に関する部分を抜き取り、抹消したいと考えたのはごく自然なことだったと言えるだろう。

実際書きかけの原稿では、心臓病を患い、男性機能喪失の憂き目にあったのは弟の自分ということになっており、平然とそういうことをやってのける兄をヘンリーは他人の肉を食らって生きる「食人種」（"cannibal"）に等しいと憎まずにはいられない。だから、原稿（『カウンターライフ』の第一章と第二章に相当する）を是が非でも処分しなければと考えた弟は、秘かに持ち出した兄の原稿をハイウェイのパーキングエリアのゴミ箱に投げ捨てたのだった。だが、そこで思いがけないことが起こる。気がつくと悪臭が鼻孔《びこう》を刺激し、ヘンリーは激しい勢いで吐いていたのだ。まるで原初のタブーを破り、人間の肉を食べてしまったかのように。

それは奇妙な逆転だった。食人種はネイサンではなく実はヘンリーの方だったということなのだから。食べたのは現実主義者の弟、食べられたのは現実をデフォルメする兄の想像力。だが、想像力は消化され、抹消されることを断固拒否したのだ。こうも言えるかもしれない。想像力は煮ても焼いても食えないもの、執拗で不気味で根絶不可能なものなのだ、と。それはどこか幽霊に似ているかもしれない。人にとりつき、悩ますが、その存在を消し去ることは難しい、なぜなら、幽霊はすでに死んでいるから。

幽霊という比喩はあるいは唐突に聞こえるかもしれないが、実はこのエピソードの直後、ネイサンの恋人であり作家でもあるマリアに対し、謎の人物が「創作と人生の関係」についてインタビューする場面が挿入され、この人物について、マリアがネイサンの幽霊（なにしろネイサンはすでに死んでいるのだから）であると仄めかしていることから、「幽霊＝想像力」という等式はあながち的外れとは言えないだろう。しかも、マリアはヘンリーと異なり、自分を素材にし、変形させているネイサンの小説原稿を発見しても、原稿を処分する気にはなれなかったと語り、それどころか、ネイサンの想像力が示す方向性に沿って、（ネイサンが死んでしまったにもかかわらず）愛のない夫との生活を捨て、新たにやり直そうと考えているのだ。すなわち、想像力は現実を変えることもありうるのであって、先に述べた作品の二つ目のモチーフ、作家と想像力の関係がこうして第四章で導入されたのだ。

(5) 身体に刻まれた非パストラル

そして「キリスト教世界」(“Christendom”)と題され、ロンドンを舞台とした第五章でロスはもうひとひねりを加え、第一のモチーフと第二のモチーフを力業で融合させていく。というのも第四章で死んだはずのネイサンがなぜかロンドンにおり、新妻マリア、マリアの連れ子フィービー、そしてまもなく生まれてくるはずのネイサン自身の子どもとともに新生活をこの地でスタートさせようとしているのである。ネイサンの心臓の手術は成功し、男性機能が戻り、マリアの夫は離婚を承知したのであろう、四十五歳にして初めて人並みの家庭人になろうとしているネイサンは新生活への希望に燃えているが、そういうネイサンの前に思いがけない障害が浮上してくる。イギリス一般、およびマリアの母や姉の反ユダヤ感情である。

マリアと二人で出かけたレストランで年配の女性に差別的発言をされた際、ネイサンはもはや自分を抑えることができず、イギリスに残る反ユダヤ主義の実例をマリアから聞き出すのだが、このことは二人の間を気まずくさせ、彼は夜の闇の中、一人テムズ河畔の二人の新居となるはずの家を訪れる。改装工事がまだ終わっていない家を窓の外から覗き込むネイサンの姿は間違いなくユダヤ系としての彼の周縁性を象徴しているが、ネイサン自身、その場からテムズ川の対岸を眺め、「異国を眺めているような、しかも一つの異国から別の異国を眺めているような気がする」(三一〇)と語り、ユダヤ系アメリカ人としてロンドンに住むことの不安定性、非所属性を示唆している。

マリアの母について言えば、イギリス中産階級の価値観から一歩も出ようとしない女性で、たとえば彼女はジェーン・オースティン(5)を最高の作家と考え、アメリカ文学は暴力的過ぎると断じて憚《はばか》らない。そしてマリアはそういう母親に結局は忠実なのだ。そう考えるとネイサンに逡巡が生まれる。果たしてこの結婚は二人に幸福をもたらすのだろうか。ユダヤ人の父に自分はかつて「庶子、ろくでなし」と呼ばれた。しかしそれでも自分は父の血をひく、父をなつかしく思い出す「ユダヤの息子」であることに変わりはない。だとしたらあの母の娘のマリアとあの父の息子である自分はこれから事あるごとにぶつかりはしないか。ネイサンは思う。そもそもこれは我々の諍《いさか》いではない。「旧世界対新世界」、「ユダヤ教対キリスト教」の「代理戦争」（三一〇）なのだ。ネイサンは迷う。二人に未来はないのか、二人は別れたほうがいいのか。だが、書斎に閉じこもり、自身の内面とばかり向き合う暮らしに倦んでいたネイサンは、現実の空気を吸っている彼女、「言葉ではない腰、創作ではない柔らかなほんもののお尻」（三一一）への強い渇望を覚え、宿に帰ってベッドにマリアを見出すことを強く祈念するのだった。

　だが、ここで終わってしまってはユダヤ人アイデンティティの問題も、作家と想像力の関係性の問題もなんら展望も見えないままとなってしまう。無論、ロスはそんなことはしない。まず、ネイサンは彼との別れを決意したマリアが部屋に残していくだろう置き手紙の中身を想像する。マリアは語る。自分にとって文学とは少女時代の調和的世界を再現するものであって、たとえば朝霧に煙《けむ》る牧場を美しく叙情的に描き出すことこそ文学の営為なのだ。一方、ネイサンの文学は「生まれ出ようともがいている自分自身を描くもの」（三一五）であり、そういうネイサンと議論するといつも二人の間に「二十世紀の歴史が最もおぞましい形で立ち現われ」（三一六）てしまう。[6] 自分にはそれは強烈すぎる、自分は静かで牧歌的なものが好きだし、それで満足できる。無垢を欲する自分と「無垢から無垢である」（三一八）道を選んだネイサンとは所詮うまくいかないだろう、さようなら、と続けて、手紙は終わっている。

そしてネイサンはマリアの手紙に対する自分の返信を想像するが、かなり長い内容の手紙の議論は次の三点を中心に展開する。第一はマリアに対する要望である。ネイサンは「自分とは劇場」（三二二）であり、劇を面白くすることは一人ではできない、異議を唱える他者がいることで劇は活性化する、だから帰ってきて欲しいとマリアに願うのだ。

第二はマリアの牧歌的世界への執着の問題である。ネイサンによれば、牧歌的なものなど幻想に過ぎない。人間は生まれたときから歴史の中に放り込まれるのであって、時間が止まった楽園など存在しないのだ。ところが牧歌的世界への憧れは人類が始まって以来根強いものがあり、歴史の高波に揉《も》まれてきたユダヤ人たちでさえ、シオニズムという原点回帰の願望を抱いたのだった。かくいう自分もマリアとの結婚、イギリスでの新生活を同じような気持ちで考えていた。再生のチャンスというふうに。生まれてくる子は自分の救世主（三二二）であるというふうに。だがそれは完全に間違っていたとネイサンは自戒するのである。

第三は人類の「牧歌幻想」を終わらせる手段としての割礼についての議論である。ネイサンはこれから生まれてくる子どもが男の子だったら割礼を施して欲しいと思っているが、マリアは割礼に否定的で、生まれたばかりの子どもの「無垢」に手をつけることはユダヤ人の、つまりキリスト教以前の野蛮な習慣だと考えている。だが、ネイサンはそれをユダヤ教の宗教儀式というより、広く人類一般の問題として捉え、「割礼とは牧歌（＝パストラル）の対極にあるもの」であり、「世界は争いと無縁の統一体ではない」（三二三）ことを赤子の身体に刻む行為であって、それゆえに大きな意味があるのである。

反ユダヤ的と非難されてきたフィリップ・ロスが作品中とはいえ、割礼を称揚する、それだけで意外だと思う読者も多いだろう。ただ、弟ヘンリーが呪縛された古代ユダヤ国家が《歴史》が抜け落ちた幻想、すなわちイデオロギーであったことを思えば、さらにマリアの牧歌幻想も《歴史》を欠落させていることを思えば、ネイサンが、いや、フィリップ・ロスがここで言わんとしているのは、幻想に陥ることなく、どんな時代も争いと無縁ではなかった《歴史》、どんな時代にも他者が存在した事実を直視して生きることの重要性であり、それを割礼というかたちで次の世代、また次の世代と繋いでいくことの重要性ではないだろうか。

ただ、割礼がユダヤ教の宗教習慣であることにばかり注目すると作者の意図を見逃す危険性があるのも事実である。実際、ジョン・アプダイク[7]は『ニューヨーカー』誌に掲載された本作の書評の中で、「たぶんそれまで忠実にユダヤ的感性に攻撃を仕掛けてきた作者は、この最後の章においてキリスト教徒たちを辛辣《しんらつ》に風刺しようと思い立ったらしい[8]」と述べている。だが、キリスト教文化の中でユダヤ教徒が「異物」として虐げられてきた歴史的事実、人類の長い歴史の中で異なる文化の衝突が繰り返されてきた事実を思えば、この指摘は当たらないはずである。

ネイサンは作品の最終部分で次のように語っている。「イギリスはたった八週間で最も痛みのないやり方で私をユダヤ人にした。それはユダヤ教ぬきの、シオニズム抜きの、ユダヤ性抜きの、シナゴーグも軍隊もピストルも不在、故郷もなしのユダヤ人だった」（三二四）。言い換えれば、過去から現在に至るまで、ユダヤ人と言えば連想されるすべてのものを排除して、なおユダヤ人である、そのようなユダヤ人に自分はなったということだろうが、それは逆に言えば多様な要素に向き合えるアイデンティティ、開かれたユダヤ人アイデンティティであると言えはしないだろうか。その意味で、『カウンターライフ』はロスの「民族とその過去との、風変わりだが真剣な連帯宣言(9)」であるというロバート・オールターの見解は正鵠《せいこく》を射ていると言えるだろう。そして付言するまでもないだろうが、そのようなユダヤ性こそ作家の想像力を縛りつつ活性化させるものであり、先述した二つのモチーフ、ユダヤ人とは何者かという問題と作家の想像力の問題がここでしっかりと結びついたのである。

3 『オペレーション・シャイロック——告白』について

『カウンターライフ』以後、父の病と死を扱った『父の遺産』(一九九一)を除き、ロスは三作ほど、伝統的リアリズムから離れた「遊び」的要素が際立つ作品を発表している。すでに述べたようにそれはさまざまな出会いから得た刺激の結果でもあるのだが、おそらく『カウンターライフ』で見出した作家の想像力の意義、それについての自信がこれらを執筆することに繋がったのだろう。中でも『オペレーション・シャイロック』はイスラエルを主要舞台としていること、ユダヤ系アメリカ人のアイデンティティがモチーフの一つとなっていること、先述した一九八八年のジョン・デミャニュク裁判が大きく扱われていることなど、ある意味で『カウンターライフ』の続編的要素があり、ロス文学のその後を検証する上では重要な作品と言えるだろう。

語り手にして登場人物でもある作家フィリップ・ロスは（以後、作者フィリップ・ロスと区別してフィリップと呼称）、八八年、主として二つの目的、すなわち、在イスラエルのホロコースト・サバイバー作家アハロン・アッペルフェルドのインタビュー、および、前述のデミャニュク裁判の傍聴のため、エルサレムを訪問する。ただ、エルサレムには、フィリップ・ロスを騙り、「イスラエルに未来はない」、「東欧系ユダヤ人はヨーロッパに戻り、ディアスポラ文化に回帰すべきだ」という「ディアスポラ主義」[10]を新聞その他で主張する人物が出没しており、彼と対決しなくてはならないという思いもあった。また、九歳の時にナチスの将校に少年愛専門の売春宿に売り飛ばされ、命は助かったものの家族全員を収容所で失うという悲惨な体験をした従兄弟アプターが、今はイスラエルに移り住んでおり、彼を訪問する意図もあった。

しかし、エルサレムに着いてみると、次々に奇妙な人物、奇妙な出来事に遭遇し、フィリップはそれらが引き起こす大きな渦に巻き込まれてしまう。時に自ら偽フィリップ・ロスになりすまして「ディアスポラ主義」を吹聴したりして、その意味では自分で渦を作りだしてもいるのだが、そのせいもあって最終的にはパレスチナ側とイスラエル側の双方のための諜報活動、すなわち二重スパイの役割を引き受ける羽目になる。しかし、作品の最終部分で明らかにされるように、イスラエルの諜報機関モサド[11]の要請により、「オペレーション・シャイロック」と名付けられたこの作戦の全貌を記した原稿は消去されてしまったため、残念ながら読者はその顚末《てんまつ》を知ることはできない。そのうえご丁寧に、作品の最後の最後、ロスは「この物語はフィクションである」と注意書きをつけ、そのうえで「この告白はにせもの」と付け加えるのである。したがって作品が残す印象はイスラエル、パレスチナ、ホロコースト、ディアスポラ、反ユダヤ主義などをめぐって交錯する諸議論の相反性と決定不可能性、および、デミャニュクを筆頭とするすべての登場人物のアイデンティティの不確かさであり、おそらく、それこそが作家ロスが表現したかったものと考えてよいだろう。

　ソール・ベローの『エルサレム紀行』（一九七六）とロスの『オペレーション・シャイロック』を比較考察した研究書『アメリカ・ユダヤ系ポストモダン文学におけるイスラエル』（二〇一五）において、アンナ・ジョナスは両作家のイスラエルへの立ち位置の違いを指摘している。エッセイとフィクションという違い、出版年にして十七年という差があること（特に一九八七年には第一次インティファーダが起き、パレスチナへのイスラエルの強硬姿勢が世界に知られるようになったこと）を考えれば、二つの作品に違いが見られるのは当然だが、彼女は、ベローの作品にはアラブ人の声がほとんど響いていないことを指摘し、さらに「アラブ人がイスラエル国家の存在を認めようとしないこと」[12]が問題の根幹にあると、責任をアラブに押しつけるかのようなベローの主張に注目している。一方、『オペレーション・シャイロック』には重要人物の一人としてフィリップのシカゴ大学時代の友人ジョージ・ジアド[13]が登場し、「小説におけるパレスチナ人の声」（八五）となり、アラブ側の見解を滔々と述べている。ベローとの際だった違いと言えるだろう。

　ジョージはユダヤ人に追われてカイロに逃げたパレスチナ難民の一人で、故郷への郷愁に苛《さいな》まれつつ死んだ父の気持ちを思い、今は故郷に戻り、ラマラ[14]の大学で文学を教えたり、新聞に執筆したりしている。フィリップに再会し、「ここで何をしているのか」と訊かれた際、彼は「憎しみに駆られて石を投げるアラブ人」[15]（一二一）をやっている、ただ、自分は石ではなく、「言葉を投げる」のだと答え、その言葉どおり、反イスラエルの長広舌《ちょうこうぜつ》を振るうのだった。彼によれば、現在進行中のデミャニュク裁判こそ「イスラエルの領土拡大を正当化する」ため、世界に自分たちは征服者ではなく「犠牲者」なのだとアピールするためのものに他ならない。だから彼は皮肉交じりに断言する、「ショア[16]〔ホロコースト〕ほど素敵な商売《ショー》はない」（一三三）、と。しかも、この商売で一番ターゲットにされているのは、自分たちの成功や幸福に後ろめたさを感じているユダヤ系アメリカ人にほかならないと付け加えるのである。ジョージの勢いに押され、フィリップは偽ロスの「ディアスポリズム」の議論をそのまま開陳し、東欧系ユダヤ人はヨーロッパに戻ればいい、そうすれば領土の多くをパレスチナ人に返せると応答するが、無論、それは荒唐無稽なお伽話《とぎばなし》に過ぎない。

一方、お伽話ではなく、現実に苦しむ多くの人々の声も作品中にこだましている。ジョージの妻は夫がこの地に戻ったことへの不満を漏らし、十五歳の息子がジョージの息子であるというだけの理由でイスラエル政府に逮捕されることを恐れ、息子をアメリカの寄宿学校に入れたいと考えている。また、ジョージに連れられ、インティファーダで逮捕された少年の裁判を傍聴したフィリップが見たのは、ユダヤ人裁判官の前で恐怖に身をすくめるパレスチナ人の少年の顔だった。さらに、ジョージの家のあるラマラからタクシーでエルサレムに戻る途中、フィリップは警備中のイスラエル軍に尋問されてしまうが、たまたまフィリップの作品を読んだことのある軍曹のおかげで拘束の憂き目に遭わずにすむ。しかし、その軍曹から聞かされる話も重いものだった。彼の父は十二歳でアウシュヴィッツから解放されたサバイバーで、その父を喜ばそうと兵士になったが、パレスチナ人たちの怯えた目に映る自分は「サングラスをかけ、ブーツを履いたイスラエルのモンスター」（二六九）であって、それを見ると自己嫌悪にとらわれ、とても辛いと訴え、もういやだ、兵役が終わったら、ニューヨークの大学で映画の勉強をしたいから、推薦状を書いてくれないかとフィリップに頼み込むのである。

そして偽フィリップ・ロス、フィリップが「モイッシュ・ピピク」（モーゼのへそ）と名付けた人物の言葉もそれなりの重みを持っている。フィリップ・ロスの名前を使うのはやめるようフィリップに迫られ、彼は言い返す。「〔作家である〕あんたの立場から言えば自分が唯一無二ではなく、二人いるのは忌まわしいことだろう。しかしユダヤ人としての自分の観点から言えば、似た人間が二人しか残っていないほうが恐ろしいことなんだ」（七九、傍点筆者）、「〔ホロコーストがなければ〕あんたと俺に似た人間がもう五十人はいたはずだ」（八〇）と。

このように『オペレーション・シャイロック』には、ホロコースト、イスラエル、パレスチナをめぐるさまざまな声が響いているのだが、それはホロコーストの記憶を継承していくうえで、パレスチナ問題が無視できない時代になっていることの表われとみることができるだろう。そして言うまでもなく、数ある声の中で、どの主張、どの見解が正しいと決めることは途方もなく難しい。だからロスはポリフォニーのようにさまざまな声を響かせたのであろう。

ただし、全体として狂騒曲の体をなしている作品中で、通奏低音のように響く声があり、それがアハロン・アッペルフェルドへのインタビューであることは誰もが認めるところだろう。九歳で収容所に送られた彼は、その後運良く逃げ出すことに成功し、三年間森をさまよい、生き延び、戦後イスラエルに移り住んだのだが、ロスに対して次のように語っている。「最初、自分は自身から、記憶から逃げようとして」、自分のものではない人生について書こうとしたが、「自分から逃げることは許されない、子ども時代のホロコーストの経験を否定したら、自分の魂が変形してしまうだろう」と考え、代表作『バーデンハイム1939』[17]（一九七八、英語訳一九八〇）をはじめとする作品を書き始めたのだ、と。アッペルフェルドの静かな語り口は他の登場人物の饒舌を圧倒して説得力があり、ホロコースト表象の意味と意義を雄弁に語っている。

とはいえ、アッペルフェルドの言葉は体験者だからこそ言えることであって、アメリカの作家フィリップ・ロスに許される言説ではない。ただ、ロスもまた「自分のもの」、「自分の記憶」に向き合うことが求められるのであって、そうなれば、『カウンターライフ』の議論の最後で述べたように、ユダヤ系アメリカ人作家として、開かれたユダヤ性とそれに根ざした想像力を駆使するしかない。こうしてロスはイスラエルを巡る政治の現状、デミャニュク裁判が示唆するアイデンティティの真偽、ホロコーストの記憶の継承の可能性、ディアスポリズムの是非等について、その決定不可能性を生き生きと、ある人々からは不謹慎と非難されかねない自由で猥雑なスタイルで描いていったのだ。そしてそれは図らずも「世界が争いと無縁の統一体ではない」ことの証明となり、また、作家の言葉にあるように「拡大し、自由になる」ことに繋がったのである。

●注

（1）Pierpont. 145.

（2）ヘンリー・ジェイムズの小説『使者たち』（一九〇三）。雑誌編集者ストレザーは、パリに遊学中の青年を良からぬ女からひき離し、アメリカへ連れて帰る使命をおびてパリに赴くが、アメリカとは違うヨーロッパの奥深い魅力に彼自身が気づいていく。

（3）**トレブリンカ強制収容所**　ワルシャワの北東九〇キロに存在したナチス・ドイツの強制収容所のひとつ。ここでユダヤ人七十万人以上が殺害された。

（4）イヴァン雷帝は十六世紀のモスクワ大公。領土拡張政策を実行するため、猟奇的殺人を含む多くの残虐行為をしたことで知られる。強制収容所でユダヤ人に対し容赦ない冷酷さで接した看守を囚人たちは「イヴァン雷帝（Ivan the Terrible）」と呼んで恐れたが、戦後、逃亡し、行方が知れなかった。

（5）**ジェーン・オースティン**（一七七五―一八一七）イギリスの女性作家。冷静で淡々とした筆致で田舎の小さな社会の人事の機微を描いた。

（6）ナチスによるユダヤ人大量虐殺、およびその背後にある長年にわたるヨーロッパにおけるユダヤ教徒の迫害を指していると想像される。

（7）**ジョン・アプダイク**（一九三二―二〇〇九）アメリカの作家。『走れ、ウサギ』（一九六〇）で始まるウサギシリーズが代表作。保守的中産市民の家庭風俗や人々の思いを精巧な文体で綴ったことで知られている。

（8）John Updike. "Wrestling to Be Born." *The New Yorker*. March 2, 1987. 109.

（9）Robert Alter. "Defense of the Faith." *Commentary*. July, 1987. 55.

（10）**ディアスポラ**　元の国家や民族の居住地を離れて暮らすこと。本来はパレスチナ以外に移り住んだユダヤ人とその社会を指したが、今日ではユダヤ人に限らず、祖先の地を離れて暮らす人々やそのコミュニティにも使われる。

（11）**諜報機関モサド**　イスラエルの諜報機関。アラブ諸国をはじめとする各国で多数の秘密諜報員を活動させている。

（12）Anna Jonas. *Israel in Postmodern Jewish American Literature* (Norderstedt, Germany: AV Akademikerverlag. 2015), 63.

（13）イスラエル批判を展開するこの人物の名前は多くの読者に、ポストコロニアリズム理論を確立し、パレスチナ問題について積極的に発言したパレスチナ系アメリカ人の文芸評論家エドワード・サイード（一九三五―

二〇〇三）を連想させるものである。

（14）**ラマラ**　パレスチナ自治区ヨルダン川西岸地区中部（エルサレムの北一〇キロ）に位置する都市。パレスチナ国の事実上の首都。

（15）Roth. *Operation Shylock* (New York: Vintage, 1994). 以下の引用はこの版による。

（16）**ショア**　「惨事」を意味するヘブライ語。「ホロコースト」はもともと古代ユダヤ教で神に獣を丸焼きにして捧げる行事「燔祭《はんさい》」のギリシャ語であり、虐殺行為を宗教用語で表現することへの批判もあった。ユダヤ系のフランス人映画監督クロード・ランズマンは一九八五年、ナチスによるユダヤ人大虐殺を扱うドキュメンタリー映画を制作するにあたって、「ショア」をタイトルとして採用した。

（17）『**バーデンハイム 1939**』一九三九年春、ウィーン近郊の同化ユダヤ人の保養地で人々はいつものように暮らしを楽しんでいた。「文明」に慣れ親しんできた人々はヒトラーの魔の手が起こす小さな変化の意味を把握できず、やがて素直な羊の群れのように一カ所に集められ、連れ去られるのだった。アッペルフェルドは収容所を描くことなく、ナチズムの恐怖を描き出したと言えよう。

第八章　身体が伝えるユダヤ性
――『父の遺産――本当の話』

1　ロスらしからぬ作品

イスラエルとロンドンという視点を獲得したロスは八〇年代後半から九〇年代前半にかけ、『カウンターライフ』や『オペレーション・シャイロック』に見られるように真実と虚偽は紙一重であることや「世界は争いのない統一体ではない」ことを示したのだが、同じ時期にロスはロスらしからぬ作品を一つ発表している。それが父の死を扱った一九九一年の『父の遺産――本当の話』である。ベン・ドルニックは『父の遺産』の書評の冒頭で、「父について最も心優しく、感動的な本をどの作家が書くか」という賭けがあるとしたら、フィリップ・ロスは間違いなく候補者リストの一番下に来るだろうと述べて、この作品が、父と息子のぎくしゃくした関係を繰り返し描いてきたロスの作家としてのイメージを裏切るものであることを示唆している。(1) 実際、長年ロスを読んできた読者であれば、ロスの分身とも言えそうな登場人物ネイサン・ザッカマンとその父との確執を、『ゴースト・ライター』や『解き放たれたザッカマン』を通して知悉しており、ドルニックのユーモラスな指摘に思わずにやりと笑い、頷いてしまうことだろう。だがそういう我々の思いをみごとに裏切り、老父の発病から死までを描いたこの作品『父の遺産』は、父に対するロスの愛情が率直に伝わってくる仕上がりになっているのである。

ただ、そうは言いながら、作品内容は父の病と死をセンチメンタルに描いているわけではなく、また、去りゆく父を尊敬に値する、惜しんでやまない立派な人物として描いているわけでもない。むしろ、ここに描かれているフィリップ・ロスの父、ハーマン・ロスは頑固で自己主張が強く、周囲の人間をコントロールしたがる人物であり、正直なところ友人に持ちたいタイプの人間とは言えないだろう。さらに、老いて病気になってからの彼の姿をロスの筆は飾ることなく描いており、読者としてはできれば読み飛ばしたいような描写も含まれている。しかし、最後のページを読み終えたとき、ハーマン・ロスという一人の人間の生と病と死に、打ち消しがたい敬意を抱く読者も多いのではないだろうか。それはある意味で「聖なるもの」を前にしたときの粛然たる気持ちに通じるのであって、そこにこそ、本作品が単に亡き父に捧げる個人的な追憶の記（＝メモワール）に終わらず、高く評価できる文学作品となり得ているゆえんがあると思われる。一生を通じて徹底して世俗的であった父、その父の老いの姿を仮借《かしゃく》なく描いた作品がどうしてそのような読後感を残すことができたのだろうか。

2　父の老いと病い

一九八八年、八十六歳のハーマン・ロスは避寒で出かけていたフロリダで急に顔の片側が麻痺し、うまく食事もできない状態に陥り、彼の地で医師に「ベル神経麻痺」（発見者から命名された片面顔面麻痺症状）と診断されたものの、ニュージャージーに戻り、詳しい検査を受けた結果、脳に腫瘍があることが判明する。それまで白内障で右目の視力をほとんど失っている以外は元気だった父の変わり果てた姿に、息子のフィリップ（登場人物の一人としてここではフィリップと呼称）はひどくショックを受ける。そして、腫瘍は微妙な場所にあり、手術をしてもしなくても、父の命がそうは長くないことを知った彼は、父の治療方針について悩むとともに、幼い頃の記憶に残る父、母が亡くなった日の父、寡夫《かふ》となってからの父など、さまざまなことを思い出していく。一方、症状が悪化しつつも、父は生きることに意欲的であり、放射線治療の可能性を調べるための生体組織検査（バイオプシー）を受けたりする。しかし、家族を養うために勤務先の大手保険会社に蔓延る反ユダヤ主義と闘いながらそれなりの出世を遂げていった、かつての男らしく立派な父の姿はそこにはなく、息子フィリップは真正面からその姿を描いていく。

たとえば、妻ベスの死は、ハーマンに強い自責の念と耐えられないほどの喪失感を残したことがいくつかのエピソードで示されている。ベスはランチのために入ったシーフード・レストランで突然倒れ、そのまま亡くなったのだが、それは狭心症の症状がありながら、無理やり散歩に誘った自分のせいではないかとハーマンは自分を責める。だからなのだろう、葬儀の日、息子たちや親類の者たちが制するのも聞かず、妻の衣類や大切にしてきた思い出の品を次々とゴミ袋に投げ入れ始める。彼は弔問客が去った後、一人取り残された家で妻を思い出させるものに向き合うのが怖かったのだ。

また、リタイアして人の上に立つボスでなくなった父は、妻のボスであることに生きがいを見いだすようになっていった。だから、妻の人格を認めず、友人たちと一緒の際、妻が何か意見を言おうものなら遮るような夫になっていく。そのため、七十代の母ベスは息子フィリップに「離婚したい」とまで言い出すのだが、それは父が自立した精神を持つ、強い男ではないことの証左にほかならない。そのことがさらによくわかるのは、妻の死の三カ月後のエピソードである。寡夫となったハーマンを心配して、フィリップが同道して候補となる老人ホームを訪ねた後、そのホームが想像していたようなものと違うことがわかり、意気消沈して自宅に帰ったハーマンは、トイレに入り、「マミー、マミー、いまどこにいる? マミー」(五〇)[2]と泣くのである。さすがに息子の前で泣き崩れはしないものの、彼の発する言葉は彼がいかに妻に依存していたかを端的に示していると言えるだろう。

とはいえ、妻の死の痛みもやがて時が癒やしていき、その後、彼は少しずつ回復し、リリアンというガールフレンドと行動を共にするようになる。ただ、人間はそう簡単に変われるものではなく、年をとればなおさらである。保険会社でコツコツと働き、それで家族を養ってきたからなのか、十分な年金を受給しているにもかかわらず、人が読み捨てた新聞を手に入れるなど、彼の金銭感覚はシビアすぎるほどである。

一方、人に対しては相変わらず高圧的で、たとえばリリアンに対しても、料理が下手だとか、太りすぎだから食べるなとか、そばにいて聞いていても耐えがたいくらい、ことあるごとに小言を言う。幸い彼女は大人しい性格なので喧嘩にはならないものの、何かというと人に自分の考えを押しつけるハーマンの姿は、魅力ある老人、尊敬すべき人生の先輩とは言いがたい。

そういう父だからだろうか、脳腫瘍を発病し、遠からぬ死が予想されるようになっても、死を従容と受け入れるような老いの悟りとは無縁である。彼が最近通うようになったシナゴーグも、彼の心の安定には貢献しない。そもそも彼の地区にあるシナゴーグは、宗教的規範から言うと正統的なものとは言えない。専属のラビはおらず、ニューヨークからやってきた若い学生が代役を果たしており、カンター（礼拝の先唱者）はブルガリア人であって、ユダヤ教徒でさえなく、祈りの後は『屋根の上のヴァイオリン弾き』の曲を歌って、高齢の会衆にサービスするという。おそらく父にとってシナゴーグは宗教的な場というより、同世代の仲間と出会う社交の場、世俗的な場となっていたのだろう。だから信仰が心の支えになるわけではなく、彼は病のために醜くゆがんだ自分の顔に怯え、息子に「自分はゾンビになってしまうのか」（六八）と思わず問いかける。また、医者との面談で父は「あと二、三年生きたいと言っているだけなんです」（一三三）と訴えるのだが、その物言いの中に、息子フィリップは「自分は夫として、アメリカ人として、ユダヤ人として立派にやってきた。（だから）自分は与えられて当然のものを求めているだけだ…（中略）…もう一度八十六年を生きたいんだ」（一三四）と言いたい父の思いを感じ取ってしまう。彼はあくまでも現世に執着する世俗の人なのである。

3　父から何を受け継ぐべきか

そういうハーマンではあるが、その死が遠くないことを覚悟したフィリップは父から自分が何を受け取り、受け継ぐべきか、すなわち自分にとっての「父の遺産」について考え始める。作品中、語り手のフィリップが父からもらい受けたいと考えるものは段階を経て変わっていき、それにまつわるエピソードおよびそれをめぐるフィリップの考察が作品の中核をなすことになる。

発病する数年前に父が遺産の配分についてフィリップに意見を求めた際には、フィリップは自分は経済的に何の問題もないし、子どももいない、だから二人の息子のいる兄にすべてのお金を残してやってほしい、何もいらないと答えていた。だが、いざ父からリクエストどおりに「相続人から外したよ」（一〇四）と告げられると、彼は「自分でも予想しなかった思い——父に否認されたんだ」という、痛みを伴う思いにとらわれる。もともと自分から願い出たことだと納得しようとしても、「父に拒絶された」という思いは和らぎはせず、自分でも困惑したが、やはり父の遺産、父のお金の相続人になりたいと強く思うのだった。

ただし、ここで考慮すべきは、フィリップが父の遺産相続人になりたがる理由である。彼は貨幣価値としてのお金を欲望しているのではない。それが「父のお金であり、父が打ち克ってきたものの具体化にほかならなかったから」（一〇四五、傍点筆者）息子はそのお金をほしいと思ったのである。別の言い方をするなら、息子は父の「人生」の相続人になりたかったのである。父の世代のユダヤ系の人々の生き方、社会の階層を一つでも上昇することを目指して必死に努力した、そういう彼らの生き方の記憶の保持者になりたかったのである。

だが、プライドゆえにフィリップは結局、父に自分のそのような思いは伝えなかった。今さら、相続人になりたいとは言えなかったのだ。そして、すでに述べたように「遺産」として欲望する対象は作品中次第に変わっていくのだが、次に対象となったのは幼い頃から父が使っていた、少なくとも所有していた聖句箱である。現実主義的で身の回りのものを積極的に処分する傾向のある父は、ある日、引き出しの中にあった聖句箱を処分することを思いつく。しかし、それをラビに渡して処分してもらうのではなく、息子や孫に遺品として渡すでもなく、運動のため毎日のように通っているＹＭＨＡ[3]の空のロッカーに置いてくるという形で処分したという。ただ、心に引っかかるものがあるらしく、そのことをある日、息子フィリップに告白する。それを聞いてフィリップは、「なぜ、自分に渡してくれなかったのか」（九六）、「それを使ってお祈りはしないかもしれないが、父の死後、大事にとっておくのに」と考える。しかし、父はおそらく作家である息子が信仰と関わる贈り物を嘲《あざけ》り、拒否することを恐れてそうしなかったのだろうと思い至る。とはいえ、その点は理解したものの、息子には父の行動がやはり解せない。本当の意味で廃棄するならゴミ箱に捨てればいいし、宗教的な意味合いを重んじるならラビに渡してしかるべき方法をとってもらえばいい。ひょっとして聖なるものを捨てようとするこの行為が、ラビに知られるのを恥と思ったのか。しかし、なぜ、ＹＭＨＡの空のロッカーに置いたのか？

あれこれ考えているうちに、フィリップは次のような答えにたどりつく。

「父はＹＭＨＡのロッカールームの方が、シナゴーグのラビの書斎よりもユダヤなるものの核心に近いと考えたのではないか。…（中略）…ユダヤ系の男たちが老いた裸身をさらし、加齢臭を発しながら、からかい合い、上品とは言いがたいジョークを言い合う、そういう場所こそ、彼らがユダヤ人であり続けられる真のテンプルなのだと言いたいのではないか」（九六）、と。

気をつけなくてはならないのは、これは父の言葉ではなく、あくまでも息子フィリップの「解釈」である点である。ただ、この作品が「父の遺産」、つまり「父から何を受け継ぐべきか（受け継ぎたいか）」をモチーフにしていることを考えると、息子の解釈こそ重要だろう。そして、その意味で注目したいのが、息子の語りの中に見られる、ユダヤ系の老人たちの「身体」への眼差しの強さである。引用部分の少し前にも、聖句箱を仲間の老人たちの「親しみ慣れた、ユダヤの腹や睾丸の間に」置くなら、それは決して汚されることなく、むしろ再び聖化されると〔父は〕考えたのだろう」（九六）という一節があり、老いた男たちの裸身や生殖器が聖句箱と並列させられている。そして、この風変わりな、シュールとさえ言える組み合わせが「聖化」に結びつくとさえ述べられているのである。

さて、結局父が処分してしまったため聖句箱を受け継ぐことができなかったフィリップは、続いて、祖父がかつて使っていたひげ剃《そ》り用のマグをもらい受けたいと考える。祖父が行きつけの床屋に預け、安息日が始まる前にひげを整えてもらう際に使っていたそれは、間違いなくロス家の「家宝」（**family heirloom**）（二一七）であり、ニューアークの移民時代を留める「唯一の有形のもの」（二一七）にほかならないからだ。フィリップには、イディッシュ語しか話さず、アメリカ生まれの孫たちを可愛がることもなかった祖父の記憶はあまりないのだが、移民としての苦労とユダヤの伝統が溶けこんでいるようなマグに不思議なほどの執着を覚えるのである。ただし、お金の場合同様、それを欲しいと父に明確に伝えることはできず、散歩しながらそれとなく「おじいちゃんのマグ」を話題にするのが精いっぱいだった。すると、物忘れが激しい父の記憶中枢が急に刺激されたらしく、歩きながら父はニューアークの友人や知人のかつてのエピソードを生き生きと話し出すのだった。やはりマグには移民時代のユダヤ系コミュニティの記憶を引き出す力が秘められているということだろう。そういう意味で、マグは「民族の神話的起源を描き出すギリシャの壺のような力」（二八）を持つのであり、それゆえにフィリップは手元に持っていたいと考えたのである。

父は息子のそういう思いを察したらしく、マグのことを話題にした日、スコッチテープでぐるぐる巻きにした茶色い紙の包みを息子に渡し、家に持って帰るように言う。むろん中身は例のマグであり、包み紙には「父から息子へ」という父の文字が踊っているのだが、興味をひくのは、使ってあるスコッチテープが「ＤＮＡの螺旋《らせん》構造のようにくるくる巻き付いていた」（一一八）と表現されている点である。まるで、このマグには連綿と受け継がれてきたユダヤ人の遺伝子が溶け込んでいるのだと言いたげな言い回しであり、ユダヤ系の息子が、しかもユダヤ移民の歴史に背を向けてきたようにしか思えない作家フィリップが、その父から受け取るべき遺産としては大きな意味を持つものと言えるだろう。

こうして、作品のほぼ中間の時点で、読者は、フィリップが「父の遺産」として金銭ではなく、聖句箱でもなく、ユダヤ系移民の記憶をとどめるマグを受け取ったことを知るわけだが、センチメンタルなメモワールであれば、ここで終わってもおかしくなかっただろう。むしろ、その方が効果的だったことだろう。しかし、これはフィリップ・ロスの作品であって、そのようなまとめ方を期待するべきではあるまい。実際、我々は、作品後半で、驚愕すべき「遺産」を彼が受け取ることを目撃することになる。

4　本当に受け継いだもの

さて、フィリップが最後に受け継いだものの意味を理解するために、その前段階として父の入歯に関するエピソードについて考えておきたい。共に散歩していた時、入歯が合わないことに苛立ち、父が入歯を外してしまったことがあり、それを自分の服のポケットにしまいこんだフィリップは、唐突に「驚くほどの満足感」（一五二）を覚え、それは「〔父の〕唾液がついてぬるぬるした入歯をポケットに入れることで」、互いの身体の境界を「思いがけず越えた」（一五二）からだと考える。つまり、またしてもカギとなるのは「身体」であり、我々は父が聖句箱をユダヤの老人たちの裸の中に置いたエピソードを思い出さないわけにはいかない。というのも、両エピソードとも、本来、美しくもなんともない「身体」（入歯や老人たちの裸）がポジティブな価値に劇的に転換しているのである。このことにどのような意味があるのだろうか。

デブラ・ショスタクはロスの身体への関心の強さに注目し、その理由として「身体がしばしば精神の支配に逆らう」(4)、つまり身体と精神が対立するものだからと述べている。文学を学び、作家になることによって息子フィリップの精神世界は父の価値観、父の精神世界から離れていった。だが、入歯を外し、明確な言語を話せなくなった状態の父は余剰な言語（＝精神）をそぎ落とした純粋な身体存在に近く、言語世界（精神世界）が二人を隔てることがなくなったため、一体感を覚え、満足感を覚えることができたと考えられるだろう。

結局、入歯は父の口の中に戻り、遺産にはならなかったが、最終的に、入歯と同じく、いやそれ以上に「身体」と深く関係する「遺産」をフィリップは受け取ることになる。

生体検査のために入院した病院で、医師から父の治療方針として、放射線治療の代わりに腫瘍の一部を切り取る手術を提案されるが、熟慮の結果、その選択肢を断り、フィリップはいったん父をコネティカットの自宅に連れ戻る。兄の息子たちも訪れ、皆で楽しくランチをしているとき、その時期ひどい便秘に苦しんでいた父がトイレに行くと言って中座したものの、長いことテーブルに戻ってこない。心配になって二階のバスルームに行くと、強烈な臭いが充満しており、あたりは惨憺《さんたん》たる有様になっていた。便座につくのが間に合わず、父が脱糞してしまったのである。シャワーから出てきた父はフィリップを見て今にも泣き出しそうな、「今まで聞いたどんな声よりもみじめな声で」（一七二）、粗相してしまったことを告げ、さらに「誰にも言わないで」と懇願する。「わかった、言わない、大丈夫」と請け合い、とりあえずもう一度シャワーを浴びさせ、父を寝室に連れて行った後、バスルームの掃除に取りかかったフィリップだが、細かい隙間に父の排泄物が入り込んでしまっており、「これからそれとともに生きていく」（一七四）しかないと考える。また、これこそ自分にとっての「父の遺産」ではないか、なぜなら「これこそが生の現実にほかならない」のだからと考える。そして、この一節を次の言葉で締めくくるのである。「ここに自分にとっての父の遺産があった。お金ではなく、聖句箱ではなく、ひげ剃り用のマグではなく、父の大便」。まさに驚愕に値する宣言と言えるだろう。

デイヴィッド・ブラウナーはロスの作品に排泄物への言及が多いことに着目し、その理由を「スウィフト的糞便学的妄想(5)のゆえではなく、それが意味するもの、すなわち、内臓があり、騒々しい雑駁《ざっぱく》性と縁を切れず、上品とは言い難い人間の生ゆえ(6)」であると述べている。言い換えれば、ロスは、食物を摂取し、栄養を吸収し、残滓《ざんし》を排泄するという人間の全体的身体性についての意識がきわめて強いということだろうが、ただ、ロスの長期にわたる作家活動を考えるとき、『さようなら、コロンバス』はもちろん、『ポートノイの不満』や『乳房になった男』などでは、身体性はむしろセックスとの関連で描出されることが多かった。しかしながら、ブラウナーが指摘するような身体意識、性というより、不浄を含み込んだ身体全体についての意識が、一九七四年の『男としての我が人生』に萌芽が見られ、さらに九〇年代後半からの作品群からは顕著になっていく。ロスの中である種の変化が起きたと想像できるだろう。そして、それは前章で論じた『カウンターライフ』で明らかにされた「身体〜時間〜歴史」についての新たな認識の延長線上にあることは間違いがないだろう。

四十五歳にして初めて父になる『カウンターライフ』のネイサン・ザッカマンは、生まれてくる子どもが男の子であれば割礼を施したいと考えている。もともと非宗教的であったはずのネイサンがそう考えるに至った理由は、キリスト教世界に見られるパストラル幻想の虚構性への反発にあった。彼は言う。「割礼はパストラルではないすべてのものであり」（三二三）、「争いのない統一体ではない世界」（三二三）がいかなるものかをより鮮明にする手立てなのだ、と。つまり、生まれたばかりの身体にあえて傷をつけることによって、人は「無垢の幻想」から自由になり、汚れにみちた歴史という「時間性」の中にしっかり根付くことが可能になるというわけである。そして「時間性」ということを言うなら、人の身体そのものが「時間」に密接に関連しているのではなかろうか。刻々と老いていく私たちの身体、まさに身体は時間を内包している。しかも、しばしば病や怪我やその他さまざまな形で身体は精神世界に侵入し、攪乱《かくらん》し、私たちの存在自体が「争いのない統一体ではない」ことを教えるのである。

ところで、割礼が生まれたばかりの赤子の身体に意図的に傷を加えることであるとするなら、『父の遺産』でフィリップが注視するのは、老いた父のすでに傷だらけの身体であり、死に向かってなお傷を深めていきつつある身体である。生きることがパストラルでないとしたら、そのことを証明するのに、この身体以上にふさわしいものがあるだろうか。右半分が垂れ下がった顔、食べたものをぼろぼろこぼす口、歩行補助器を使ってもよろよろと一、二歩、歩くのが精いっぱいの足。そして先述のコントロールの効かない内臓。それが今のハーマンの身体なのである。

だが、かつて彼は元気で自分たち子どもをまもる強い父であった。父の家に飾ってある五十二年前の夏のビーチで撮られた写真、父、兄、自分が一列に重なって映った写真の中で、三人はVの字の形を作っている。Vの開いた部分を作っているのは言うまでもなく父のたくましい肩であり、一番下の閉じた部分はまだ四歳のフィリップのほっそりした足である。にこやかに笑うロス家の男たちが「誕生から成熟まで」の幸福な上昇線、VICTORYのVの字を描いてみせているのである。写真の中の若々しい父と、変わり果てた現在の父を結びつけることは難しく、フィリップは父の枕元のこの写真を見て困惑を覚えるのだが、やがて次のように考え直す。「我々の人生は時間の中を通ってきたのであり」（二三二）、かつて自分よりもずっと背の高い父が自分の上に聳《そび》え立っていたことも、今、死を目前にして自分の足元に力なく横たわっていることも、ともに生きることの内実なのだ、と。

ちなみに作品中で言及される写真は出版された『父の遺産』のカバー表紙を飾っており、作者ロスの言葉の意味が読者により深く伝わるようになっている。写真の中では父は息子たちを支えるように直立している。しかし、その父の身体が今、五十年後には五十年分の傷を受けて横たわっており、この「身体」は、人生がパストラルではないこと、人は歴史という時間性の中でもがきつつ生きるものであることを、割礼よりもはるかに雄弁に物語っているのである。

そして、一九八九年の秋、父の容態が急変し、医師に人工呼吸器をつけるかどうか尋ねられたフィリップが、最終的につけない決断をするのは、八十七年分の傷を抱えた父の身体に対する敬意からに他ならなかった。今は意識のない父の耳元で、彼はすすり泣きながら「父さんを逝かせなくてはならないんだ」と繰り返すのだが、ここに見られる父と息子の関係に何かしら厳《おごそ》かな、心打たれるものを読者は感じるのではないだろうか。そしてそれは父の身体が衰退していく様を逐一《ちくいち》見てきたフィリップ、糞便の処理の痕跡を「父の遺産」として受け取ろうと考えたフィリップだからこそ、我々はそのように感じ取るのではないだろうか。

5　「ア・ファーザー」から「ザ・ファーザー」への跳躍、あるいは最後のひねり

一九八九年十月二十四日深夜、容態が急変し、次の日の午後、父ハーマンは息を引き取った。棺《ひつぎ》に亡骸を納めるにあたって、葬儀屋からスーツを選ぶように言われ、フィリップは「父さんは会社に行くわけじゃない」（二三四）と反対し、寝室のタンスに二枚の祈禱《きとう》用ショールを見つけ、一枚は自分がもらい、もう一枚で父の遺体をくるむことにする。最後まで世俗的人間であった父にそれはふさわしいのか、迷わなかったわけではない。しかし、裸で埋葬してくださいという勇気もなく、結局、父は「我々の祖先が用いたのと同じ死装束で」（二三四）埋葬されたのだった。

父の死後、ある日、フィリップは夢を見る。小さな子どものフィリップが父と叔父に連れられ波止場に来ている。沖には人の気配もないアメリカの戦艦が大砲などの装備を取り払われ、エンジンも取り除かれ、潮流に流され航行している。自分は（第二次世界大戦後のヨーロッパのユダヤ難民の子どもたちと同じように）難民としてどこかに連れていかれるようなのに、船は軍事的に丸裸で、何の頼りにもなりそうにない。なんとも表現しがたい不安感から目が覚め、フィリップはその船は父の暗喩だったのではないかと考える。

そして、さらに数週間後、枕元に死装束姿の父が現われ、「自分はスーツを着たかったんだ。間違ったことをしてくれたな」（二三七）と言うので、フィリップは思わず悲鳴を上げ、目が覚めるのだが、朝になってその意味について、次のように考え直す。「その夢は、自分の作品や実人生においてで

なくとも、少なくとも夢の中では、自分は永遠に彼の小さな息子であり」、また父は「自分の父親（my father）というより、父なるもの（the father）として、自分がすることのすべてを裁く存在であり続ける」（二三七―三八）のだ、と。さらに、議論を敷衍し、父が「間違っている」と判断したのは着せられた死装束のことではなく、自分が書き上げたこの本のことではないか、とも考えるのである。

というのも、粗相をしたとき、父は必死になって「誰にも言わないでくれ」と言い、フィリップは「言わない」と約束したにもかかわらず、彼は見事なまでに約束を破り、誰もが読めるよう微に入り細に入り書き綴ってしまったのだ。父に叱責されても当然と言わねばなるまい。だが、むろん、フィリップではなく、作家フィリップ・ロスは本を完成させる。そのことを正当化するかのように、作品の掉尾を飾るセンテンスは、作中、数回にわたって挿入されていた「人はどんなことでも忘れてはいけない（You must not forget anything）」（二三八）となっている。だから、すべてを書きこまなくてはならない、だから「言わないで」と言われても書いたのだと言いたいかのように。しかし、ロスはなぜこのような終わり方を選んだのだろうか。その真意は何なのだろうか。

ここで考慮すべきは、第二の夢で、父がパーソナルな父（＝自分の父親）から普遍的な父（＝父なるもの）へと変わっている点である。普遍的な父とは、死んだ後でさえ子どものすることを裁く、つまり「裁く存在」としての父である。それはほとんど「神」と同義のように思われるが、とりあえず、ここではそこまで踏み込むのは控えたい。むしろ「ザ・ファーザー」が示唆するのは、親が子どもに対して持つ「聖なる力」、子どもの心を制御する力と考えたい。そして、この点に関連して思い出しておきたいのは、祖父のひげ剃り用のマグの包みには“from a father to a son”と書かれていた点である。別の言い方をするなら、マグの贈与にはノスタルジックな意味合いはあったが、「聖なる力」は含まれていなかったのである。

そして、今、亡き父がその「聖なる力」を行使して、「お前のこの本は間違っている」と糾弾するのだが、ロスは屈することなく『父の遺産』を二年後に出版する。ご丁寧に「本当の話」というサブタイトルまで加えて。ところで、そのことの背後に横たわる論理を私たちはこのように想像できないだろうか。つまり、「父なるもの（ザ・ファーザー）」が子どものすることを裁く「聖なる力」を持つ存在であるとするなら、「息子なるもの（ザ・サン）」は、それにあらがう「聖なる運命」を負わされている存在だということ。父は裁き、息子は抵抗する、そのような父子関係こそ、人が命をつないでいき、文化を形成していくプロセスの根底にあるということ。それゆえ、歴史という時間の中でもがき苦しみ、老いては身体の痛みに苦しんだ父ハーマンの姿を仮借なく描いた「本当の物語」を、フィリップ・ロスは出版しなくてはならない。人口呼吸器の装着を断り、父の身体を逝かせた彼であったが、父の「人生」を歴史という「時間」の中に生かすためにはそうしなくてはならない。なぜなら、書き上がった作品は父の生と死を通して、この世界がパストラルではないこと、それこそ「争いのない統一体ではないこと」を明示しているのだから。そういう意味では本作はロスの手によって施された「割礼」とさえ言えるかもしれない。このようにして一見、非ロス的と思われた作品もまた極めてロス的であることが証明されたのであった。

◉注

（1）Ben Dolnick. "In 'Patrimony' Philip Roth Pays A Tender Homage To His Father." http://www.npr.org/2014/09/09/329862118/in-patrimony-philip-roth-pays-a-tender-homage-to-his-father

（2）Roth. *Patrimony: A True Story* (New York: Simon, 1991). 以下の引用はこの版による。

（3）ＹＭＨＡ　the Young Men's Hebrew Association　ユダヤ青年団。プールなどのスポーツ施設付きの、ユダヤ系のためのコミュニティ・センター。

（4）Debra Shostak. *Philip Roth—Countertexts, Counterlives* (Columbia, SC: University of South Carolina Press, 2004), 21.

（5）ジョナサン・スウィフト　Jonathan Swift（一六六七—一七四五）『ガリバー旅行記』（一七二六／三五）で有名なイングランド系アイルランド人の風刺作家・詩人。糞便学的な要素が詩作に多く見られる。

（6）David Brauner. "American Anti-Pastoral." *Studies in American Jewish Literature.* vol.23, 2004. 71.

第九章　ユダヤ的思考の完成に向けて
――『サバスの劇場』

1　徹底した「反パストラル」

一九九五年の作品『サバスの劇場』について、フィリップ・ロスはデイヴィッド・レムニックによるインタビューの中で、「書いている間、強い幸福感を覚えていた。自由で充実した仕事をしている感じがあって」（八九）[1]と述べている。第一章で既述したように、実は本作発表の数年前から彼は強い鬱症状に苦しんでいた。膝の手術の後、鎮痛剤として処方されたハルシオンの副作用と、『オペレーション・シャイロック』が期待したほど評価されなかった失望感が引き金となり、自殺願望を抱くに至ったロスは自らすすんで精神病院に入院したのだった。それもあったのであろう、長いつきあいを経て九〇年に結婚したクレア・ブルームに対し離婚を執拗に求め、激しいバトルの末、九四年にようやく離婚の運びとなったのである。おそらく、それらを乗り越え、ようやく執筆に専心できる喜びが幸福感に繋がったのだと思われるが、出来上がった作品を見る限り、それだけではないように思われる。

実際、発表された作品は批評家たちを当惑させ、大いに悩ませた。『ポートノイの不満』をはじめとする多くの作品を通じて、ロスの性への大胆な言及には慣れていたはずの批評家たちも、今回ばかりは呆れ、嫌悪感を示し、作家を非難した。『ニューヨーク・タイムズ』の著名な書評家の一人、ミチコ・カクタニは主人公のミッキー・サバスを「忌まわしいナルシスト」と呼び、小説自体についても「けがらわしい」(2)と糾弾した。ところが、この年の全米図書賞はこの作品に与えられ、否定的な評価を下した人々を困惑させたのだった。

エレーヌ・B・セイファーが指摘するとおり、この作品が「糞便学（scatology）に満ち、多くの一般読者を斥けるもの」(3)であることは間違いないが、ロスの今までの文学的経歴から考えて、『サバスの劇場』の過剰なまでの性を単なるポルノグラフィと片付けてしまうことはできない。多様な要素が複雑に絡み合っているこの作品を読み解くのは容易ではなく、作品中に散りばめられたシェイクスピア作品への言及、ラブレー的猥雑さ(4)、ユダヤ性、偏向した芸術論、アメリカ社会への挑戦などのうち、どの部分に焦点を当てるかによって作品の読みも変わってくるが、この複雑さこそ、繰り返し言及してきた「反パストラル」、「争いのない統一体ではない世界」の顕現であるように思われる。作品中にふんだんに盛り込まれた、「時間」と「言語」という二つの要素に注目し、その点を検証していくことにしたい。

2　攻撃的な自己と二つの「時間」

『サバスの劇場』は、六十四歳の元指人形師ミッキー・サバスの一九九四年四月十一日から十三日までの三日間の行動を描き出した作品である。四月十一日、二度目の妻ロザンナと口論した彼は家を飛び出し、十三年の間愛人だったドレンカの墓に別れの挨拶に立ち寄ったあと、二度と戻らぬつもりで三十年近く住み続けた北東部の小さな町マダマスカフォールから車を走らせる。向かったのはニューヨーク、自殺した旧友の葬儀に出席するためでもあった。しかし、ニューヨークでの宿を提供してくれた心優しい友人夫婦に対し、恩を仇《あだ》で返すような行為をして長居できなくなり、自殺する覚悟で故郷ニュージャージーの海沿いの町を訪れる。そこで偶然一九四四年に空軍パイロットとして戦死した兄の遺品を見つけた彼は、海への入水《じゅすい》自殺計画を断念し、再びマダマスカフォールへと戻ってくる。作品の語り手は三日間の彼の行動を追うとともに、彼が断続的に想起する過去を自由なスタイルで描きだし、読者は主人公サバスの現在の行動だけでなく、破天荒な半生を知るところになる。

高校卒業後十七歳で船乗りになり、世界中の港で娼婦と交わった彼は、徴兵制度のもとで海兵隊に入隊、除隊後はGIビル(5)を利用してイタリアで指人形を学んだ。アメリカに戻って指人形のストリート・パフォーマーとして演技中、見物していた女子学生をそばに呼び寄せ、自由なもう一方の手で彼女のブラウスを脱がせ、乳房に触っているところを公然猥褻罪で逮捕される。さらに、六〇年代の前半には指人形から転じて、その名も「サバス下品劇場」（Sabbath's Indecent Theater）を主宰、六〇年代後半の「性革命」の先陣を切るような演劇活動に携わる。だが、最初の妻でもあった主演女優ニッキが、彼が別の女性（二度目の妻となるロザンナ）と不倫関係になったことをきっかけに失踪、その結果、再び指人形に戻るものの、肝腎《かんじん》の指が関節炎ゆえに動かなくなり、ロザンナとともに新たに移り住んだマダマスカフォールで大学に職を得て、指人形の講座を教えるようになる。しかし、その職も女子学生とのスキャンダルで失い、今は、高校の美術教師をしている妻に食べさせてもらっている。とはいえ、そういう妻を裏切って、十三年間という長期にわたってクロアチア人の愛人ドレンカと常軌を逸した性の快楽を貪ってきたというのがサバスのこれまでの人生の概要である。

このような驚愕すべき過去から浮かび上がるサバス像を端的に言い表わそうとするなら、「反社会的なまでに過激な性欲の人」という表現がふさわしい。ロスにはずばり『欲望学教授』（一九七七）というタイトルの作品があり、また、性を自虐的かつ滑稽に語って世間を騒がしたアレックス・ポートノイという主人公がいたことを考えれば、ロス文学の主人公としてサバスは特に異色の存在ではない。しかし、たとえばポートノイの場合、性に耽溺する裏の顔とは別に、表はあくまでもアメリカ民主主義を監視する公人の顔を維持しており、社会に真っ向から挑戦するような傾向はみられない。一方、上記の半生の記述から明らかなように、サバスは自らの「性」、勃起したペニスを社会につきつける刃とし、体制という意味での大きな社会に対しても、二人の妻や周囲の友人たちという小さな社会に対しても、絶えず異議申し立てをする、きわめて攻撃的なタイプの人間である。

アーサー・ブリタンは『男性性と力』（一九八九）の中で「力の行使の道具としてペニスを使える限りにおいて男は男である」[6]と述べて、男としてのアイデンティティと性的能力の不可分性を明らかにした。ロスが描き出すサバスはまさにそれを体現した人物と言えるだろう。彼にとって「男根は自我のメタファー」であり、彼の今までの生き方はいみじくもそれを証している。

ところで、言うまでもないことだが、性能力と深く結びついた攻撃的な自己はこの世に生を受けると同時に生じるわけではない。サバスの場合についていえば、そのような自己の形成は、兄の戦死、それに伴う両親、特に母親の精神の破綻がきっかけとなっている。母は悲嘆のあまり第二子の存在さえ忘れ、限りない鬱の世界にさまよいこんでしまった。つまりサバスはこのとき兄だけではなく母も喪失したのである。そして母の「圧政的な陰鬱」（八一）から逃れるため高校卒業後すぐに船乗りになった時、性の祝祭の祭司としての彼の人生が始まったのだった。

サバスの「攻撃的な自己」は兄および母の喪失を契機に生まれたが、一九四四年のこの悲劇は彼の「時間」を決定づける出来事でもあった。兄が操縦する戦闘機が日本軍によって撃墜され炎上したという知らせを受けた直後、兄が愛用していた軍隊用の腕時計が遺品として届けられた。母親はその腕時計を弟のサバスに渡し、それ以来、「彼の祖父が毎朝聖句箱を身体に巻きつけ、神を思ったように、彼は毎日兄モーティの腕時計のねじを巻き、兄のことを思って」（一四七）きた。つまり、彼の「攻撃的自己」の「時間」は一九四四年から始まったのである。

作品中、兄譲りの時計は繰り返し言及され、コチコチと時を刻む音は彼の「攻撃的な自己」を絶えず鼓舞し、規定してきたと想像される。その意味ではサバスが日本人読者である我々が居心地の悪さを覚えずにはいられないほど激しい「日本叩き」ジャパン・バッシングの言葉を吐くのも理解できないことではない。しかし、九四年、すなわち戦争が終結してからほぼ五十年、本人が六十四歳という年齢になってもなお、ニューヨークの人間がサシミを食べるようになったことを、「バターン死の行進」[7]と結びつけ、これは日本人の悪意にみちた陰謀だと断じるサバスの論理は、日本軍に兄を奪われ、幸せな家族も奪われてしまったことを斟酌《しんしゃく》しても、ねじれているとしか言いようがないだろう。彼の「攻撃的な自己」の「時間」はそれほど兄の腕時計が刻む時間の延長線上にあるのである。

「時間」については、しかしながら、サバスが意識するもう一つの「時間」があることも見逃してはならない。それはひと言で言えば「無窮《むきゅう》の時間」である。具体的には兄の戦死以前の、サバスの幼少期の時間であり、彼にとってその時間はその時期の母と強く結びついている。子どものころを振り返ってサバスは「〔自分は〕無窮の時間（endlessness）と母を栄養に育った」（三二）[8]と考える。明らかにこれは赤ん坊の自分と母とで成り立つ、二人だけの満ち足りた時間を示唆しており、したがって先述した「攻撃的自己」はここでは未だ誕生していない。ここにあるのは基本的には、社会の時間の流れである歴史にも、個人の時間の流れである人生にも無縁な、そもそも流れることのない「母子一体の絶対的時間」、牧歌的、パストラル的時間である。

「兄の腕時計が刻む時間」と「無窮の時間」、二つの対照的な時間に引き裂かれた存在、それがサバスである。それは基本的にはすべての人間、少なくとも近代人であれば誰にでも当てはまるものである。ただサバスの場合は、戦争という非合理の暴力によって兄を失い、同時に母をも喪失するという痛ましい形で「無窮の時間」から追い出されたこと、その後はひたすらもう一つの時間を「攻撃的自己」の命ずるままに生きてきたことを考えると、引き裂かれ方が人一倍激しかったとは言えるかもしれない。そして彼の「攻撃的自己」が表現の場として見出したのが指人形劇場であった。

3 《言語》の役割

ラーネン・オマー・シャーマンはサバスが指人形で用いる指を「ペニスの代替物[9]」であると述べているが、だとすれば、あえて路上で指人形劇を行なうサバスの「社会に対する攻撃性」は際立っていると言えるだろう。

攻撃性に関連して彼の指人形劇にはもう一つ見落としてはならない側面がある。それはパフォーマンスの中で彼が用いる言語である。たとえば、サバスが見物中の女子学生を自分のそばに呼び寄せ、胸まで触ることができたのは、人形劇のセリフを即興的に変え、彼女を文字どおり言葉巧みに誘い出したからである。この事件の裁判で証人に立った女子学生は自分は強制されたわけではない、「それをするのを許したのだ」(三一三)と証言するが、サバスの「言葉」が女子学生の理性を眠らせ、ブラジャーを外す彼の指の動きへの抵抗を封じたことを考えれば、指だけでなく言語もまた強力な性的な役割を担い、「ペニスの代替物」の機能を果たしていたと言えるだろう。

実はサバス自身、言語のもつそのような能力に自覚的であることがわかる場面がある。彼を泊めてくれたニューヨークの友人の家で妻のミシェルを誘惑しようと、知的でありながら猥雑なエネルギーに満ちたさまざまな言葉を繰り出す彼に、ミシェルは「あなたは素晴らしい雄弁術をマスターしているわ」（二三二）と言うのだが、それに対し、彼は「若い頃、言語的に大きい（large）と、自分の体が小さいことに気づかれないってことに気づいたんだ」と答えている。つまり彼の「攻撃的自己」にとっては、ペニスや指といった身体だけでなく、言語もまた重要な道具、武器なのである。そして、少なくともこの時点では（後に違う方向に進んでしまうが）彼女が彼からの性行為の申し出を受け入れており、「武器としての言語」の優秀性が立証されていると言えるだろう。

「言語」がペニスの代替物であることは、実は作品中の他の部分でも明示されている。サバスが女子学生とのスキャンダルで大学教員のポストを失職したことは前述したが、具体的に言えば、それはテレフォン・セックスが露見した事件だった。彼は身体に一切触れることなく「言語」だけで女子学生キャシー・グールズビーを性的に興奮させ、キャシーはこの会話を録音する。しかし彼女が大学の図書館のトイレにテープを置き忘れたために、大騒ぎになり、サバスは日系（またしても！）女性学部長から激しく糾弾され、セクハラを理由に解雇されることになる。作者ロスはこのテレフォン・セックスの全内容をご丁寧に頁を分割し、下半分を二十ページも使って掲載[10]するのだが、これはサバスの「反社会的・攻撃的自己」を読者に印象づけるだけでなく、それと緊密な関係にある彼の「言語の力」を示すためだったと考えられる。

このように「言語」はこの作品の中で極めて意識的に扱われているが、それを考慮しながらサバスと女性たちとの関係をあらためて眺めてみると、ロスがここでも「言語」をひとつの指標にしていることが見てとれる。最初の妻ニッキは、舞台上でセリフを与えられれば素晴らしい演技をする女優だったが、セリフがない日常生活では自分の感情をうまくコントロールできない無力な存在として描かれている。デブラ・ショスタクは彼女が夫の浮気を知って失踪するのは、セリフを与えてくれるサバスを失い、「腹話術師のいない腹話術の人形のようなもの」[11]となってしまったからだと説明している。

それでは、第二の妻ロザンナの場合はどうだろうか。実は彼女も結婚当初は「言語」をもっていなかった。ニッキ同様、若くして父に見捨てられた（と思っている）ロザンナは、アーティストになる希望を抱いてニューヨークにやってきて、サバスに出会った。

手先が器用な彼女はサバスのために魅力的な指人形をいくつも作って提供した。彼女はその関係を「私は大工であなたが魂」（九七）と述べ、彼女がつくるのは外側の輪郭だけで、中身はサバスが決めるのだと認めている。したがって「彼女は何年もの間サバスが教えないと何を考えていいかもわからなかった」（九七）、すなわち、ロザンナもまた「自分の言語」をもたない存在だったのである。

しかしながらその彼女がアルコール依存症になり、治療のための施設に入った頃から状況が変わってくる。施設で精神分析とフェミニズムの洗礼を受けた彼女は、以後、断酒会の活動を通して、それらに固有の「言語」を自分のものにしていく。ただ、それは定型的かつイデオロギッシュな言語であり、彼女とサバスとの距離はむしろ広がってしまう。ロザンナは断酒のためのアドバイス本を好んで読むが、そういう彼女の言語世界と、愛人ドレンカを失った衝撃から「死」についての古今の哲学書を読みあさるようになったサバスの言語世界は、なんとかけ離れていることだろう。

とはいえ、そもそも、サバスが繰り出す「言語」は過剰なまでのエネルギーに満ちており、その巧みな受け手になるのは極めて難しいことだったのかもしれない。結果として、「自分の言語」をもたなかったニッキはサバスとの関係を継続できなくなり、「自分の言語」の欠如をイデオロギー的言語で補おうとしたロザンナはサバスとの関係を悪化させてしまうのである。では、サバスにとって最も重要な女性ドレンカの場合はどうだろうか。

4　ドレンカの《言語》の特異性

「紀元前二千年頃の、大きな胸と豊かな太ももの土人形を思い出させる」（五）体型のドレンカは、明らかに「大地母神」的存在である。したがって彼女との性愛にはサバスの「母との合体願望」、先に述べた「無窮の時間」への願望が潜んでいると考えられる。小さな洞穴での性行為中にドレンカの女性性器から死んだ母の幽霊が飛び出し、「ヘリコプターがホバリングするみたいに」（一七）、絡みあう二人を眺めているように感じるサバスの感覚＝幻覚も「母との時間」への回帰願望の表われと捉えることができるだろう。その意味では二人の関係に「言語」は重要ではないと考えられなくもない。だが、逆に、サバスはこのとき「攻撃的自己の時間」と「無窮の時間」に今まで以上に引き裂かれており、「言語」の問題はさらに先鋭化しているとも言えるだろう。

ドレンカが夫マチージャとともに当時ユーゴスラビアの一部だった祖国クロアチアを捨てたのは、三十年も前の新婚旅行中のことである。亡命の動機には豊かさへの欲求があったが、必ずしもそれだけではなかった。マチージャの祖父はソ連を理想視していたため、ある時、チトー体制(12)を脅かす危険な存在として逮捕されてしまい、ひどい拷問《ごうもん》を受け、家族の元に戻ったときには別人のようになっていた。祖父のそのような姿を目の当たりにして、マチージャは国家への失望を深め、亡命を決意したのだった。

一方、妻のドレンカは単に冒険がしたくて夫と行動を共にしたのだが、サバスが住みついた町マダマスカフォールでホテルを夫ともに経営し、成功させ、夫婦は安定した暮らしを手に入れる。ただ、移民によく見られるように、子どもがアメリカに溶けこむことを期待し、そのように教育した結果、息子のマシューは家業に背を向け、州の警察官になってしまう。そのことで父マチージャは激怒し、それ以来、父と息子の関係はぎくしゃくしたままである。そのような家庭内の悩みをドレンカはサバスとの関係で癒し、サバスはサバスで、ロザンナとの軋轢《あつれき》の痛みをドレンカとの性愛で癒しているのである。

攻撃的なサバスと大地母神的なドレンカという組み合わせから、人は前者の性的エネルギーを後者が受けとめるという一方通行の関係を想像するかもしれない。だが、実際に性的にアクティブなのはむしろドレンカであり、彼女は愛人をサバス以外に何人も持ち、四人の男と同じ日にセックスをしたこともあるという。むろんそのエネルギーこそ大地母神的なのだと考えることもできようが、ニューヨークへ車を走らせながらサバスがドレンカとの情事を回想する次の場面は読者を困惑させはしないだろうか。

モーテルでの性行為が終わった後、部屋の中で音楽をかけ、懐メロに合わせてダンスを踊る二人。

体を揺らすので、先ほど射精した彼の精液が彼女の足を伝って落ち、ダンスが終わるとその精液でサバスは彼女の足をマッサージする。過激な性の場面だが、そこに言語への言及が見られるのだ。すなわち、サバスは懐メロの「歌詞を正確に口ずさむ」ことで、ドレンカに英語（とアメリカ文化の両方）を教えているのである。さらに、引用の最後の部分も興味深い。彼は彼女の足の親指を彼女のペニスにみたて口にくわえ、彼女は「彼の精液を自分の精液であるかのようなふり」をする、つまり男女の区別が意図的に曖昧に、むしろ逆転されているのである。

ここで思い出したいのはドレンカは最初から性に貪欲な女性ではなかったという点である。クロアチア移民のドレンカはサバスから英語を教わった。しかし、言語を教わるということは言語に内包される考え方も自然に教わるということだ。こうしてドレンカは無意識のうちにサバスの「攻撃的な自己」に寄り添う考え方をするようになったと想像できる。彼女の足の親指がペニスに見立てられるのも、サバスがドレンカのことを「自分の反社会的で大胆なところに追随しようとする戦士のような女性」（六五）としてかけがえのない同志的存在と感じるのも、そのことと関係があるのではないだろうか。

しかも英語を教わるといっても、クロアチア語という母語をもったドレンカが教わるのだから、操り人形に言葉をつけるのとは違う。性行為の後、おしゃべりをしながらサバスはドレンカに英語のイディオム・レッスンをするが、彼女は「きまりきった、つまらないイディオムを彼女ならではの object trouve（流木などの人手を加えない美術品）に変えてしまう」（七一）。それがとても魅力的な表現なので、サバスは直す気になれない。こうして十三年間の付き合いを通じて、「二人の合作英語」

ができあがっていき、二人のつながりはますます密になっていく。すなわち、ニッキやロザンナの場合と違って、ドレンカはサバスの攻撃的な自己を身体で受け止めただけでなく、言語レベルでも共通の世界を形成していったと言えるのである。

たとえば、作品の最終部分、末期の子宮ガンで入院中のドレンカをサバスが夜の病室に訪ね、二人が行なった今までで一番過激な性行為、尿の掛け合いの思い出について楽しげに語りあう場面があるが、このとき二人が用いる言語は明らかに「二人の合作英語」である。実際、サバスの話し方が奇妙なのに気づいてドレンカが「あなた、今、私と同じような話し方している！　あなたにクロアチア語風の英語を話させているのは私だわ。私、教える側でもあったんだわ」（四二六）と嬉しそうに叫んでいる。ショスタクが指摘するとおり、このとき、二人は「間主観性」（"intersubjectivity"）[13]を確立させているのだが、ドレンカの発言は、それを可能にしたのはセックスというより「言語」であることを証してはいないだろうか。とはいえ、のちにサバスは看護師から、ドレンカの今際《いまわ》の言葉はクロアチア語であったことを知らされるのだが。

5　「どこでもないところ」という強み

「攻撃的な自己の時間」（＝兄の時計が刻む時間）と「無窮の時間」に引き裂かれたサバスをドレンカはまるごと受け入れた。性と言語の双方が二人の特異な関係を支え、二人は一心同体と言えるほどの強い結びつきを築き上げていく。身体的な境界さえ曖昧になったことは、病室でのおしゃべりでドレンカが自分がオーガズムに達した時のことを、「何もかも濡れてしまうので、私のジュースかあなたのジュースかわからないくらい」（四二四）と語っていることからも明らかである。しかし、もう一人の自分とでもいうべき相手を失うとき、人は底知れない闇に陥る。ドレンカの死後、サバスは生きる喜びも意味も失い、死への願望を加速させる。物語の終結部はこのようにサバスの自殺願望の源泉を明らかにした後、自殺を遂げるべく人を傷つけつつ右往左往する彼の姿を描き出していく。それは滑稽であり、猥雑であり、同時にシリアスであって、まさにロス文学の真骨頂となっている。

ニューヨークから逃げ出し、大西洋岸の故郷の町へ自殺決行のため車を走らせたサバスはまず自分の埋葬されるべき墓を確認しようと家族の墓地を訪ねる。しかし、再開発で墓地は移転し、ようやく探し当てたものの、本来彼が埋葬されるべき母の隣のスペースに未婚で死んだ叔母がすでに埋葬されていて、彼は「誰もが次男坊のことを忘れてしまったのか！」（三五八）と嘆く。その後、百歳になろうかという親戚のフィッシュの家を訪ね、偶然、母が大事にしていた兄の形見を見つけ、貰いうける。五十年も前の過去から甦った、兄と母の思いが詰まったそれらのものを海岸に遺棄する決心がつかず、やはりこれらは自分の家と言いうる唯一の場所、マダマスカフォールの家に保管すべきと考え、サバスは兄の棺をくるんでいた星条旗を身にまとい、兄の遺品であるヤムルカ（モールス信号で God Bless America とあるもの）[14]を頭にかぶった過激なまでに滑稽な姿で車を走らせ、家に帰りつく。

さてこの後の展開であるが、通常であれば、妻ロザンナとの和解を果たし、サバスが生きる意味を再発見するハッピーエンドか、さもなければ、再び妻と口論となり、悲劇的な事件が起きて終わるか、いずれかの結末になることだろう。しかし、ロスは非常に奇妙な場面を用意してまたもや読者を驚かすのである。

まず、自宅の外に車を止め、今ごろ妻は断酒会関係の本を読みながら自慰行為でもしているのだろう、と考えながら家に近づくサバスの思考は次のように発展していく。

> 家があり、そこには妻が居る。車には守り崇めるもの〔兄の遺品のこと〕があり、もはや彼はドレンカの墓の上で泣く必要はなくなった。何年間も彼のようなどうしようもない人間の手にかかりながら、「自分という説明不能な経験」をなんとか生き延びたのだから、これは奇跡と言える。どこか別のところにいたいという圧倒的な欲望からついに解放されたんだ。彼自身が「別のところ」なのだから。（四三四、傍点筆者）

ここで注目すべきは彼が新たに見出した自己認識である。自殺を決行することなく我が家へ舞い戻った自分について、彼は「自分のようなどうしようもない人間の手にかかりながら生き延びた奇跡」と表現し、ある種の感動を覚えている。さらに「自分という説明不能な経験」という表現も見られ、いずれをとっても「御しがたきものとしての自己」をあたかも他者を語るような口調で言い当てている。これは、もっぱら外部に向けて攻撃性を発揮してきた彼のそれまでの自己とは異なり、そういう自己を一歩突き放した地点から見据えており、新たな自己認識と言えるだろう。

言わばひと皮むけたサバスはこのあと彼固有のねじれた論理を展開し、「どこか別のところ(elsewhere)とは自分の家」(四三五)であり、「誰でもない者(no one)こそ自分の伴侶であって、その誰でもない者にロザンナほどふさわしい人間はいない」(四三五)と考える。こうしていったんは捨てたロザンナとの暮らしに戻る覚悟を表明するのだが、その後、物語は意外な方向へ発展する。家のリビングの明かりが消えて一時間近くたってもなおサバスは家に入っていない。なぜなら彼が横たわるべきベッドのスペースに、別の女性がいていまやロザンナとレスビアニズムの性行為の真っ最中なのである(彼は墓もベッドも奪われたのだ!)。彼女はかつてサバスがドレンカと一緒に三人のセックスをした女性で、ロザンナとは断酒会で知り合ったらしい。彼女たちの行為をガラス越しに見ているサバスは、二人を仲の良い雌ゴリラがグルーミングしている姿になぞらえ、彼女たちから完全に排除されている自分を「人生で一番孤独な瞬間に到達した」(四三八)と考える。そして、突如怒りに駆られたサバスは雄ゴリラ特有の行動を取る。すなわち、雄叫びをあげ、胸をたたいて激しく威嚇し、窓ガラスを割って中に侵入し、雌ゴリラたちを懲らしめる……いや、それは一瞬よぎった彼の願望にすぎず、実際には彼は車の中にとどまり、そしてエンジンをかけ、再びドレンカの眠る墓地に向かったのだった。

突然のレスビアニズム、雌ゴリラと雄ゴリラの比喩、一体、これらは何を表わすのだろうか。ここで注目すべきは二人の女性の睦《むつ》み合う行為を描写するにあたって、作者が「舌」に言及している点である。女性同士ということで互いの体を知り尽くしている二人は「舌」を巧みに使って愛撫し合い、すばらしい「統一体」("unity")(四三八)を作り出している。それはサバスとドレンカの融合にも等しいものなのかもしれない。だが、ただ一点、違うことがある。それは彼女たちの使う舌は言語を生みださず、二人の女性は言語的には静寂の中で愛し合っているのである。男であるサバスは当然のことながらその「統一体」の中に入ることはできず、雄ゴリラの怒りの発作に駆られるが、言うまでもなくサバスは《言語》の人である。彼が怒りを表現するなら、「舌」を人間として使う、すなわち「言葉」を用いてでなければならない。こうして彼は何もすることなく黙ってその場を離れたのである。

いったん抱いた「生」への意志をレスビアンたちに挫《くじ》かれたサバスが赴いたのは深夜の墓地だった。ここで彼はドレンカの墓の上に放尿する。死ぬ直前にあのように彼女が礼賛していた行為を再現することによって、彼女との再融合を望んだのであろう。ところが彼のペニスは生殖機能だけでなく、排泄機能にも衰えが出ているらしく、なかなか勢いよく放尿できない。出てきても「間欠的にぽたぽた落ちて、修理が必要な水道栓のよう」（四四五）で、とても土の中のドレンカには届かず、もちろん彼女が生き返って彼と合体するなど望むべくもない。おまけに、星条旗を身にまといヤムルカをかぶった荒唐無稽な姿で母の墓の上に放尿する彼を、パトカーで警備中のドレンカの息子、警官のマシューーに咎められる。マシューーは怒りに震え、「あんたは母さんの墓を汚し、アメリカ国旗を汚し、あんたの民族を汚している」と糾弾するが、サバスは警官であるマシューーに銃殺されることを期待する（そうすれば自殺しなくても死ぬことができるのだ）。しかし、結局、一度は乗せられたパトカーから降ろされてしまい、サバスはマシューーに向かって「自分はghoul《グール》（アラブ人の伝承に登場する「墓をあばく鬼」）なんだ、ghoulが逃亡しようとしているんだ」と叫ぶものの、パトカーは雨の中を走り去る。警官に殺してもらう希望も潰え、自分を殺すのは自分しかいなくなるわけだが、しかし、彼にはそれはできない。「彼は死ぬことはできなかった。どうしてこの世界に別れを言えよう？　彼が憎むもののすべてがここにあるのだから」（四五一）という言葉で作品は締めくくられる。

かくして猥雑極まりないドタバタ劇も終焉を迎えた。結末が示すのは、自殺願望を断ち切り、サバスが生き続けることである。「彼が憎むものはすべてここにある」という言い回しは、彼がこの後も、牧歌的世界ではなく、「争いに充ちた世界」を生きることを示唆している。彼は雌ゴリラの静かな融和も、雄ゴリラの言葉のない怒りも選ばない。マーク・シェクナーの言うとおり、サバスは「最後まで自分のメシュガー（meshgas）（イディッシュ語で気狂い沙汰の意）に忠実であり続けるだろう(15)」。彼は「御しがたい自己」を生き続け、その「御しがたさ」を言語にし続けることだろう。そしてこの「御しがたさ」こそ、実はタイトルの「サバスの劇場」の根底にあるものに他ならない。『カウンターライフ』でネイサンはマリアに「自己は劇場」と語り、だから自分以外の「役者＝他者」として イギリス人のマリアの参加を請うていた。他者とのせめぎ合い、葛藤があってはじめて劇が成立するのだから。そしてサバスの場合は、ドレンカというクロアチアからの移民の女性、今回はユダヤ系でもなく、アメリカ人でもない、言語も違う、マリア以上に他者である女性とともに自己という名の劇を演じてきたのだ。だが、そのドレンカはもういない。墓の下で眠っている。ただ、考えてみれば、彼自身の中に相反する考え、そういう意味では無数の他者を抱えているのであって、たった一人になっても「サバスの劇場」は充分に成立可能なのだ。

そしてこのサバス像の中にロスが目指す究極のユダヤ性、ユダヤ的思考が凝縮されていると言えはしないだろうか。埋葬されるべき墓も心地よく眠るベッドも奪われたサバスはいま、「無窮の時間」に逃げることなく、「どこでもないところ」「憎むものがいっぱいの場所」に留まり続け、それゆえに見えてくるもの、その多くを言葉にしていく。それは結果としてしばしば「どこかに属している人々」との衝突を招いてしまうが、その衝突こそ世界を活性化させるもの、世界をよりよくするもの、ロスはそう考えていたに違いない。

このことは私たちに再び内田樹のユダヤ人についての言説、「ユダヤ人たちが民族的な規模で開発することに成功したのは、自分が現在用いている判断枠組みそのものを懐疑する力と『わたしはついに私でしかない』という自己繋縛性を不快に感じる感受性である」を思い起こさせずにはおかない。あまりにも多くのものを見聞し、あまりにも多くのものを体験してきたサバスは自分という存在の中にゆったりと落ち着くことはできない。だが、といってそこから撤退することも選択しない。その場に留まり、そこから世界を見据え続けるのだ。それはまさに作家フィリップ・ロスそのもの、ロスが求めるユダヤ性の完成形そのものとも言える姿勢であって、彼は本作を書きながらほとんど会心の笑みを浮かべていたのではないだろうか。冒頭に引用したロスの言葉、執筆中の幸福感や充実感はそこから生まれたと考えてよいのではないだろうか。

◉注

(1) David Remnick. "Into the Clear." *New Yorker*. May 8, 2000. 76–89.

（2）Michiko Kakutani. "Mickey Sabbath, You're No Portnoy." *The New York Times Book Review.* August 22, 1995.
（3）Elaine B. Safer. *Mocking the Age* (Albany: State University of New York Press, 2006), 67.
（4）**フランソワ・ラブレー**　François Rabelais（一四八三?―一五五三）　フランス・ルネサンスを代表する作家、医師。中世の巨人伝説に題材を取った騎士道物語のパロディ『ガルガンチュアとパンタグリュエル』は糞尿譚から古典に至るまでの膨大で猥雑な知識が散りばめられているだけでなく、ソルボンヌや教会などの既成の権威を容赦なく風刺しており、世紀の稀書と評されている。
（5）**G－ビル**　アメリカ合衆国の制度。復員兵援護法。この制度のもとで復員した兵士にさまざまな特典が与えられる。特に大学への優先入学および授業料の免除がよく知られている。
（6）Arthur Brittan. *Masculinity and Power* (Oxford: Basil Blackwell Ltd., 1989), 47.
（7）**バターン死の行進**　第二次大戦中、フィリピンのバターン半島で日本軍に投降したアメリカ軍捕虜を捕虜収容所までの一二〇キロの距離を歩かせ、その間に多数の死者が出たことを指す。
（8）Roth. *Sabbath's Theater* (London: Vintage, 1996). 以下の引用はこの版による。
（9）Ranen Omer-Sherman. "'A Little Stranger in the House': Madness and Identity in *Sabbath's Theater.*" Royal, Derek P. ed. *Philip Roth: New Perspectives on an American Author* (Westport: Praeger, 2005), 171.
（10）上半分では通常の作品が進行し、下半分に注釈のような形で、サバスと女子学生の電話の会話が挿入されている。
（11）Debra Shostak. "Roth/CounterRoth: Postmodernism, the Masculine Subject, and *Sabbath's Theater.*" *Arizona Quaterly.* vol.54. 1998. 123.
（12）**ヨシップ・ブロズ・チトー**　Josip Broz Tito（一八九二―一九八〇）　第二次世界大戦後のユーゴスラビアの指導者。独自の社会主義体制によって宗教的にも民族的にも複雑な国を一つにまとめていたが、ソ連とは対立し、国交と断つこととなった。
（13）Shostak. "Roth/CounterRoth." 135.
（14）**ヤムルカ**　ユダヤ教の男性信者が被る縁なし帽。モールス信号は短点と長点の組み合わせでアルファベットの各文字を表わすので、おそらくヤムルカの布地の上にアメリカ礼賛の言葉を縫い付ける、あるいは書きつけることができたのではないかと思われる。
（15）Mark Shechner. *Up Society's Ass, Copper.* Madison, Wisconsin: U of Wisconsin Press, 2003. 153.

第十章　アメリカを問う
――アメリカ史三部作

1　今までの歩み――四つの位相

一九九七年から二〇〇〇年の四年という短期間にフィリップ・ロスは「アメリカ史三部作」と呼ばれるべき作品群を発表した。それらにはロスの読者にはお馴染みのネイサン・ザッカマンが登場するのだが、これら三作品の彼は、自身のアイデンティティを模索し、派手な試行錯誤を繰り返した以前の姿とは異なり、物語の後方に控え、ほぼ完璧に第三者的語り手に徹している。つまり、ロス文学は再び位相を変えたのである。その点を確認するために、もう一度、ロス文学の変遷を簡単に振り返っておこう。

アメリカのユダヤ系コミュニティを舞台にした第一作『さようなら、コロンバス』で自由闊達に動いたロスの筆は、第二作『レッティング・ゴー』では明らかに動きを止めてしまう。その一つの理由はワスプ（＝アメリカの本流）に対する気後れ、もう一つはヘンリー・ジェイムズ的《偉大な文学》

の呪縛だった。ただ、前者についてはアメリカニズムの問題点をえぐり出した『ルーシーの哀しみ』によって乗り越え、後者については『ポートノイの不満』で乗り越えた。

ここまでを第一の位相とすると、『ポートノイの不満』は確かに一つの解放であり、一つのピークではあったのだが、フロイトの精神分析理論をベースにした「症例報告」的な要素が濃厚で、ロスは真に自身の文学と呼べるものを模索するようになる。そのために書かれたのが『男としての我が人生』だが、この作品には小説の手法についての考察も含まれ、その意味では「作家としての我が人生」と名付けられてもよかったかもしれない。そしてそのような過程を経て、『ザッカマン・バウンド』が書かれ、リズムに乗った文体と攻撃的な笑いを通して作家である自己像を求める姿が描かれることになった。したがって『ザッカマン・バウンド』は第二の位相のピークと言えるだろう。

そして第三の位相で、ロスはより広く、より遠くへと想像力を働かせ、ユダヤ系アメリカ人独特の立ち位置と思想を求めるようになっていった。その契機となったのが作品の舞台としてアメリカ東部だけではなくイスラエルとロンドンを加えた『カウンターライフ』であった。ここで初めてロスは「パストラル幻想」に吸収され得ないユダヤ性を明確に打ち出し、その方向性をさらに極めたのが『サバスの劇場』と言えるだろう。したがって、第三の位相のピークは『サバスの劇場』ということになるだろう。

そして、「アメリカ史三部作」が第四の位相となるわけだが、三作品のうちの第一の作品のタイトルが『アメリカン・パストラル』であることが示唆するように、第三の位相と第四の位相の間に大きな断絶があるわけではない。また、これからの議論で明らかにしていくが、ロス文学の三つの特徴のうちの《身体》と《歴史》がこれらの作品においては比重が大きく、その意味の連続性も保たれている。ただし、ネイサン・ザッカマンを冷静な語り手にしたことによって、《声＝言語》は『ポートノイの不満』や『サバスの劇場』のようには大きく響いていない、ということは追加的に指摘しておきたい。

2 『アメリカン・パストラル』について

（1）パストラルを求めて

すでに述べたように『アメリカン・パストラル』の語り手は『カウンターライフ』の主人公、ネイサン・ザッカマンであり、作品はその彼が報告者となり、主人公シーモア・ルヴォヴの人生を語るという形式を取っている。タイトルに「パストラル」が入っており、『カウンターライフ』で開陳された考え方、「パストラルと歴史の対比」が作品に一つの枠組みを与えている。

シーモア・ルヴォヴはネイサンのハイスクールの五年先輩にあたり、ハイスクール時代の渾名は「スウェーデン人」（the Swede）だった。そのことからもわかるように、ユダヤ系にもかかわらず、金髪で目は青く、長身、スポーツ万能で、実際フットボールとバスケットの花形選手で、女の子に愛されるだけでなく、ネイサンのような少年たちにも憧れられる、まさに非の打ち所のない存在だった。つまり彼はヒトラーがよろこびそうなアーリア系の身体的特徴を持っていたのである。

経済的にもシーモアは恵まれていた。父が経営する手袋製造工場は順調に売り上げを伸ばし、シーモアは二年間の海兵隊勤務を済ませた後、父の仕事を助け、やがて引き継いでいった。そういう彼が結婚相手に選んだのは、ユダヤ系の女性ではなく、ミス・ニュージャージーに選ばれるようなアイルランド系の美女だった。そしてちょうど第二次世界大戦後のアメリカ経済成長期ということもあり、経済的に余裕ができた彼は、結婚を契機に長年夢見ていた古い町の古い大きな家を手に入れる。町の名はオールド・リムリック、独立戦争前まで遡れるような家系の人々が住む町だった。すなわち、もともと非ユダヤ的な身体を持っていたシーモアは、さらに一歩進み、ユダヤ系のコミュニティから「脱出」し、「アメリカ」に接近していったのである。

ただ、シーモアとその妻ドーンが求めた「アメリカ」は、実は現実の「アメリカ」ではなく、「パストラル＝牧歌」に編曲（変曲？）しなおされた「アメリカ」であった。独立戦争以前からの古い町にシーモアは時間の流れを感じ取ったのではない。むしろ、「理想の国」を打ち建てた若きアメリカがそのままタイム・カプセルに入った姿を見ていたのである。だから、その後のアメリカの歴史的変貌、南北戦争の悲劇や十九世紀後半の急速な経済成長がもたらした歪みや二十世紀に入り超大国として戦争にコミットしていったアメリカを意識的にスキップして、彼はジョニー・アップルシード（一七七四—一八四五）に憧れる。りんごをアメリカ各地に広げたことでアメリカ神話の一部となったこの人物に、彼はよきアメリカ精神が凝縮されていると感じたのである。だがもちろん、それはあまりにも多くのものを捨象してしまった、中がからっぽの張り子の人形のような「アメリカ」であった。

妻ドーンについても「パストラル」志向は顕著であった。そもそも名前（Dawn＝夜明け）からしてパストラルのイメージが強いのだが、経済力のある夫がいながら彼女が牧畜の仕事に手を染めることは彼女の中の「パストラル」願望の表われと見て間違いがないだろう。このように夫も妻も「アメリカン・パストラル」を希求したのだが、そして、それはしばらくは何の問題もなく進むように思えたのだが、彼らの思いを挫くものがやがて現われる。それは他ならぬ彼らの一人娘メリーだった。

(2) メリーの苦しみ

メリーは両親の愛情をたっぷり受けて育つが、小さい頃から吃音《きつおん》の兆候が見られ、当然両親はセラピストをつけて治療を試みるものの、なかなか改善しなかった。メリーの言語障害の原因はテキスト中に明示されているわけではないが、読者として気になるのは、彼女がしっかりした自己意識を形成しにくい環境で育ったという点である。先に述べたように母のドーンはアイルランド系、すなわち、アイリッシュ・カソリックである。シーモアの父(=メリーの祖父、言うまでもなくユダヤ系)は息子の結婚にあたってその点を問題視し、ドーンに一種の面接を課し、クリスマスと復活祭のボンネット[(1)]までは許すがそれ以外のキリスト教教育はしないことを約束させた。とはいえドーンはメリーが生まれてすぐにひそかに洗礼を施してしまう。カソリック教徒であるドーンにとって、娘が洗礼を受けないまま死んだりしたらどうなるのか、最後の審判のときに地獄に落とされてしまうのではないかとそのことが心配でならなかったのだ。

熱心なユダヤ教徒というわけではないシーモアは、娘に積極的にユダヤ教の教育を施そうとは考えていなかったが、母方の祖父母の影響もあってベッドの壁のところにイエスの磔刑像《たっけい》をかけていた幼いメリーに対しては、父方の祖父母が家を訪問するときは十字架を外すように命じるのだった。このように、メリーは二つの宗教文化の間に引き裂かれた存在であり、このことは彼女の自己形成の面でネガティブな影響を少なからず与えたことだろう。

さらに両親の「身体意識」が薄弱であることも吃音に関係しているかもしれない。外見がアーリア的なシーモアは、確かに割礼を施されてはいたが、『カウンターライフ』でネイサンが説いていたような、ユダヤ系としての歴史意識に繋がる「身体意識」を欠落させていた。ドーンについても、ミス・ニュージャージーに選ばれた美しい肢体は、「時間と穢《けが》れを内包した身体」への認識力を弱める結果を導いたとは考えられないだろうか。このように、宗教文化の面で引き裂かれているだけでなく、しかるべき「身体意識」を両親から伝授されずに、ある意味で「中空」の中で生まれ育ったメリー。彼女の身体は彼女の内面を宿す「場」たり得ず、内面は疾走するかのように身体を通り抜けてしまう。それが吃音となって現われた……そのように考えられはしないだろうか。

実は『アメリカン・パストラル』理解の鍵はこの点、すなわち、メリーの「身体意識の不在」にある。実際、それを踏まえずに物語のその後の展開を正しく理解することはできない。たとえばなぜ娘が突然父親に「ママにするようなキスをして」と懇願するのか。なぜ娘はベトナム反戦運動にのめりこみ、自ら爆弾を仕掛け、通りがかりの医師を死に至らしめるのか。なぜ、最後に彼女はジャイナ教徒になるのか。これらの問いに読者はどう答えるべきだろうか。

(3)欠落を埋めようとして

最初の問いから始めよう。父に突然キスを要求したメリーが求めたもの、それは女としての身体ではなかったか。幼女から少女へ、そして女性へという成長の過程で、メリーは不在の身体を女性性というかたちで必死に獲得しようとしたのではないだろうか。だから、その要求に一瞬応じて情熱的なキスをした父親が、罪の意識におののき、娘を遠ざけるようになったとき、娘はオードリー・ヘプバーンの熱烈なファンになった。ヘプバーンは美しく魅力的な女優だが、女性としての身体という観点から語るなら、むしろ身体性が希薄と言えるだろう。メリーはそこに惹かれたのではないだろうか。

次の問い、なぜベトナム反戦運動にのめりこみ、爆弾犯になりえたかについても、身体不在を補《ほ》塡《てん》するものとして、当時の反戦運動のイデオロギー的言語をメリーが求めたと考えられる。さらにおのれの身体意識が薄弱な者は、他者の身体への想像力も薄弱になるはずで、地元で医師一人を死なせた後も、逃走先でさらに三人も殺害することができたのはそのあたりと関係しているだろう。

最後の問い、なぜジャイナ教徒になったかについてであるが、まず、ジャイナ教とはいかなるものかを理解する必要があるだろう。ジャイナ教は仏教と同じ時期、紀元前五~六世紀にインドに生まれた宗教で、あらゆるものに霊魂の存在を認めている。したがって宗教生活上、最も大事なのが不殺生(アヒンサー)、微生物までふくむあらゆる生き物を傷つけぬことであり、敬虔な信者は大気中の微生物を傷つけたりしないため白い小さな布で口を覆ったりする。また、ジャイナ教徒にとって理想的な死は断食を続行することによって至る餓死だという。

五年間逃亡した後、故郷の町に帰ったメリーはジャイナ教に帰依して、すっかり様子が変わっていた。以前はどちらかといえば肥満体であったのが、がりがりに痩せてしまっただけでなく、微生物の殺生を避けるべく、風呂にも入らず、歯も磨かないため、強烈な悪臭を発しているのだった。この人物をにわかには自分の娘とは信じられないシーモアは、逃亡中さらに三人を殺したことを告白されるに及んで、激昂《げっこう》し、「メリーのはずがない、お前は誰だ?」(二六六)と彼女を押さえつけ、答えを要求して無理やり口を開かせようとする。開いた口には歯がなく(おそらく歯を磨かないため、虫歯になり、落ちてしまったのだろう)、小さい頃一生懸命歯の矯正に通わせたのだから、これは自分の娘ではないと一瞬確信するが、しかし、強烈な悪臭をじかに浴びて、耐え難い吐き気に襲われ、女の顔の上に吐いてしまう。そして、彼の吐瀉物《としゃぶつ》にまみれた女の顔、その目を見たとき、彼はその女がメリーに他ならないことを知るのだった。

断食による餓死を理想的な帰結にしている点で、ジャイナ教は「身体否定」の宗教である。微生物どころか人間を四人も殺したメリーにとって、微生物さえ殺してはならないと教えるジャイナ教への帰依は、改悛《かいしゅん》の情の表現として最適のものに思えたのだろう。しかし、どんなに精神が身体を否定しようと、身体が現実にあること、身体が穢れを内包していることは彼女の放つ汚臭から明らかである。そして、その彼女の汚臭に否も応もなく反応し、嘔吐したシーモアもまた、「身体否定」の不可能性をそれこそ身をもって知ったことだろう。

人は「パストラル」の世界に生きることはできない。諍いや、人種問題や、戦争のない世界は存在しない。現実の世界においては、そのような闘争や混沌を含みこみながら、「時間」が流れている。

それが「歴史」というものだ。そのことを忘れ、自分で自分の好む世界、「穢れ」も「時間」もない、美しく、平和で、アメリカ独立時の理想にのっとった世界を構築しようとしたシーモアは、今、娘の姿に呆然とする。ベトナム反戦運動にのめりこみ、四人の人間を殺した娘。運動に背を向け、振り子を大きく反対方向に振らせてジャイナ教徒になり、悪臭を放ちながら死の危機に直面している娘（実際その後ほどなくメリーは死んでしまう）。それもこれも、シーモアが構築した世界が《身体》と《歴史》の関係を正しく組み込んでいなかった、そういうものと無縁の「空中の楼閣《ろうかく》」だったからではないか。その中で純粋培養された娘は歴史への対応の仕方を学ばず、歴史に翻弄されてしまったのではないか。時間の流れに背を向けたシーモアは今、背を向けたものに追いつかれているのである。

（4）《歴史》に翻弄されるシーモア

そして時代は彼をまた別の意味でも呑み込もうとしていた。『アメリカン・パストラル』の最終シーンは一九七三年の感謝祭のディナーの席である。メリーに一緒に家に帰ろうと誘ったシーモアは、メリーがその申し出を拒絶したので、一人帰宅する。その日は感謝祭で、招待客たち、シーモアの両親、ドーンの両親、友人たちが彼を迎える。彼らは、ニクソン大統領のウォーターゲート事件や、当時人々の耳目を集めていた過激ポルノ映画『ディープ・スロート』を話題にしている。すなわち、政治的にも道徳的にもアメリカはシーモアが憧れた「アメリカ」からますますかけ離れつつあったのだが、実は、変化の波は、彼の足元にも押し寄せていた。妻のドーンは娘の事件以後、精神的に落ち込んでいたが、美容整形を施し（これは「身体の時間」を人為的に止めることに他ならない）、自信を回復し、家を建て替えようと近所に住む建築家に設計を依頼した。そのこと自体は生きることに積極的になったということで評価されるべきだろう。しかし、ディナーの席にいない妻を捜してキッチンに行ったシーモアが目撃したのは、建築家との性行為にふける妻の姿だった。こうして、性革命の「時代」、夫婦交換が現実に行なわれた「時代」が、今、シーモアが大切にしてきたものの最後の残滓まで奪い去ったのである。ローラ・タネンバウムが言うように、このディナー・パーティは「すべての残存する幻想の喪失(3)」をみごとに演出しているのである。

時代を理解し的確に判断するためには、「身体感覚に根付いた主体」と「歴史意識」が欠かせない。娘を失い、妻に裏切られたシーモアはそのことを思い知ったはずである。だが、この事件から二十年ほど経過して、マンハッタンの高級イタリア料理店でネイサンがハイスクール時代以来のシーモアとの再会を果たした時、彼は滔々と息子たちの自慢話を語るだけだった。娘の壮絶な死、ドーンとの離婚を経て、シーモアは別の女性と再婚、三人の男の子に恵まれたのである。ネイサンはこのとき彼の話を聞きながら、シーモアを「成功したアメリカ人として幸福な生活を送っており、作家の自分とは無縁の存在だ」と考えざるを得なかった。ただ、その後、シーモアの死とメリーを巡る悲劇を、友人でありシーモアの弟でもあるジェリーから聞かされ、作家ネイサンは俄然《がぜん》興味を抱き、本作の執筆に取りかかったのである。

（5）バーナード・マラマッド『修理屋』と通底するもの

シーモアを見舞った悲劇を描こうとしてネイサンが最も関心を抱いたもの、それは《身体》と《歴史》の関係だった。その意味で想起されるのが、同じユダヤ系作家バーナード・マラマッドの『修理屋』（一九六六）である。二十世紀初頭の、革命前の緊迫をはらんだ帝政ロシアで、一人の貧しいユダヤ人ヤーコフ・ボックがユダヤ人であるというだけで、少年殺しの犯人に仕立て上げられ、投獄されてしまう。ヤーコフは幼くして両親を亡くし、孤児院で育ち、結婚したものの望んだ子どもに恵まれず、そのことに苛立ち、次第に妻レイスルを避けるようになってしまう。夫の冷たさに耐えられなくなったレイスルが別の男と駆け落ちしたことで、ヤーコフは「妻に逃げられた男の恥辱」から逃げるようにしてユダヤ人村を後にするが、このとき彼が携えていたのはロシア語の文法書とスピノザ[4]のエッセイ集だった。それは土着的でユダヤ的なもののすべてを捨て去ろうとする彼の姿勢の表われであり、またある意味でこの時点で彼は自身の「身体」を否定したとも言えるだろう。というのも幼い頃から繰り返し教え込まれたユダヤ教の教えや習慣、そして自己表現の基盤となっているイディッシュ語、これらは彼の物理的身体を幾重にも被う皮膚、言ってみれば「文化的身体」であり、それをヤーコフは支配者の言語（＝ロシア語）と合理的思考（＝スピノザ）という二つのハサミで無理やり切り捨てようとしたのである。

だが、ロシア人になりすまし、キエフに移り住んだヤーコフを待っていたのは、ユダヤ人の身体を持つゆえの差別であり、迫害だった。ユダヤ人が過ぎ越しの祭りの種なしパンにキリスト教徒の少年の血を混ぜるという悪意に充ちた噂は長くキリスト教世界で流布されてきたが、その陥穽にヤーコフは落ちてしまうのである。革命を目指す勢力とそれを押さえ込もうとする皇帝側とのせめぎ合いにより暴力テロが多発したこの時期、ロシア社会を揺るがしているのはユダヤ人だと喧伝されたこともあって、ユダヤ人への風当たりはそれまで以上に強くなっていた。彼が住む地域で少年の遺体が発見されると、ヤーコフはたちまち少年殺しの冤罪《えんざい》で逮捕、監禁され、拷問を受ける身となってしまう。そして長い牢獄生活の中で、彼の身体は徹底的に痛めつけられることになるのだ。作者マラマッドはその様子を具体的かつ執拗に描写していく。

不安ゆえに眠れず、昼も夜も狭い牢獄の中を歩き回ったヤーコフは、靴が駄目になり、足から膿《うみ》が出て、痛くて歩くこともままならなくなる。幾度となく訴えてようやく治療を受けることを許されるが、診療所まで歩けそうにないと言うと、這っていけと言われる。そこでいくつもの階段を上り下りしながら、必死で這っていくが、膝や手から血が出て、その痛みで気を失いそうになってしまう。また、肛門の中まで調べられるという屈辱的な身体検査が一日に何回も行なわれ、ヤーコフは自分が身体として生きていることを強く意識せざるを得なくなるのである。

そして極めつけは、牢獄の中で彼が見たポグロム(5)の夢である。夢の中で、テーブルの下に隠れていたヤーコフはコサック兵に引きずり出され、首を切り落とされてしまう。首なしのまま必死になって外へ逃げ出すものの、気がつくと、腕を一本、目を一つ、睾丸も失っている。妻のレイスルは強姦され、はらわたをえぐり出されている。心優しい義父のシュミュエルのずたずたに引き裂かれた身体は窓からぶら下がっている……夢とはいえ、凄まじいとしか言いようのない光景だが、単に惨殺されたと表現されるのではなく、身体について具体的な言及に充ちている点を見逃すべきではないだろう。フィリップ・ロスはこの点に関連して、「サド侯爵と『O嬢の物語』[6]の作者をのぞけば、こんなにも詳細に、こんなにも長々と、肉体に加えられる残忍かつ屈辱的な行為を描いた作家はマラマッドくらいのもの[7]」と述べており、明らかに作品中の過剰なまでの身体表現に着目している。

このように『修理屋』では身体は無視できないウェイトを占めているのだが、それはすべてヤーコフの覚醒を引き出すためだったと思われる。長い牢獄生活の果てに、ヤーコフは独り言《ご》つ。「確かに、我々は皆、歴史の中にいる。ただ、より歴史の中にいる者と、それほどでもない者がいて、ユダヤ人の場合は前者なのだ」(二八一)[8]。「ユダヤ人には歴史という雪が降りかかり、歴史という雪でずぶ濡れになるのだ」(二八一、傍点筆者)。かつてロシア人になりすまし、ユダヤ人としての過去を捨てようとしたヤーコフが辿り着いた新しい地平、それはユダヤ人と《歴史》の切っても切れない関係についてのこの認識だった。そしてユダヤ系作家マラマッドはまさにこのことを言いたいがために、帝政ロシアで実際に起きたメンデル・ベイリス冤罪事件[9]を素材として『修理屋』を書き上げたと言えるだろう。

ロス文学の全体像に迫ろうとする試みとしては、かなり長く別の作家の作品について議論してきたが、描かれている時代や国、状況に大きな隔たりはあっても、ユダヤ村を出てロシア人として生きようとしたヤーコフがユダヤ人にとっての《歴史》の意味を知る過程と、アメリカの無垢という一種の幻想を生きようとしたシーモアが、《歴史》の重圧を認識するようになるプロセスには明らかに共通するものがあるように思われる。ロス作品がマラマッド作品のほぼ三十年後の作品であること、また、『修理屋』出版当時、ロスはプライベートにおいても作家としても自分を縛るものからの解放を求めてもがいており、《歴史》について特に深く意識した気配はないことを考慮するなら、両作品の間に直接の影響関係を認めるのは不適当であろう。ただ、逆に言えば、二人のアメリカ・ユダヤ系作家が、作家としての円熟期に《歴史》に関心を寄せ、その契機として《身体》を意識していたことは、ユダヤ系と呼ばれる人々の精神のありようの一つの特徴を示唆しているとは言えないだろうか。

3『私は共産主義者と結婚していた』について

アメリカ史三部作の第二作、『私は共産主義者と結婚していた』は『アメリカン・パストラル』の一年後、一九九八年に発表されている。『アメリカン・パストラル』がベトナム戦争に揺れた時代を扱っているのに対し、『私は共産主義者と結婚していた』はそれ以前の五〇年代初頭、マッカーシズムに翻弄された時代を扱っている。ただし、第一章で述べたように、また、ロス自身も認めているように、本作は、離婚に至る壮絶なバトルを経て、クレア・ブルームが出版した『人形の家を離れて』（一九九六）への応答、リベンジの要素も濃厚で、三部作中、文学的評価では一番見劣りする作品となっている。

語り手は前作同様ネイサン・ザッカマン、主人公は人気ラジオ俳優アイラ・リンゴールド、リベラルな政治思想の持ち主で、政治的にも多感だった少年時代のネイサンは彼に強く惹かれ、しばしば行動を共にしたのだった。だが、大学に進学し、文学を学ぶようになるにつれて、ネイサンのアイラへの関心は薄れ、およそ四十年の空白の後、ハイスクールの恩師でアイラの兄マリーに出会い、その後のアイラの生き方とその死を知らされ、アイラの物語を書くに至ったのである。すなわち、作品執筆の経緯としては『アメリカン・パストラル』と同じと言えるだろう。

作品名はアイラの妻、女優のイブ・フレイム[10]が浮気をした夫に復讐すべく、彼を陥れるために出版した暴露本のタイトルそのままである。反共主義の嵐が吹き荒れた時代にあって、共産主義者と名指しされたことでアイラの名声は地に落ち、俳優を廃業、最後はハイウェイ沿いで鉱石を売る仕事につき、一九六四年、失意のうちに亡くなってしまう。こうしてイブの目的は果たされたわけだが、イブもまた、告発本の真偽についてマスコミから追及され、人気も職も失い、アルコールに溺れ、アイラの死の二年前、六二年には亡くなったのだった。

言ってみれば夫婦喧嘩の泥仕合が描かれた作品なのだが、考慮すべきはその顚末ではなく、それぞれが抱える自己欺瞞であり、それと絡む五〇年代アメリカ社会の「思考停止」傾向である。貧しいユダヤ系の家庭に生まれ、自らの環境を呪い、ユダヤ人差別への怒りを内に抱えるアイラは、若い頃それを暴力で表現したこともあったが（実は暴力を振るって相手を死なせてもいる）、後年、共産主義イデオロギーに身を捧げることで自身の真の問題に向き合うことから逃げてしまう。同じくユダヤ系のイブも、たまたま非ユダヤ的な美貌に恵まれたこともあり、出自を隠し、マサチューセッツ州の古い家系出身だと偽って人気を得ていった。だが、自己欺瞞のもたらす不安からか、特に年配のユダヤ人女性に対し反ユダヤ的発言を繰り返したのだった。つまり、夫と妻、両者とも欺瞞的な自己を生き、それが最終的な悲劇に繋がったのである。その意味でも『アメリカン・パストラル』

に通じるものがあると言えるだろう。

そして彼らの悲劇を生み出したもう一つの要素についても忘れてはならないだろう。アイラの失墜をもたらしたのは妻の暴露本だけではなかった。暴露本を読み、その中身を信じ、アイラに背を向けた大衆の存在と、それを可能にした社会全体を覆う共産主義に対する強い嫌悪感、それらなくしてアイラの破滅はなかっただろう。アイラの兄、優れた国語の教師であったマリーは、反共に染まったこの時代について、「シリアスなものが大衆の娯楽になり始める」(二八四)時代だったと振り返り、さらに、「マッカーシズムは第二次世界大戦後のアメリカが思考停止(unthinking)に陥った最初の現象」であり、それは「今では至るところで見られる」と言い添えている。マリーについてはロス自身が証言するようにボブ・ローウェインスタインというモデルがいる。ハイスクール一年次のロスのクラスの担任教師で、フランス文学の博士号を持つボブはマッカーシズムの時代、六年間教職を追われている。アイラの兄ということでマリーもまた一時失職を余儀なくされており、政治的魔女狩りについての彼の発言はその経験があってこそと思われるが、ここには間違いなく作家自身の思いが投影されている。アメリカ社会に潜む魔女狩り的傾向や、深く考えることなく付和雷同的に状況を判断する、今で言うポピュリズム的傾向にロスは苦い思いを抱いていたのである。

もちろん、穿《うが》った見方をするなら、ここにはクレア・ブルームの本を読んだ人々、特にフェミニズム的傾向のある人々から「女性蔑視」、「女性嫌悪」だと一斉に非難の言葉を投げつけられたロス自身の怒りも関係していると思われる。ロスにはそれが典型的な「思考停止」のレッテル貼りに過ぎないように思われたに違いない。イブ・フレイムの職業を女優にしたこと、イブの娘とアイラの確執が描かれていること（ロスがクレアの娘との関係に苦慮したことは知られている）を考えても、クレアへの遺恨が作品執筆の動機の一部になったと想像しても間違いはないだろう。

おそらくそのような作家側の個人的な感情が入りこんでいるからだろう、『私は共産主義者と結婚していた』は必ずしも優れた作品とはなっていないのだが、とはいえ、アメリカの一つの時代、歴史の汚点としてのマッカーシズムをアメリカ史全体から捉え直そうとする試みとして充分評価されるべき作品ではないだろうか。

4 『人間の染み』について

(1) カラスの表象

フィリップ・ロスの二〇〇〇年の小説『人間の染み』は二〇〇三年ロバート・ベントン監督によって映像化された。監督が『クレイマー、クレイマー』の著名監督、主演の二人が『羊たちの沈黙』の名優アンソニー・ホプキンスと、前年、『めぐりあう時間たち』でアカデミー主演女優賞を受賞したニコール・キッドマンという陣容となれば、当然のことながら日本でも公開され、それなりの注目を集めた。とはいえ、ロスの読者が違和感を覚えたのは邦題が『白いカラス』となっていた点である。映画の原題は The Human Stain であり、小説のタイトルを変更してはいない。日本公開にあたって『人間の染み』では魅力に乏しいと判断した配給側が、観客動員数の増加を狙って変更したものと思われる。確かに、ホプキンス演じる主人公コールマン・シルクが黒人の出自を隠蔽《いんぺい》し白人として生きてきたこと、また、キッドマン演じる薄幸の女性フォーニア・ファーリーが一羽のカラスに強い思い入れを抱いていたこと、それらから総合的に判断すれば、この命名は的外れなものとは言えないだろう。

だが、原作では、カラスは黒人の肌の色と直接的に結びつけられているわけではない。むしろ、カラスという鳥の表象するものと、人間たちの行動、および行動の背後にある心情が響きあうことによって、作品世界が形成されている。したがってカラスに「白い」という形容詞を付すことによって喚起される人種的イメージは原作の理解のうえでは必ずしも益にならないだろう。本節では『人間の染み』におけるカラスの表象を解き明かしつつ、作品全体の意味を探っていくことにしたい。

カラスを和英辞典で引けば、crow と raven という二つの言葉が示される。raven はアメリカ文学ではすぐにポーの詩[12]が思い出され、『野鳥と文学——日・英・米の文学にあらわれる鳥』（一九八二）でも、そういう事情から大鴉《おおがらす》（raven）はアメリカ文学のセクションに入れられている。しかしながら、『人間の染み』においてカラスはあくまでも crow である。フォーニアが自分のカラスへの思いを語る箇所で、彼女は、大鴉は空高く飛び、「〔飛行高度〕記録を破り、賞を獲得する」（一六七）[13]のに対し、カラスは自分の欲しいものを手に入れるために飛んでいるだけだから、記録のことなど無関心で、そこがいいと語っている。つまり詩的なイメージをかきたてる大鴉よりも、現実派で身近な存在のカラスに惹きつけられているのである。

通常カラスは人々に愛される存在とは言い難い。近年、大都市ではカラスの被害が増大し、各自治体はカラス対策を余儀なくされている。逆に言えば、カラスはそれだけ人間のすぐそばで生息しているということだが、同じようにそばに生息しているスズメやハトなどと比べても、負のイメージが強い。これは間違いなくその容姿と関係しているだろう。桝田隆宏は『英米文学の鳥たち』(二〇〇四)において、「喪服や闇の世界を連想させる全身漆黒の羽の色」のため、「洋の東西を問わず、カラスは不吉な鳥として死や不幸と結びつけられてきた(14)」と指摘し、多彩な事例を紹介している。

一方、カラスのもう一つの特徴は、その賢さである。頭のよさを示すエピソードに事欠かないカラスだが、『人間の染み』との関係で言うなら、ヒトの言葉を真似できる能力を有する点に注目したい。作品中、親鳥からはぐれ、ヒナの頃から人間に育てられ、その結果、言葉を話すようになった一羽のカラスが登場する。フォーニアはそのカラスにプリンスという名前をつけて可愛がっているが、プリンスの鳴き声自体、人間によるカラスの鳴き真似を真似するという屈折を経ており、その意味で本作のモチーフの一つ「変装」、「なりすまし」に通じるものがあると言えるだろう。しかも、結果としてプリンスは奇妙な発声法となり、「徴」をつけられ、他のカラスからは異端として苛《いじ》められる存在となってしまうのである。

そして『人間の染み』の語り手ネイサン・ザッカマンもまた、前二作のネイサンと異なり、「徴」を賦与《ふよ》されている。数年前に前立腺がんを病んだネイサンは前立腺切除手術を受け、手術は成功したものの、尿漏れの心配を絶えずしなくてはならない身となってしまった。尿漏れは「染み」を作りだし、健常な人々との違いを顕在化させる「徴」でもある。いまネイサンは人との付き合いを避け、ニューイングランド地方の小さな湖のほとりでひっそりと暮らしている。結果として創作にも消極的になっていたネイサンだが、コールマンと知り合い、友情を結び、秘密を抱えたまま死んでいった彼の悲劇を身近で目撃したことが転機となり、「彼の災厄《さいやく》（disaster）と変装（disguise）を自分の作品の主題に」（四五）しようと心に決めるのだった。

書き手ネイサンがいみじくも宣言したように、作品は先述したカラスの二つのイメージ「災厄」と「変装」に関わる物語になった。しかも、両者は、物真似したことで仲間はずれになったプリンスの例に見られるように、「変装＝なりすまし」が「災厄」を呼び寄せる関係になっているのである。

（2）「なりすまし」の果て

主人公コールマンの場合を見てみよう。コールマンはニュージャージー州の黒人一家に生まれた。父は元は検眼士をしていたが、大恐慌で職を失い、鉄道の食堂車のウェイターをして生計を立てていた。母は病院で看護師をしており、白人医師からも信頼されるしっかりした女性だった。子どもはコールマンを含めて三人で、当時の黒人の家庭としては恵まれた環境に育ったと言えるだろう。正確な言葉遣いを何よりも大事に考える教養人の父は、シェイクスピアをこよなく愛し、日課のように子どもたちにシェイクスピアを読んで聞かせた。それぞれ優秀な子どもたちの中でも、コールマンは特に学業に優れ、さらに、白人として通用するほど肌が白かった。とはいえ、彼は最初から白人になりすまそうとしたわけではない。

ハイスクール時代ボクシング部に所属し活躍していた彼が、陸軍士官学校とピッツバーグ大学の試合に、レフェリーの補佐役としてコーチとともに出かけたことがあった。このとき、ユダヤ系のコーチから「黒人であることを言うな、そうすれば、ピッツバーグ大学のコーチがお前に目をつけ、白人だと思い、奨学金を用意して入学させてくれるだろう」と言われるが、彼はこの時点では「白人になりすます」ことはしていない。ボクシングのような荒っぽいスポーツを嫌う父から、黒人大学のハワードに入学し医者になることを期待されていたからだ。

そういう彼を変えたのは、ハワードでの体験だった。友人とワシントン・モニュメントを見に出かけ、ウルワース[15]に立ち寄り、ホットドッグを買おうとして店員に初めてニガー呼ばわりされたコールマンはショックを受ける。しかし兄のウォルトと違って、彼は黒人の権利のために立ち上がる道は選ばなかった。黒人運動の全体志向性、そこに内在する「我々」という概念になじむことができなかったのだ。「大きな彼ら〔マジョリティとしての白人〕が偏見を押し付けるのも我慢ならないが、小さな彼ら〔黒人〕が連帯という形で倫理を押し付けてくるのも我慢ならなかった」（一〇八）彼は、集団の一人ではない「単独性」を求めていく。どんなものとも深く結び付くことなく、自由にすりぬけていく生き方を選択するのである。

ある意味で彼にとって幸いなことに、ハワードに入って間もなく父が急死した。さっそくコールマンは大学をやめ、白人として軍隊に入隊する。そして、駐屯先の白人向けの売春宿で黒人であることを見抜かれてさんざん殴られ放り出されたこと、除隊してGIビルで入学したニューヨーク大学時代に北欧系の女性と知り合い、恋仲になったものの、彼女を家のディナーに招待し、彼が黒人であることを知ったとたん彼女が離れていったことなどの辛い経験を経て、彼は最終的に白人への「なりすまし」を徹底させることを決意する。だから彼はユダヤ系のアイリスと結婚するにあたって、母を訪ね、アイリスには「両親は死んだ、兄弟はいない」と話したと伝える。ショックを受けた母からは「お前は雪のように白い肌をしているけれど、考え方は奴隷と同じだね」（一三九）と言われてしまうのだが。

こうして彼の「なりすまし」は完成し、ユダヤ系の古典文学研究者としてニューイングランドの小さな大学に職を得た後は、大学改革の行政手腕を発揮し、学部長にまで上り詰めていく。その間生まれた四人の子どもたちも、妻のアイリスの髪が縮れ毛であったこともあり、黒人の血を疑われるようなことはなかった。だが、いわば功成り名を遂げた後に落とし穴が待ち受けていた。教室に現われない学生二人のことを幽霊の意味で「spooks」と呼んだところ、たまたま彼らが黒人だったため、黒人の蔑称の意味に解釈され[16]、人種差別主義者だと糾弾されてしまうのである。時あたかも九〇年代後半のポリティカル・コレクトネス全盛の時代である。コールマンが「文脈から考えて幽霊の意味でしかありえない」、「自分は幼いころから父親に言葉は厳密に使うように躾《しつ》けられた」と訴えても、調査委員会のメンバーは少しも耳を傾けてくれず、コールマンは退職を余儀なくされる。さらにその間のストレスがこたえたのか、妻のアイリスがあっけなく死んでしまったのである。

もし彼が「実は自分は黒人なのだ」と告白していたら、事態は違っていたかもしれない。しかし、自分を白人であると信じて成長した子どもたちに衝撃を与えることを考えて、彼は真実を明らかにしなかった。ところが、そういう彼にとってさらに皮肉な事態が出来《しゅったい》する。妻の死後知り合い、愛しあうようになった、自分の娘ほどの年齢の女性フォーニアの元夫レスターが、ベトナム帰還兵でＰＴＳＤ（心的外傷後ストレス障害）を患っており、その彼から見れば、コールマンはベトナム反戦運動に熱心だったユダヤ系知識人の一人にほかならず、激しい憎悪（反ユダヤ主義）のターゲットになってしまうのである。コールマンへの怒りに燃えるレスターは自ら運転するトラックを車線から大きくはみ出させ、コールマンとフォーニアが乗る対抗車に突進させる。衝突を避けようとした彼らの車は勢いあまって、道路わきに転落、二人とも即死という悲劇が起きたのだった。

(3)フォーニアの場合

ユダヤ系知識人への「なりすまし」が引き起こした「災厄」、コールマンの死はそのように解釈できるだろうが、フォーニアの場合はどうだろうか。フォーニアはニューイングランドの裕福な家に生まれたが、幼い頃に両親が離婚し、母親が再婚したところから運命が暗転する。継父に性的な暴行を受け、十四歳で家を飛び出してから、フロリダで怪しげなこともしながらなんとか食いつなぎ、ようやく結婚した相手はベトナム帰りの暴力亭主のレスター、たまらずに二人の子どもを連れて離婚したものの、その二人の子どもを火事で焼死させてしまう。まるで絵に描いたような不幸の連続だが、とりわけ、子どもたちを死に至らしめた火事は自身が家の外で男との性行為の真っ最中に出火したものだったから、衝撃と悔恨《かいこん》は尋常ではなかった。おそらくこれらの不幸から身をまもるためなのだろう、フォーニアもまたある「なりすまし」を実行する。非識字者のふりである。

字が読めないふりをすることによって人は何を得るのか。二つのことが考えられるだろう。ひとつは「蔑まれるべき哀れな存在」としてレッテルが貼られる結果、他者が心の中にそれ以上踏み込んでこないこと、つまり、他者と深い関係を持たなくてすむこと。もうひとつは文字を介して入ってくる情報をシャットアウトできること。どちらも自分と他者、自分と社会との間に衝立《ついたて》を立てる効果を持ち、フォーニアはそうすることによって自分の心の闇が外部にあらわになることを回避しようとしたのだと思われる。

非識字者になりすましたフォーニアは三つの仕事、大学の用務員、郵便局のトイレ掃除係、農場の乳牛の世話係をかけもちでやっている。ところで、これら三つの仕事に共通するのが排泄物の処理であり、一方で、勤め先自体は、農場については説明が必要だろうが、人間の「知」と関連の深い職場だという点を見逃すべきではない。フォーニアが働く農場はエコロジーに強い関心を持つ大学出の二人の女性が経営しており、有機農業を旗印にしている。彼女たちがいかに「知的」であるかは、フォーニアの葬儀での弔辞の言葉遣いから明らかである。だが、有機などと言いながら、肝腎の牛の排泄物の処理は実はフォーニアに任されている。大学についても同様で、知的活動にいそしむ教授たちのトイレの掃除は彼女が引き受けている。ここから浮かび上がるのは、徹底して、形而下の世界の住人であろうとする彼女の姿、知や言葉や観念や内面世界などの形而上の世界に背を向けようとする姿である。

作品の中盤でコールマンの部屋に泊まった翌朝、『ニューヨーク・タイムズ』の記事を読んで聞かせる彼に憎しみを覚え、家を飛び出し、カラスのプリンスに会いに行くフォーニアの姿が描かれるが、彼女は繰り返し「間違いは泊まったこと」（二三四）と考える。セックスするのは構わない。ある意味で男の排泄物の処理をすることだから。また自分も形而下的存在を保つことができるから。しかし、この日、一夜を過ごし、内面にも関わるような会話をしたのは間違いだった。実際、彼女は「愚かなフォーニアはいろいろなものにちゃんと注意を向けてきた」「愚かでいることが私の偉業なの」（二三三―三四）という、己の正体を明かすようなことまで言ってしまった。その結果、コールマンが彼女に「読み聞かせ教育」を施そうとするに至ったのだ。まるで彼女を「知」の世界に引き上げ、彼女の内面に踏み込もうとするかのように。

たまらなくなったフォーニアはオーデュボン協会[17]で保護されているカラスのプリンスのところに駆けつける。係の女性からプリンスが自分のことを取り上げた新聞記事の切り抜きを壁から引きちぎってしまったことを聞かされ、フォーニアは「プリンスは誰にも自分の過去を知られたくなかったのよ」（二四〇）と笑う。直前のコールマンの家でのエピソードから判断して、彼女の言葉は心の闇を誰にも知られたくない彼女自身の思いと重ねて捉えることができるだろう。とはいえ、プリンスに対しては彼女は「なりすます」必要を覚えない。だから、プリンスに向かってフォーニアはコールマンには語らなかった内面、子どもたちを失って以来心から離れない自殺願望や、自分を見捨てた母への強い恨みを語ってきかせる。そして極めつけは、前日にコールマンからもらったオパールの指輪である。ほとんど婚約指輪に等しいこの指輪を彼女はプリンスの檻の中に置いていってしまう。まるで、カラスと婚約することによって、人間世界から締め出された存在としての彼女の「なりすまし」、「字も読めない哀れな女」のイメージを完成させるかのように。

フォーニアとコールマン。カラスのように巧みに自分以外のものになりすまし、生きてきた女と男。あげくは女はカラスと婚約し、男はその女と婚約したと信じている。こうして二人はカラスのもう一つの表象、不吉な運命に絡めとられる。彼らの激烈な事故死は読者にそういう思いを抱かせる。実際、コールマンの死んだ朝、彼が勤めた大学のキャンパスは人気《ひとけ》なく「カラスばかり」（二八一）

が目立ったという。本節の冒頭で、「人間たちの行動や心情がカラスの表象と響きあっている」と述べたが、ここまでの議論でそれが明らかにされたと思う。ただし、ここで終わってしまっては『人間の染み』の作品全体を理解したことにはならない。これからはカラスから離れて、作品の別の、しかし同じように重要な側面について議論していきたい。

(4)歴史からの逃走——その不可能性

繰り返しになるが、『人間の染み』は九七年の『アメリカン・パストラル』、九八年の『私は共産主義者と結婚していた』とともに、「アメリカ史三部作」を構成している。「アメリカ史三部作」は第二次世界大戦後のアメリカ史に正面から取り組んでおり、『アメリカン・パストラル』はベトナム反戦運動、『私は共産主義者と結婚していた』はマッカーシズムが作品の重要なモチーフとなっている。ロスは三作目を書くにあたって、「自分はほかにどの時代を知っているか」と自問し、「なんだ、今が、一九九八年があるではないか」[18]と考えたという。この年はクリントン大統領とモニカ・ルインスキーのスキャンダル[19]に合衆国中が揺れた年であり、魔女裁判を想起し、アメリカに今なお根付くピューリタン精神に不快感を覚えた人も少なくない。ロスがその一人であったことは疑いなく、また、当時の社会を席捲《せっけん》していたポリティカル・コレクトネス(PC)についても同じように感じていたことが作品の随所に表われている。このことを捉えて『人間の染み』を大学キャンパスを舞台にPCに対するロスの苛立ちをぶつけただけと断じる批評も存在する[20]。しかし「アメリカ史三部作」の他の二作品が示すように、ロスは「歴史と個人のダイナミックな関係」に関心があるのであって、社会現象の表層的な風刺に興味があったわけではない。

デブラ・ショスタクはこの点に関連して鋭い指摘をしている。主人公コールマンの白人への「なりすまし」は「歴史からの逃亡」だったが、作家ロスが作品全体として明らかにしたのは「主体は結局歴史の外で生きることはできず、歴史を止めることもできないことだった」[21]というのが彼女の主張である。作品全体を考えるときこの議論には疑いの余地がないが、ここからは、いかにコールマンが「歴史」に追いつかれてしまったかを、他の登場人物の造型を検証することで見ていくことにしたい。

コールマンの「なりすまし」は彼に社会的成功をもたらし、家庭の幸福ももたらした。しかし順風満帆に思われた彼の人生を二つの罠が待ち受けていた。その二つの罠にはそれぞれ二人の人物が絡んでいる。一人はデルフィーン・ルーというコールマンの同僚にあたる若い女性教授、もう一人はすでに言及したフォーニアの夫レスター・ファーリーである。

デルフィーンはフランス出身で、文学研究者としてイエール大学大学院で理論を学んだ後、コールマンの勤めるアシーナ大学で教鞭を執るようになった。二十代でありながら言語文学科の学科長に選ばれた彼女はまさにアカデミック・エリートと呼ばれてしかるべき存在だが、実は彼女は、自身の母親に対する強いコンプレックスを抱えており、精神的には幼い部分を残していた。エレーヌ・B・セイファーはデルフィーンについて「高等教育から知恵（wisdom）を得ることがなかったため、精神的に混乱している」[22]と述べている。さらに、恵まれた育ち、受けた教育の高さなど、フォーニアの対極にあるとも言えるデルフィーンだが、彼女が学習した言語世界は彼女をむしろ孤独にしている。学究生活を続ける中で、彼女は自分が学んできた英語が「アカデミックな英語であって、アメリカ英語でさえなく」(二七六)、アメリカ人たちと気軽に話し、彼らの世界に入れない自分を見出すのである。

ところで、ある意味では自然なことなのかもしれないが、一見華々しいエリートでありながら本当のところは自信がなく、孤独で、精神的には大人とは言えないデルフィーンは、学者としてまた大学行政従事者として立派に仕事をこなしてきたコールマンに男性としての魅力を覚えていた。しかし、コールマンは採用の面接のときにも他の教員と違って彼女の業績に圧倒された気配がなく、彼女は、アカデミックな言語を操りながら実はからっぽな自分のことを見抜かれているのではないかと恐れ、コールマンを憎む気持ちが芽生えてしまう。そこに持ち上がったのが例の「spooks 事件」である。デルフィーンは絶好のチャンスとばかりにコールマンを叩くが、もちろん、このとき彼女が恃《たの》むのはPCの理論である。また、大学を辞めたコールマンがフォーニアと愛人関係にあることを嗅ぎつけたときは、大学の学部長まで務めた男が非識字者の掃除婦という圧倒的な「弱者＝女性」を利用していると、今度はフェミニズム的攻撃をしかける。つまり、彼女は流行の理論を楯に主張しているに過ぎないのだが、逆に言えば、本来ならコールマンに太刀打ちできる経験も人格の厚みもない人間に、時代、すなわち《歴史》は強力な武器を与えたのである。

コールマンを待ち受けたもう一つの罠はフォーニアの元夫レスターである。彼はベトナム戦争をともに戦った友人ケニーの首のない遺体を記憶から抹消できず、PTSDに苦しんでいる。サポーターのグループとともに戦死者の名前を彫り込んだ「移動式ウォール(23)」を見に行っても、彼はほかの仲間のように過去との和解へと向かうことができない。むしろ、ケニーの名をウォールに見つけ、「徴兵逃れでありながらホワイトハウスに入り込んだ奴（＝クリントン大統領）」や「反戦運動をやっていた知識人ユダヤ野郎（＝コールマン）」への怒りを増幅させてしまう。彼は《歴史》に過度に呪縛されており、あらゆる事象を「ベトナムの記憶」というレンズを通して見てしまうのである。したがって、彼にとってコールマンを殺すことは「歴史的帰結」だったと言えるのかもしれない。

しかし、実際はコールマンは「ユダヤ野郎」ではなく、黒人だった。ネイサンは、葬儀に現われたコールマンの妹アーネスティンからそのことを聞かされる。妹はコールマンのことを「ミスター決意」（三二五）と呼び、彼が仮借なく家族を捨て、自分の選んだ道を突き進んだ経緯を説明する。さらに彼女は「今だったら色が白くても白人になりすますなんて考えなかったことでしょう。黒人のほうが奨学金をもらうチャンスが大きいですから」（三二六）と言葉を続ける。しかし、彼は公民権運動を待つことができなかった。だから、白人からの差別を回避し、黒人との連帯にも取り込まれないための「独自の自分」を選択した。それは「ミスター決意」の強靭な精神と、ボクシングが得意なことに表われている優れた敏捷《びんしょう》性の両方を兼ね備えることで初めて可能な生き方だった。

ネイサンは考える。コールマンは歴史から自由な自分を作り出し、成功を収めたが、最後には「歴史のわなに落ちてしまった」（三三五）、つまり出し抜いたつもりの《歴史》に追いつかれてしまったのだ、と。チェコ出身で当時パリに亡命していた作家ミラン・クンデラは一九八〇年のロスとの対談で、「過去の記憶を失った国民は次第に自分を失っていく[24]」と述べて、ソビエトからの圧力により現代チェコ文学の出版を禁じられている祖国の状況を概嘆している。おそらくこれは個人についても言えることで、コールマンのように過去の記憶を切り捨てることは、結果的に自分を失うことになるのではないだろうか。タングルウッドのクラシック・コンサート[25]のリハーサル会場でネイサンが最後にコールマンとフォーニアの姿を見かけたとき、彼が二人を「空っぽの二人（a pair of blanks）」（二一三）と感じるのはこのことと関係するだろう。そして（レスターという第三者の手が加わってはいるが）印象として彼らがまるで吸い込まれるように死に向かっていったことも、その延長にあるのではないだろうか。

（5）染みとしての身体

『人間の染み』がカラスの表象に沿う「なりすまし」と「災厄」の個人的な物語であると同時に、人間と歴史との関わりを問いかける、より大きなパースペクティブを含む作品でもあることを検証してきたが、最後にタイトルについて考えてみたい。モニカ・ルインスキーのドレスに残った大統領の精液の染み、ネイサン・ザッカマンの尿漏れの染みなど、作品中、「染み」にあたるものはいくつも言及されている。中でも、フォーニアがコールマンに語って聞かせる（とネイサンが想像する）ピストル自殺者の部屋の掃除の描写は重要なヒントを与えてくれるように思われる。壁にはりついた血、骨、肉。いくら拭っても落ちない染み。それらはその人間が生きていた痕跡であり、我々は紛れもなくそういうもので出来ている。そのことを忘れることは人間存在の一番重要な事実を忘れることに等しい。そして言うまでもなく、ロス文学の愛読者なら、このシーンから『父の遺産』の印象的な場面を連想せずにはいられないだろう。病んだ父が粗相して、ロスの家のバスルームを汚してしまうのだが、タイルの隙間に入り込んだ父の排泄物、どうしても消えないそれを作家が「遺産」として受け取ろうと考えるあの場面である。

先に、ロス文学の主たる要素のうち、アメリカ史三部作においては、《身体》と《歴史》の比重が大きくなっていると述べたが、『人間の染み』においてもロスはこのような形で否定しがたく現前する《身体》を提示しており、それを踏まえることで、作品の最終シーンの意味が明確になるだろう。コールマンの物語を書き進めるため、彼の兄に会うべくニュージャージーへ車を走らせる途中、ネイサンはレスターが凍結した湖の上で魚釣りをしているところに遭遇する。物語を書く必要上からレスターとしばし会話をしたのち、背を向けたネイサンはふと後ろを振り向き、白い湖面上のレスターの姿に強い感銘を覚える。「氷の下の水は湧水《ゆうすい》がいつも出ていて循環しており」(三五〇)、いわば自動浄化装置を持っている一方、氷の上にバケツをのせて座っているレスターは、一点の黒い「染み」に見えるのだ。いや、人間である限り、清らかな水にはなり得ない。人間であるとは「染み」であると同意なのである。

したがって作家であるネイサンがするべきは、まさにこの「染み」を描き出すことである。だから、ネイサンのことを作家と知って、どういうものを書くのかと聞くレスターに、ネイサンは「あんたのような人たちのことだ」(三五六)と答え、タイトルは「人間の染み」になるだろう、「完成したら送ってやるよ」と付け加えている。むろん「あんたのような人たち」はレスターだけでなく、コールマン、フォーニア、デルフィーン、そして自分自身も含まれることだろう。こういう人々の「内臓を含めた全存在」を、彼らが歴史という時間軸のなかで互いに抗いながら生きていく姿を、ネイサンは描き出すことだろう。だから、彼は五年間におよぶ隠遁《いんとん》生活に終止符を打つべき時が来たと考えながら、牧歌的な風景をあとにするのである。

◉注

（1）**復活祭のボンネット** 復活祭はイエスの復活を祝うキリスト教の宗教行事ではあるが、起源は春の訪れを祝う祭りにあるとも言われ、春の花を飾った帽子（ボンネット）をかぶり、パレードに参加することが広く行なわれている。

（2）Roth. *American Pastoral* (New York: Vintage, 1998). 以下の引用はこの版による。

（3）Laura Tanenbaum. "Reading Roth's Sixties." *Studies in American Jewish Literature*. vol. 23, 2004. 50.

（4）**バールーフ・デ・スピノザ** Baruch De Spinoza（一六三二―七七） アムステルダムのユダヤ系の家庭に生まれ育った哲学者。汎神論など合理的な哲学を唱えたため、ユダヤ人共同体から追放された。

（5）**ポグロム** ロシア語で「破滅・破壊」を意味し、帝政ロシアで繰り返し行なわれたユダヤ人迫害を指す。コサック兵によることが多かった。

（6）**『O嬢の物語』** 一九五四年出版のフランスの中篇小説。女流ファッション写真家のO嬢が複数の男の共有玩弄物となる過程が夥しい性的身体描写で表現されている。

（7）Roth. *Reading Myself and Others*. 291.

（8）Bernard Malamud. *The Fixer* (New York: Penguin, 1979).

（9）**メンデル・ベイリス冤罪事件** 一九一一年三月、十三歳の少年の死体がキエフ郊外で発見され、ユダヤ人の煉瓦工場職工長メンデル・ベイリスが儀式殺人の廉で逮捕された。裁判の結果、ベイリスには無罪判決が下されたが、儀式殺人であることは事実と認定された。

（10）"frame"には「人をはめる、陥れる」という意味があり、ロスの命名の意図は明らかであろう。

（11）Roth. *I Married a Communist* (Boston/New York: Houghton Mifflin Company, 2000). 以下の引用はこの版による。

（12）エドガー・アラン・ポー（一八〇九―四九）の物語詩"The Raven"は音楽性に優れ、超自然的な雰囲気で知られている。恋人レノーアを失って嘆き悲しむ主人公の元に、ある晩、大鴉がやってきて "Nevermore"（「再びまみえること叶わず」）と繰り返し、主人公の悲嘆を募らせる。ポーは本作の構成、言葉の選択が緻密な計算によるものであることを後にエッセイで明かしている。

(13) Roth. *The Human Stain* (Boston/New York: Houghton Mifflin Company. 2000). 以下の引用はこの版による。

(14) 桝田隆宏『英米文学の鳥たち』（大阪教育図書、二〇〇四）、一三二。

(15) **ウルワース**　全米に展開する大手スーパー・チェーン店。

(16) "spook" には多くの意味があるが、第一義としては「幽霊」。ただし、俗語として「黒んぼ」の意があり、"nigger" と同様の侮蔑語。

(17) **オーデュボン協会**　野鳥保護協会。今日では環境保護にも力を入れている。

(18) Jeffrey Charis-Carlson. "Philip Roth's *Human Stain* and Washington Pilgrimages." *Studies in American Jewish Literature* vol.23, 2004, 105.

(19) ホワイトハウスの実習生モニカ・ルインスキーとクリントン大統領の「不適切な関係」が世界のマスコミの注目を集めた事件。特に、大統領の精液の染みがついた彼女の青いドレスの存在は世間を騒がせるのに十分だった。

(20) たとえばロナルド・エメリックはこの作品を「教育についての風刺」と捉え、アメリカの大学がピューリタンの遺産から逃れられないことをロスが問題視していると述べている。Ronald Emerick. "Archetypal Silk." *Studies in American Jewish Literature*. vol.26, 2007. 73.

(21) Shostak. *Philip Roth-Countertexts, Counterlives*. 258.

(22) Safer. 121.

(23) **移動式ウォール**　The Moving Wall　ワシントンDCにあるベトナムで戦った兵士の名を刻んだ壁型銘板を小さくレプリカしたもの。ワシントンを訪れることができない帰還兵や遺族のために、毎年、全米各地を回っている。

(24) Roth. *Shop Talk*. 98.

(25) **タングルウッドのクラシック・コンサート**　マサチューセッツ州タングルウッドで毎年開催される有名な音楽祭。さまざまなジャンルの音楽が演奏されるが、六月から七月にかけてはクラシック音楽が中心である。

第十一章　歴史改変小説
――『プロット・アゲインスト・アメリカ』

1　別のアプローチ

前章ではロス文学の第四の位相としてアメリカ史に焦点が当てられたこと、ただし、それは物語の背景としてのアメリカ史ではなく、身体存在として人間はいかに《歴史》と不可分な関係にあるか、そのドラマを描くことに作家の関心があったことを見てきた。そして『人間の染み』の四年後の二〇〇四年、ロスは再びアメリカ史をモチーフにした作品、しかし今回は前三作と違い、実際の歴史に「もしも《イフ》」の要素を盛り込むという手法の『プロット・アゲインスト・アメリカ』（以下『プロット』と表記）を発表した。

一九四〇年の大統領選において勝利を収めたのがフランクリン・ローズヴェルト（一八八二―一九四五）ではなく、アメリカの英雄チャールズ・リンドバーグ（一九〇二―七四）であったとしたらという設定で始まるこの作品は、思い切った歴史の改変にもかかわらず、虚構の迫真性には恐るべきものがあり、ロスの小説家としての力量に改めて感服した批評家も多い[1]。また、親ナチスの姿勢が明らかだったリンドバーグが大統領に選ばれた後、アメリカに反ユダヤの嵐が吹き荒れるというストーリーから、政治的なメッセージを読み取ることも可能だろう。たとえば、ブレイク・モリソンは『プロット』について、タイトルそのものが「9・11」を想起させ、二十一世紀冒頭のブッシュ政権下のアメリカ社会と、作品が描き出す六十年前のアメリカ社会には通じるものがあると指摘する[2]。これは九〇年代の半ばから「アメリカ史三部作」を発表し、第二次世界大戦以降のアメリカ社会を鋭く検証してきたロスの歴史意識、政治意識の延長線上にこの作品を位置づける、理にかなった読み方と言えるだろう。

ただこの作品には「アメリカ史三部作」と一つ決定的に違う要素が含まれている。それは三部作の語り手がネイサン・ザッカマン、プロの作家であり冷静な報告者であったのに対し、『プロット』の語り手は七歳の少年[3]、しかも名前はフィリップ・ロスである点である。もちろん、ロスは自分の名を騙る人物を作品に登場させたこともあり、語り手のフィリップが作家の幼少期の姿そのままであると信じることには慎重であるべきだろう。しかし、父がハーマン、母がベス、兄がサンディという具合に、それぞれロスの実際の家族の名前が使われていること、彼らの四〇年当時の年齢と登場人物の年齢がぴったり一致することなどを考えると、状況設定が途方もない虚構であるのとは対照的に、語り手の少年の家族の設定については限りなくロス一家の現実に近いものではなかったかと思われる。

実際、ロス自身、『プロット』について書いた文章の中で、この作品を書くことが「三十代後半の一番元気だった頃の両親を墓から呼び戻す機会」(4)を与えてくれたと述べている。このことから考えても作品中の家族を彼の実際の家族に重ねることは可能であり、ロス自身の実の家族への深い思いなくしてはこの作品の魅力は半減していたことだろう。そしてそのこととも関係するが、本作では語り手フィリップの耳のよさ、すなわち、すでに繰り返し言及してきたロス自身の耳のよさが大きな役割を果たし、両親をはじめとする登場人物たちのそれぞれの声が生き生きと伝えられるのである。

また、『プロット』は政治の予測不可能性と、結果として吹き荒れた反ユダヤの嵐にユダヤ系の一家族がどのように翻弄されたかを描き出すが、その根底には、「政治」と「家族」の二項対立が存在する。その構造を説得力あるものにしたのも、間違いなく、家族に守られることが生存のための必須条件である幼い子どもの目と耳だった。まだ幼い少年、社会的に無力で抵抗の手段を持たず、それゆえにいっそう最後の砦として「家族」を求める少年が、頼りの「家族」が政治の荒波に揉まれていく様を怯えながら伝えるとき、二項対立はより鮮明なかたちで表現されたのである。

次節以降、作品中「家族」の意味合いが微妙に変化していく有り様を登場人物たちそれぞれの言語の「質」に注目して検証しながら、『プロット』が描き出した「政治」と「家族」の関係を明らかにしていきたい。

2 「政治の言語」とシンプルな「家族」

『プロット』は九つの章から成り立っている。各章は時系列に沿って配置されており、歴史を題材とした小説としては自然な作りと言えるだろう。「一九四〇年六月—十月」を扱う第一章の冒頭、語り手フィリップは自分が七歳の頃のロス家を回想し、幸せな家族だったと述べている。大手の生命保険会社に勤める父、専業主婦の優しい母、五歳違いの二人の息子サンディとフィリップ。周囲も皆ユダヤ系のコミュニティ（ロスの読者にはお馴染みのニュージャージー州ニューアーク・ウィクエィック地区）に住む一家は、友人たちとのつきあいも頻繁で、子どもたちも屈託なく育っている。まだヨーロッパで六百万のユダヤ人は殺されておらず、一年に一度、「パレスチナに祖国を！」という運動で寄付金を求めにくる老人のことが、幼いフィリップには不思議でならない。だから「かわいそうに、この人は僕たちにはちゃんと国があるってことがわからないんだ」（四）[5]と考える。このように、まだユダヤ系であることさえ意識していないフィリップだが、ここで、彼が語る「幸せな家族」（二）が父と母、子ども二人のいわゆる核家族、血でつながった最もシンプルな形態の家族であることを確認しておきたい。というのも物語の進行に伴い、家族の形態が徐々に変わっていき、作品理解の鍵はそのあたりにあると思われるからである。

ともあれ、物語の始まりの時点では、「家族」は、自由の国アメリカ、移民の国アメリカで幸せを享受し、平穏に暮らしていた。しかしながら、そういう彼らの暮らしにある日激震が走った。

一九四〇年六月二十七日、共和党が大統領候補としてチャールズ・リンドバーグを選んだのだ。二七年に大西洋単独飛行を果たし、一躍アメリカの英雄となったリンドバーグは、反ユダヤの発言で知られていただけでなく、ナチス・ドイツとの関係も深く、ゲーリングから名誉勲章までもらっていた。ユダヤ系の人々が彼がこのまま大統領になってしまったらと恐れるのも当然だったのである。

大統領候補になったリンドバーグの選挙民へのメッセージは簡潔なものだった。「私に投票するか、さもなくば戦争に賛成するか」であった。時代は一九四〇年。ヨーロッパではヒトラーがすでにポーランドに侵攻し、戦争が始まっていた。しかし伝統的に孤立主義的なアメリカ国民の多くは、第一次世界大戦の記憶もあって、二度とアメリカはヨーロッパの戦争に関わるべきではないと思っていた。一方、ヨーロッパ情勢を憂慮し、ヒトラーの動きに強い危機意識を抱いていたローズヴェルト大統領は、軍事的介入の方向に舵《かじ》を切ろうとしており、議会も国民も大統領への不満を募らせていた。そこに現われたのがリンドバーグだった。上記のメッセージ、「戦争がいやなら私に投票せよ」はこのような文脈で発せられたのだった。

「戦争か自分か、どちらか一つを選択せよ」という発言は、考えてみると随分乱暴な、単純すぎる二者択一の論理である。しかし残念なことに、これは選挙戦略としては非常に効果的であった。黒か白か、勝つか負けるか、どちらかしかない、中間なんかないと強く迫られるとき、国民は論理の明快さに指導者の強さを見る。「9・11」後のアメリカ合衆国大統領の姿勢が国民の強い支持を得たのはまさにそのためだろう。そして空想的歴史小説『プロット』においても、リンドバーグ候補は国民の圧倒的支持を獲得することになる。

ローズヴェルトに対し地滑り的勝利を収め、リンドバーグがホワイトハウスの住人になって半年たった四一年の六月、ロス一家はかねてから計画していたワシントンDC旅行を実行した。父親ハーマンは息子たちに「FDR〔フランクリン・D・ローズヴェルト〕が大統領でなくなっても何も変わっていないことを確信させたかった」（五五）が、実際には行く先々でアメリカ社会がすっかり変わってしまったことを思い知らされることになる。チェックインしていたホテルから追い出され、リンカーン・メモリアルで反ユダヤ主義的な言葉を投げかけられ、といった具合で、一家は次々と不愉快な体験をする。ところでここでこの状況下の父ハーマンの言動に注目したい。たとえばホテルから追い出されそうになった彼は、フロント係が呼んだ警察官に対し、リンカーンのゲティスバーグ演説の中の言葉「すべての人間は平等に作られている」を引用して、ホテル側の不当な行為を糾弾するが、彼のこの言動には二つの側面があると考えられる。一つは彼が「政治の言語」を語っているという点、もう一つは、彼が、偉大な指導者、自分が尊敬できる人物、ある意味で「父」にも匹敵する人物を引用しているという点である。

父ハーマンはそもそも「政治」に関心があり、「政治の言語」を多用するタイプの人間である。迫害を受けては別の国へ移動する歴史を経てきたユダヤ系の人々は、国の政治の「風向き」の変化に敏感な傾向が強い。ハーマンも間違いなくその一人であって、現在の政治状況に憤懣《ふんまん》やるかたない彼は首都ワシントンの旅行中、反リンドバーグの発言を繰り返す。そしてその見返りのように次々と反ユダヤ主義の仕打ちを受けたとき、彼の反撃の武器は「アメリカ民主主義の原理原則」である。

しかし、それはあまりに原理原則的すぎて、リンドバーグのレトリック、としての「政治の言語」(「戦争か自分か、どちらか一つを選択せよ」)の前ではいかにも無力なのである。

そしてもう一つの点、自分で闘うのではなく、「父」的存在に頼ろうとしている点も問題だろう。彼はFDRを熱烈に支持し、リンカーンを心から尊敬している。政治家を応援し、歴史に名を残す優れた指導者に敬愛の念を抱くことはデモクラシーの国の市民として好ましいことだろう。しかし、父ハーマンの場合はいささか度が過ぎている。ここには「強い父」に守られたいという「子」の気持ちが見え隠れしてはいないだろうか。それはある意味で彼がまだ「父」になりきれていないことの証しとは言えないだろうか。

以上の二点から、父ハーマンが急激に変化していくアメリカ社会に上手く対処できるとは考えにくい。父、母、兄、フィリップの小さな家族がこの後、時代に翻弄されていくのはその意味で必然だったと言えるだろう。

3　破綻の始まり

実際、四一年の後半になると、リンドバーグの政治が直接的にロス家に影響を与え始める。すでに「アメリカの宗教的・人種的少数派の人々を社会の主流に合流させていく」(八五)ためにOAA(Office of American Absorption／アメリカ一体化局)という組織を立ち上げていたリンドバーグは、この頃その一環として「ジャスト・フォークス(皆同じ人間)」(Just Folks)というプログラムを立案した。これは都会に住む宗教的・人種的少数派の若者を夏休みに農業地域に送り出し、アメリカの伝統的な暮らしを知ってもらうというプログラムで、なにやら中国の文化大革命を思わせる内容だが、フィリップの兄サンディはこれに参加することを望んだ。もちろん父は猛烈に反対した。しかし、ここで母の妹のエヴェリン叔母がサンディの強力な助っ人として登場する。

母親（フィリップからすると祖母）の面倒を一人で見てきたエヴェリンは小学校の教師をしている三十一歳の独身女性である。結婚願望を抱く彼女は、リンドバーグのユダヤ人側協力者、六十三歳の有名ラビ、ベンゲルドルフと付き合い、ついには結婚するに至るのだが、彼女とベンゲルドルフにとってサンディは格好の広告塔候補であった。一方、サンディは空疎な理想論的「政治の言語」しか語らない父に失望しており、いわば両者の利害は一致した。さらにフィリップの母が妹に対し、母親の面倒を見させ青春を無駄に過ごさせてしまったと負い目を感じていて、夫とエヴェリンの仲介役をつとめたこともあって、サンディは念願どおりケンタッキーのタバコ農場でひと夏を過ごすことになった。二カ月後帰ってきたサンディは見違えるほどたくましくなり、声変わりも始まっていて、まだ幼いフィリップには別人のように見えるのだった。実際、サンディは、久しぶりに会った長男を抱きしめようとする母親を露骨に嫌がり、サンディが「小さくまとまった核家族」の枠から離脱し始めたのは明らかだった。

そして父ハーマンにとっておそらく長男の反抗以上に辛かったのは、甥のアルヴィンが身障者になってしまったことだろう。アルヴィンはハーマンの長兄の息子で、その兄が早く亡くなり、さらに十三歳のときに母親まで亡くしたので、その後ハーマンが面倒を見て、特にハイスクール時代には不良仲間と付き合っていたのを必死に説教して定職につけたのだった。つまりロス家にとってアルヴィンはもう一人の息子のような存在だった。だから、しばしばロス家に夕食を取りにきていたアルヴィンが、恩義のある叔父ハーマンから政治的影響を受けたのは自然なりゆきだったと言えるだろう。食卓で叔父の政治談議を耳にするだけでなく、痛烈なリンドバーグ批判を展開するユダヤ系ジャーナリスト、ウォルター・ウィンチェル(6)の番組に一緒に耳を傾けているうちに、アルヴィンはヨーロッパのユダヤ人を救わなくてはならない、ヒトラーと戦わなくてはならないと強く思うようになった。しかし、ヒトラーと「アイスランド合意」(不戦条約)を結んだリンドバーグがヨーロッパのユダヤ人のために立ち上がるはずはなく、彼はついに決意し、カナダ軍に志願して、ヨーロッパ戦線に出かけたのだった。

だが前線に送られてまもなくアルヴィンは片脚の膝から下を切断する大きな戦傷を負ってしまう。イギリスの病院に収容され、後にカナダの病院に転送されたアルヴィンを、強行軍のドライブ(ニュージャージーからモントリオールまで)で一人見舞い、帰ってきた父は、アルヴィンの様子を母に語りながら泣きだし、なかなか泣き止まなかった。それはフィリップにとって初めて見る父の無力な姿であり、同時に、家族が否応なく変わっていくことを思い知らされた瞬間でもあった。すでに母はアルヴィンが帰ったらいろいろ物入りだからと仕事をはじめ(つまり有能な専業主婦であることを止め)、兄サンディは放課後リンドバーグのすばらしさを他のユダヤ系少年たちに宣伝するプログラムに参加して不在がちであり、父のこの姿と合わせて、フィリップは家族の一つの時代が終わったことを実感する。そして「二度と同じ子ども時代には戻れない」(一一三)と考えるのだった。

とはいえ、父ハーマンがひたひたと押し寄せる変化の波に無抵抗だったわけではない。むしろ早々にアメリカから逃げ出すことを考えた友人たちより、戦う姿勢ははっきりしている。ただ、父が同じ「言語」を用い、同じ戦い方を続けようとしたことは問題だろう。それを明快に表わしているのが、ベンゲルドルフとの対話である。アルヴィンの負傷の知らせに心を痛めている一家を、ある日、叔母エヴェリンと婚約者ベンゲルドルフが訪問する。ベンゲルドルフはアルヴィンのことを、リンドバーグが大統領としてこの国を戦争から護ってくれているのだから、「行く必要もなかったのにわざわざカナダに行って志願し、負傷してしまったことが悲劇」（一〇八）だと語って、父の心をさらに傷つける。父は、独ソ不可侵条約が破られてしまったことをあげ、リンドバーグがヒトラーと交わした条約なんて反故《ほご》にされかねない、ヒトラーなんか信じられない、いずれアメリカも独裁政治の国になるだろうと反論するが、ベンゲルドルフは慌てず騒がず、自信たっぷりに次のように語る。そもそもリンドバーグは民主的な選挙で選ばれたのであって、その意味で独裁的ということはありえない。さらに、ニュルンベルク法(7)がユダヤ人の市民権を奪い、国家からユダヤ人を排除しようとしたのに対し、リンドバーグが「アメリカ一体化局」でやろうとしているのは、ユダヤ人をアメリカのメインストリームに迎え入れることである。サンディがケンタッキーに出かけたのはそういう意味ではないか……このやりとりから読者は気づくだろう。父ハーマンの「政治の言語」は正しいかもしれないがストレートすぎる、真面目すぎる。それに対し、ベンゲルドルフの「政治の言語」（それはリンドバーグ政権が使う言語でもあるのだが）は正しさを巧妙に「演出」し、相手に合わせて変幻自在に変化する言語であって、したがって、前者は後者を決して打ち破ることはできない、正攻法で攻めていけばいくほど、後者のレトリックに簡単に呑み込まれてしまうだろう、と。すなわち、父の理論としての「政治の言語」は現実の「政治の言語」の前でなすすべもないのである。しかし父ハーマンはこの時点では自分の無力を決して認めようとせず、すべてを相手側、敵側の責任にし続けるのだった。

4　家族解体の危機

父ハーマンの駆使する理論としての「政治の言語」が現実の「政治の言語」に対し抵抗の礎《いしずえ》とは少しもなりえず、結果的に「幸せな家族」が解体し始めたことを見てきたが、四二年に入ると解体のプロセスはさらに加速していった。

まず、カナダから帰還したアルヴィンが一家の暮らしを変える。それまでサンディが使っていたベッドをアルヴィンが使うことになり、フィリップは否応なくアルヴィンの補佐役にされてしまう。幼いフィリップにとって、膝から下を切断されたアルヴィンの足は恐怖の対象でしかない。特に切断部（stump）と義足（prosthesis）が合わないため切断部が膿んで苦しがる従兄の姿に耐えられない思いを募らせる。ただ、リンドバーグを信奉しているサンディには敵意を抱くアルヴィンも、フィリップには親しく接し、やがて二人の間に友情のようなものが育っていく。

だが、父ハーマンは、養子とも言うべきアルヴィンが身体の不具合を理由にして博打《ばくち》ばかりして定職につかないことが我慢ならず、相変わらず「正しい生き方」を説いてアルヴィンを責めたてる。

恩人の強い言葉にこれ以上逆らえないと観念してアルヴィンは仕事につくが、ある日職場にＦＢＩが現われ、大統領の意向に反し戦争に出かけた、つまり反アメリカ的行動をした彼が当局から疑われていることが判明する。その結果、解雇され、その日のうちにアルヴィンはニューアークを出て行き、フィラデルフィアのユダヤ系マフィアの仕事につく。父が語った「政治の言葉」がアルヴィンの人生をまたしても狂わせてしまうのである。

父の無力が明らかになるにつれ、二人の息子はそれぞれのやり方で父から、すなわちロス家から離れていこうとする。兄のサンディは叔母エヴェリンとベンゲルドルフのカップルにますます接近し、リンドバーグの対ユダヤ戦略の推進役を積極的に務めていく。この頃の兄の姿は「ウエストポイント(8)の士官候補生のよう」(一八二)だったと語られ、多くの読者はヒトラー・ユーゲント(9)を連想することだろう。そして、ある日、ナチス・ドイツの外務大臣も出席する、アメリカとドイツの友好関係を祝うパーティがホワイトハウスで開かれることになり、ベンゲルドルフの影響力が行使され、若干十三歳のサンディにも大統領から招待状が届く。自分の息子がナチスの閣僚と同席することなど到底許せない父は、会社を休んでまで息子にヒトラーとユダヤ人の関係を諄々《じゅんじゅん》と説くが、サンディは「迫害コンプレックス」や「ゲットーユダヤ人根性」という言葉を使って反発し、ついには父のことを「ヒトラーより独裁者」(一九二)とまで言い切るのだった。

そして弟のフィリップを捉えたのは孤児願望だった。最初はユダヤ系であることの意味さえ理解していなかったフィリップだったが、一家に次々に降りかかる出来事がユダヤ系であるゆえと知り、ユダヤ人でなくなれば、孤児になれば、こういう試練と無縁でいられるだろうと幼いなりの理屈に到達する。特にリンドバーグ政権の新しい政策「四二年ホームステッド法」(マイノリティの人々をアメリカの中西部などに移すという処置)により、父のケンタッキーへの強制的転勤(relocation)が決まり、両親が狼狽《ろうばい》する姿を見るにいたって、彼の家出の決意は固いものになっていくのだった。「四二年ホームステッド法」は合衆国の形成に貢献した一八六二年の「ホームステッド法」(10)に倣《なら》った法律で、政府の説明では、多様な宗教・エスニシティの人々が交じり合い、これによってアメリカはますます一つの国としてまとまるだろうという。しかし父の解釈では目的はユダヤ人コミュニティを分断し、政治勢力として力を削《そ》ぐことだと言う。どちらであれ、ケンタッキーのような見知らぬ土地に住むのは耐え難く、それ以上に両親の姿に自分を護ってくれる強さを見出せず、フィリップは家出決行のための準備を始めるのだった。

興味深いのは、いや、ある意味で当然のことかもしれないが、フィリップはこのとき救いをキリスト教徒の世界に求めようとする。作品中しばしばキリスト教への言及があり、たとえば、放課後の遊びとしてクリスマス・ツリーを購入した男性(すなわちキリスト教徒)を友達と一緒に追跡したりしているが、ユダヤ人であるゆえに苦しい目に遭うのなら、クリスチャンになればいいという子どもなりの論理が働いたからだろう。そして家出決行の際にも、彼が目指したのは近くにあるカソリックの孤児院だった。ただし、孤児院の庭に農耕用の馬がいて、馬の足の間をすりぬけて建物に近づこうとしたフィリップは馬に蹴られて、頭に血腫ができ、意識不明になってしまうのだった。

家出はこうして失敗するが、サンディだけでなくフィリップまでが両親に背を向けたことは、家族の崩壊が一段と進んだことを示している。そして家族がばらばらになっていくことを防げない父は、結局ケンタッキーへの転勤を拒否して、長い間勤めてきた大手生命保険会社を辞め、兄が経営しているマーケットのトラック運転手の職につく。それまでスーツにネクタイ姿だった父が、作業服姿になり、夜働き朝帰ってきて（眠りにつくためとはいえ）ウイスキーを飲むようになったこと、それらのことはフィリップにますます「家族の解体」を実感させることになった。

ところがこの時点でも父が考えつくことと言えば、ウォルター・ウィンチェルに自分たちの窮状を訴える手紙を書くことであり、母はそんなことをすれば手紙がＦＢＩに渡り、さらに危険なことになるだけだと諭し、対案としてカナダへの移住を提案する。これに対し、父は「この国は我々の国だ！」（二二六）と叫び、母は「もうそうではないわ。リンドバーグの国よ」と言い返す。父と母のこのやりとりは、今にいたってなお父が「我々の国」といった原則論的な「政治の言語」を使用していること、またウォルター・ウィンチェルのような「父」的人物に頼ろうとしていること、つまり以前となんら変わっていないことをはっきりと示している。だが、作者はここで、父自身、「家族をこんなに献身的に愛しているのに、家族を護れない」自分の姿を「屈辱的にはっきりと」（二二六）認識したとも書き込んでおり、父のこの自覚が家族にとって一つの転機になり、今後あらたな家族像が生まれる可能性があることを示唆している。

5 「家族ネットワークの言語」

『プロット』の後半部、章で言えば第七章から第九章までは、アメリカ社会に反ユダヤの嵐が吹き荒れ、その状況下で、壊れかけていた「家族」が形を変えつつも再生する様子を描いている。ところで以下に説明するのだが、家族の再生を可能にしたのは「家族ネットワークの言語」を通してであった。言うまでもなく「家族ネットワークの言語」は本論の文脈では「政治の言語」と対立するものとして想定される。では「家族ネットワークの言語」とはどういうものだろうか。それを理解するために、まず、ロス家と同じアパートの階下に住んでいたウィッシュナウ家の運命について語らなくてはならない。

フィリップの父と同じ生命保険会社に勤めていたウィッシュナウ氏は、体調を崩し長いこと臥《ふ》せっていたが、結局亡くなり、今はウィッシュナウ夫人が同じ保険会社に勤め、生計を立てている。ウィッシュナウ家の一人息子セルダンはフィリップと同年齢、チェスが得意だが不器用なところのある少年で、セルダンはフィリップに好意を抱いているが、フィリップはセルダンが鬱陶《うっとう》しい、そういう関係だった。父ハーマンのケンタッキーへの強制転勤の話が持ち上がったとき、フィリップはエヴェリン叔母を密かに訪ね（すでに母が彼女との縁を切っていたので）、政治的影響力を持つベンゲルドルフに、父の代わりにウィッシュナウ夫人をケンタッキーに移すよう会社に働きかけてもらいたいと頼み込む。結果、フィリップの願いは受け入れられ、ウィッシュナウ夫人とセルダンはケンタッキーへ移り住むのだが、まもなく全米各地で反ユダヤの暴動が起き、ウィッシュナウ夫人は暴動の一つに巻き込まれ、命を落としてしまう。

以上の説明から明らかなように、父に続き母をも失うというセルダンの悲劇の責任の一端はフィリップにある。フィリップもそのことはわかっていて、罪の意識におののき、いかにも子どもらしくアパートの地下室にウィッシュナウ夫人の幽霊が出るのではないかと怖れたりする。一方で彼は別のある出来事を繰り返し思い出し、申し訳なくせつない気持ちでいっぱいになる。その出来事とは物語の始まった一九四〇年よりもさらに前のことで、この日幼いフィリップはウィッシュナウ家に遊びに行き、トイレを借りたもののドアが開かなくなってパニックに陥ってしまう。ウィッシュナウ夫人はそういうフィリップにドア越しに優しく根気よく話しかけ、ドアを開けるためにすべきことを一つ一つさせようとしてくれた。さらに、実はドアはもともと開いていて、ただ強い恐怖心で反対方向に押していただけだったことが判明したときも、それを言おうとしたセルダンを制し、ウィッシュナウ夫人は泣きじゃくるフィリップをただやさしく抱きしめてくれたのだった。

ウィッシュナウ夫人とフィリップのこのときのやりとりは非常に生き生きと描かれていてアラン・クーパーによればそれはロスの耳のよさを証すものだという。[11] それにはまったく異論がないが、ここではウィッシュナウ夫人が用いる「言語」の質に注目したい。恐怖心から錯乱状態に陥っている幼い男の子に語りかける彼女の「言語」には、母親的やさしさ、強さが溢れており、父ハーマンの原則論的「政治言語」とも、リンドバーグ政権が使用するレトリックとしての「政治言語」とも異なっている。これをとりあえず「家族ネットワークの言語」と名づけることにしたい。

ところで、この「言語」を「母の言語」ではなく「家族ネットワークの言語」と命名するのは、作者ロスがこのエピソードに関連して、ウィッシュナウ夫人のことを「次世代の子どもたちを注意深く見守る地域の〈母親連合〉のメンバーの一人」(二五六七)と述べていることと関連している。母親の愛がしばしば自我の延長としての自身の子どもを対象にし、その意味で利己的な要素が強いのに対し、ここに見られるのは他人の子、広く「次世代」への気遣いである。しかもロスはそれは多くの母親に共有されたものだという。であれば、そこには目に見えないネットワークが生まれるだろう。個別の家族は個別の家族でありながら、次世代を護ろうという力が働くことによってネットワークとして繋がることが可能だろう。それぞれの家族の力は弱くとも、合わさることによって、外部から迫る「政治」の力に対し内側から抵抗する確かな力が生まれるだろう。そういう意味で、ウィッシュナウ夫人がフィリップに対して使った言葉を「政治の言語」に対抗しうる「家族ネットワークの言語」と考えるのである。

作品中「家族ネットワークの言語」を使用するもう一人の人物は、フィリップの母ベスである。反ユダヤ主義の暴動が各地で起こり、特にウィッシュナウ夫人の住むケンタッキーがひどいことを知った母は、かつての隣人を心配し、ウィッシュナウ夫人に電話をかける。電話に出たのはセルダンで、母親が帰ってこないことを心配し、パニック状態になっている。母ベスはセルダンを落ち着かせようと何か食べなさいと指示し、冷蔵庫まで行かせ、何が入っているかを報告させ、トーストの作り方まで教える。この間どんどん時間は過ぎ、いつもだったら長距離電話代を心配する母だが、このときばかりはまったく気にせず、子どもを安心させることだけに専心し、一方で長男サンディが「ジャスト・フォークス」のプログラムで世話になったタバコ農家マッキニー家に電話をして、自分たちがセルダンを必ず引き取りに行くから、今夜ひと晩彼を引き受けてくれないかと頼みこむのだった。

この一連のエピソードでベスが発する言葉はまさに「家族ネットワークの言語」、ウィッシュナウ夫人がフィリップに投げかけた言葉と同質のものである。状況の深刻さに大きな違いがあるものの、ウィッシュナウ夫人がそうであったように、ベスはセルダンがなすべきことを具体的に丁寧に指示していく。抽象的な言葉の応酬に陥りがちな「政治の言語」と、「家族ネットワークの言語」はこの点で大きく違っている。さらにベスが、ウィッシュナウ夫人に非常事態が生じたのだろうと冷静に判断し、駆けつけられない距離ではないマッキニー家に（ユダヤ系ではないのだが）セルダンを一時的に預けることを思いつき、電話をして頼んでいる点も注目に値する。それは大人として次の世代のためにできることはすべてやろうという姿勢であり、この簡潔で愛のある現実主義こそ「家族ネットワークの言語」の特徴と言えるだろう。

ところで奇妙に聞こえるかもしれないが、「家族ネットワークの言語」は必ずしも「ことば」である必要はない。自身の思想信条や感情からではなく、次の世代を護り育てるために行動するのなら、「行動」もまた「家族ネットワークの言語」になりうる。『プロット』の最終部分は、今までもっぱら「政治の言語」の人だった父ハーマンが孤児になってしまったセルダンを救済するために「行動」し、「家族ネットワークの言語」の人に変貌していく過程を描き出している。

母ベスがアレンジしてマッキニー家に預けられていたセルダンを引き取るべく、父ハーマンはサンディとともにケンタッキーへ向かって出発した。アルヴィンをモントリオールの病院に見舞ったときと同様の長距離ドライブだったが、今回、距離以上に問題だったのが国中にみなぎる反ユダヤの気分、暴動の気配だった。だからイタリア系の隣人から自分のピストルを持って行くように言われた時、父は素直にそれを受け取っている。実際この旅はさまざまな困難を伴った。母を失って動揺が激しいセルダンはドライブの途中、幻覚に苦しめられただけでなく、下痢と嘔吐の症状を繰り返し、そのたびに車を止めなくてはならなかった。また、運転する父も身体の不調に苦しんでいた。実は父は数日前に久しぶりに訪ねてきた甥のアルヴィンと口論し、父としては珍しく腕力に訴え、結果として顔に何針も縫う怪我をしたのだが、ドライブ中この傷が膿み始めたのである。

周囲に漂う反ユダヤの緊迫感、ピストルを所持していること、そして傷の痛み、これらの状況から語り手フィリップはこのときの父が「前線の兵士の恐怖、疲労、身体的苦痛に限りなく近づいていた」（三五五）と表現している。「前線の兵士の恐怖と身体的苦痛」を体験する父のこの姿は、かつてリンカーンの「言葉」を錦《にしき》の御旗《みはた》のように振りかざしていた父の姿となんと違っていることだろう。父は今一兵士として次の世代のため、身を挺《てい》して戦っている。このとき父は、長距離電話でやさしくてきぱきとセルダンに話しかけていた母に負けないくらい立派な「家族ネットワークの言語」の使い手に変貌していると言えるのではないだろうか。

こうして解体しつつあった家族が、再生の方向へ転じる。あれほど両親に距離を置いていた兄サンディも、反ユダヤ主義の嵐が吹き荒れるのを見聞したためだろう、セルダンを引き取るドライブに同行し、父を助けている。これも家族再生の一つの表われであるだろう。そうなれば残るはフィリップだが、フィリップについて語る前に我々は再生された家族がリンドバーグ出現以前の「シンプルな家族」の単純な復元ではないことを確認しておく必要があるだろう。

一九四〇年の「幸せな家族」とその後の「再生家族」を隔てるもの、それは「傷」である。一番大きな傷はもちろん、アルヴィンの戦傷、膝から下を切断された脚だろうが、物語の進行に伴い、フィリップの頭にも父の顔にも一生消えない「傷」が残ることになる。ケンタッキーへのドライブ中、父の顔の縫合部分が膿みはじめたことは先に述べたが、譫妄《せんもう》状態のセルダンに鎮静剤を処方してもらう必要から病院に立ち寄った父は、自身の傷も再度縫ってもらうことにした。しかし器用とは言いがたい医者だったために、父の顔には深い傷跡が残った。まさに「前線で戦う一兵士」だったことを証明する傷跡と言えるだろう。一方、フィリップも孤児院に逃げ込もうとして馬に蹴られた際、出血し、十八針縫う治療を施され、傷跡は一生残ることになったのである。

七歳のフィリップが物語の始まりの時点で「自分たちは幸せな家族である」と言い切ったとき、家族の中に傷を持った者は一人もいなかった。だが物語終了時の一九四二年十月時点では、アルヴィンも含めれば三人が身体的に傷つき、心の傷を入れるなら家族全員が傷ある身となっている。ただ、ここで忘れてならないのは、負った傷は手当てされ、たとえ傷跡が残っても人は生き続けるという点である。さらに、傷を手当てするのは基本的に本人ではなく他者であるという点も重要だろう。アルヴィンの脚を例にとるなら、「切断部」には「義足」がつけられ、本人が「義足」に慣れ、精神的に受け入れられるまで、周囲の人が懸命に気遣い、助けている。実際小さなフィリップも一再《いっさい》ならずアルヴィンに肩を貸したのだった。その意味では「義足」は「物体」であるだけでなく、アルヴィンをたすける「周囲の人々」をも含意すると言えるだろう。

「傷」は痛みを伴うかもしれない。「傷」は傷跡を残すかもしれない。しかし、「傷」は通常と異なる強い力で人々を結びつけもする。たとえば、反ユダヤの嵐が吹き荒れる中、ロス家はイタリア系やアイルランド系の家族に助けてもらっている。一方、心に深い傷を負ったセルダンについては、母方の伯母に引き取られるまでの十カ月間、ロス家が世話をして助けている。このように「傷」は相互扶助のネットワークを作り出し、「家族ネットワークの言語」と相俟って、従来のシンプルな核家族の枠を超えた大きな枠組みへと家族を再生させるのである。

そしてフィリップである。かつて彼は孤児願望にとらわれていた。それは自分を護ってくれない両親に背を向けるという、子どもらしい自己中心性の顕現と解釈できるが、物語の最終部分で、皮肉にも彼は孤児セルダンの世話役となっている。そして、セルダンを「切断部」、自分を「義足」(三六二)と規定する。切断部が膿み、痛がるアルヴィンをあれほど気味悪がっていたことを思えば、これは大きな変化と言えるだろう。フィリップはいま、孤児となり心の安定を欠いて鬱陶しさを増したセルダンを見知らぬ土地に追いやろうとするのではなく、積極的に「義足」の役を引き受けようとするのだ。頭に傷跡の残る今のフィリップだからこそ、他者の「傷」に向き合う用意があり、できるだけのことをする気持ちになったのだろう。「義足」という言葉はそういう彼の心境、彼の成長を表わしていると言えるだろう。また、「義足」は自然な足ではないという意味で、血の繋がりだけから成り立つ「自然家族」とは違う、周囲に広がりを持つ「再生家族」の比喩にもなりえている。いずれにしろ、フィリップはいま、相互扶助ネットワークの一翼を担おうとしている。こうして彼もまた「家族ネットワークの言語」の使い手になったと言えるのである。

6　心地よいエンディング

以上見てきたように『プロット』は、「政治の言語」に翻弄され、解体の危機に瀕《ひん》した「シンプルな家族」が、「家族ネットワークの言語」を通して「傷」を癒し、「大きな枠組みの家族」へと再生していく物語となっている。そして家族の再生に合わせるかのように、政治の嵐も収束していき、[12] ロスの作品としては珍しく心地よい読後感を残す仕上がりとなっている。実際、この作品は批評家から高い評価を得ただけでなく、多くの読者を獲得し、出版後しばらくベストセラーリストに載ることになったのだ。それを可能にしたのはもちろん巧みなストーリー構成と時宜《じぎ》を得たテーマだったろうが、他に一点ほど指摘しておきたい。

それはロス文学の三つの特徴、《声＝言語》、《身体》、《歴史》の、本作におけるバランスのよさである。アメリカ史三部作は、ネイサン・ザッカマンを冷静な報告者にしたこともあって、以前のロスのエネルギッシュな「声」は必ずしも聞こえてこなかった。《身体》については、『アメリカン・パストラル』のジャイナ教徒になったメリーが放つ悪臭や、『ヒューマン・ステイン』のピストル自殺者の残す血や肉や骨の痕跡のように、かなり極端なかたちで身体性が提示されており、そのような身体性と《歴史》を対抗させることに作家の意図があったと考えてよいだろう。一方、『プロット』では本章の冒頭で述べたように、幼い少年を語り手にすることで登場人物たちそれぞれの「声」が響き、彼らがどのように《歴史》と向き合っていったかが自然な形で示されている。さらに、《身体》について言えば、三部作とは異なり、アルヴィンの切断された脚にしても、ロス家の人々が負った傷にしろ、《歴史》の流れの中で生じたものであり、そこに作為は存在しない。結果として、三要素が自然に結びつき、物語に安定感が生まれたと考えてよいだろう。

本作発表の三年前の中篇作品『死にゆく動物』はタイトルが示唆するように、老い、病、死をモチーフにしており、二〇〇八年以降のロス最晩期の作品群の先駆となっている。その意味では『プロット』をアメリカ史三部作と同じ第四の位相に位置づけることに多少の抵抗を覚えないわけではないが、歴史と人間の関係に対する作家の深い関心なくして本作が誕生することはありえなかったことを考慮するなら、本作を第四の位相の作品として、しかもそのピーク作品として評価することは可能ではないだろうか。

◉注

（1）たとえばウィリアム・E・エンゲルは書評で、この作品をロスが“a world-class novelist”であることを証明するものだと述べている。William E. Engel. “Philip Roth Comes of Age.” *Swanee Review*. Winter 2006. vol.114.

（2）Blake Morrison. “The relentless unforeseen.” *The Guardian*. October 2, 2004.

（3）物語の時間的推移に従い、主人公は最後には九歳に成長する。ただし、それを大人になったフィリップの回想という形で語っている。

（4）Roth. “The Story Behind *The Plot Against America*.” *The New York Times*. September 19, 2004.

（5）Roth. *The Plot Against America* (London: Jonathan Cape, 2004). 以下の引用はこの版による。

（6）ウォルター・ウィンチェル　Walter Winchell（一八九七―一九七二）ハースト系の新聞のコラムで人気が出た

だけでなく、作品中にもあるように辛口のラジオ・ニュースキャスターとして絶大な人気を誇った。早くからヒトラーを批判し、ＦＤＲを支持し、リンドバーグを批判した。

（7）**ニュルンベルク法**　一九三五年ナチス・ドイツにおいて制定された「ドイツ人の血と名誉を守るための法」および「帝国市民法」の総称。ユダヤ人から公民権を奪った法律として知られている。

（8）**ウエストポイント**　ニューヨーク州ウエストポイントにあるアメリカ合衆国陸軍士官学校。

（9）**ヒトラー・ユーゲント**　ナチスの青少年教化組織。肉体の訓練、準軍事訓練を通して、祖国愛を教え込まれた。

（10）**一八六二年の「ホームステッド法」**　西部開拓を促すため、リンカーン大統領が署名し、発効した法律。二十一歳以上の者なら誰でも一六〇エイカーの公有地の貸与を請求でき、その土地に一定の改良を加え、五年以上定住すれば、その土地の所有権が得られる。

（11）Allan Cooper. "It Can Happen Here, Or All in the Family Values: Surviving *The Plot Against America*." Royal, Derek P. ed. *Philip Roth: New Perspectives on an American Author* (Westport: Praeger, 2005), 241–53.

（12）作品の最後でリンドバーグは飛行中に行方不明になり、必死の捜索にもかかわらずついに発見されず、急遽実施された大統領選挙でＦＤＲが再び合衆国大統領に選ばれ、吹き荒れた反ユダヤの嵐も止むのである。

第十二章　エピローグに代えて

『プロット・アゲインスト・アメリカ』以降、ロスは五つの中篇を発表した。二〇〇六年の『エブリマン』から始まり、『幽霊退場』(二〇〇七)、『憤慨』(二〇〇八)、『屈辱』(二〇〇九)、『天罰』(二〇一〇)と毎年のように出版され、七十代半ばとなってもロスの創作意欲には目を見張るものがあった。その意味では第五の位相に入ったと考えてもよいだろう。ただ、作品内容に目を転じると、意欲を裏切るものも少なくない。文章の活力が落ちてきたのは多くの批評家が指摘するとおりである。また、作家の実年齢を反映して、老い、病、死のモチーフが見られるのだが、私見ではあるが、これらのモチーフとロスの作家としての資質が必ずしもマッチしていないように思われるのだ。

たとえば『屈辱』のストーリーは次のようなものである。かつて華々しい活躍をした六十代の舞台俳優が演技力の衰退もあり、鬱病を発症し、入院する。入院先で出会った女性患者から、自分の連れ子である若い娘と性的関係を結ぶ二番目の夫を殺してくれと依頼され、拒否するものの、その後、彼女はその夫を射殺してしまう。一方、退院後知り合ったレズビアンの女性と関係を持つだけでなく、他に知り合った若い女性たちからも活力をもらい、もう一度舞台に立とうと決意した主人公だったが、レズビアン女性から別れを告げられると、すべてに絶望して自殺する。まさに陰鬱としか言いようのないストーリー展開で、しかも繰り出される複数のエピソードの間に有機的連携が認められない。『タイムズ』の書評で本作を取り上げたアラヴィンド・アディガはずばり「失敗作」と断じ、「『アメリカン・パストラル』に見られたような広範な社会的関係性を欠いている[1]」と付け加えている。おそらくその辺りのことは作家自身が一番意識していたに違いなく、二〇一二年には断筆宣言をするに至っている。

もちろん五つの作品の中には、佳作と呼ばれてもよいものもあるのだが、そういう作品であっても『プロット』以前のロス作品とは明らかに異質なものとなっており、ロス文学の「ユダヤ的思考」を追究してきた経緯から、とりあえずここでは考察の対象から外すことにしたい。したがってエピローグとしての本章では、第十章第一節の繰り返しになってしまうが、あらためて第一の位相から第四の位相までのロス文学の軌跡を簡単に振り返りながら、彼が作家としてのキャリアを通して最後までこだわり、描き出そうとしたものについてまとめてみたい。

デビュー作『さようなら、コロンバス』でロスは、ユダヤ系アメリカ人として新しいアイデンティティを模索する若き主人公の姿を描いている。作家のその後を第一作から占うとするなら、まさにそれは作家自身の模索であったと言えるだろう。ただ、この頃のロスを縛るものが三つあった。一つはユダヤ系コミュニティとの関係、いま一つはワスプの人々への気後れ、最後の一つは大学や大学院で受けた文学教育の過程で抱くようになった「偉大な文学」への憧れだった。

ユダヤ系との関係については、登場人物の描かれ方が反ユダヤ主義を誘発しかねないと一部の批評家やユダヤ系の有力者から強く非難され、そのような受け身的で防御的なユダヤ性に反発した彼は、二度とユダヤ系について書くまいと決意する。だが、ワスプの人々も登場させた第二作『レッティング・ゴー』は失敗作と言われても仕方のない出来だった。アメリカのメインストリームに完全な所属意識を持てないロスは、ワスプの登場人物を自由に造型できなかったのだ。

そして「偉大な文学」、ヘンリー・ジェイムズ的な文学を書きたい、書かねばという思いもまた第二作の執筆の筆を鈍らせた。主人公の十九世紀的で倫理的な葛藤はロスの資質にもロスのバックグラウンドとも乖離したものだった。そのことを自覚するようになったロスはアメリカ的グッドネスを批判的に描く『ルーシーの哀しみ』を経て、自分を縛っていたものすべてから解き放たれた『ポートノイの不満』を世に問い、一躍有名作家になったのだった。

『ポートノイの不満』はユダヤ系アメリカ人青年の抱える矛盾、すなわち、両親に愛され、社会的にも成功した外側の顔と、それを維持するために秘かに性欲に溺れる内側の顔との分裂状態を赤裸々にコミカルに描きだした作品である。この作品でロスはヘンリー・ジェイムズ的文学からの離脱を完全に果たし、世間の耳目を集め、出版自体が一九六九年の一つの事件になるほどだった。そういう意味では第一の位相のピーク作品であるのは間違いない。ただ、本作はフロイトの精神分析の症例報告的要素が濃厚で、ロス自身の、作家として、ユダヤ系アメリカ人としての自己を真に表現しているとは言えなかった。

こうして書かれたのが『男としての我が人生』であり、自分が経験した壮絶な体験(2)をどのような手法で描くべきかを検証する本作は「作家としての我が人生」と名付けられてもよいものだった。

そしてそのような過程を経て、『ザッカマン・バウンド』が書かれ、リズムに乗った文体と攻撃的な笑いを通して作家である自己像を求める姿が描かれることになった。したがって『ザッカマン・バウンド』は第二の位相のピークと言えるだろう。

第三の位相で、ロスはより広く、より遠くへと想像力を働かせ、ユダヤ系アメリカ人独特の立ち位置と思想を求めるようになっていった。その契機となったのが作品の舞台としてアメリカ東部だけではなくイスラエルとロンドンを加えた『カウンターライフ』であった。ここで初めてロスは「パストラル幻想」に吸収され得ないユダヤ性を明確に打ち出し、そのユダヤ性を介してアメリカを見るようになっていく。その方向性をさらに極めたのが『サバスの劇場』と言えるだろう。したがって、第三の位相のピークは『サバスの劇場』ということになるだろう。

第四の位相になると、過激な自己探求の様相に変化が起き、アメリカ史に焦点が当てられ、身体存在として人間はいかに《歴史》と不可分な関係にあるかが客観的に描かれることになった。六九年の『ポートノイの不満』では《身体》は性に力点が置かれ、社会との対立関係で捉えられていた。その意味では非時間的であったが、第二、第三の位相で徐々に変化を果たし、九〇年代後半に入ると、《身体》は人間の営みの集積としての時間の流れの中に位置づけられるようになったのである。歴史はパストラル（＝無時間）ではないことがその根底にあり、第四の位相のピーク作品『プロット・アゲインスト・アメリカ』においても、自由の国、移民の国と思われたアメリカが歯車が一つ狂えば反ユダヤの嵐が吹き荒れること、少しもパストラルではないことが語られていると考えてよいだろう。

そして『サバスの劇場』と『プロット』のエンディングの違いに注目することによって、ロスのユダヤ的思考に生じた微妙な変化を指摘することも可能かもしれない。第九章で明らかにしたように、作品の最後でサバスは自殺願望を封印し、「どこでもないところ」「憎むものがいっぱいの場所」に留まることを決意している。彼は今後もその場所から見えるものを言葉にしていくのであって、それはユダヤ的思考の究極の形と定義できるだろう。所属はしないが確かに存在する、存在するから感じ、考え、言葉にする……必然的にそこから生まれる言葉は、「憎むものがいっぱいの場所」という言葉が示唆するように、敵意や攻撃性と無縁ではないものとなるだろう。

一方、『プロット』の終末部分は語り手フィリップ少年の変貌を描き出している。家族の上に吹き荒れた反ユダヤの嵐の結果、シンプルで幸福だった家族のメンバーそれぞれに変化が起きるが、末っ子のフィリップも例外ではなかった。従兄のアルヴィンが戦傷で義足をつける身となってロス家に帰還した際、世話役を引き受けたフィリップは、義足がうまく合わずに膿が出ている切断部が気味悪く恐ろしくてならなかった。だが、物語の終盤、孤児となったセルダンが親戚の家に引き取られるまで同じ部屋で暮らすことになるのだが、このときの彼は、かつて鬱陶しいと敬遠していたセルダンを受け入れ、セルダンを切断部、自分を義足と考えるようになったのだった。

言うまでもなく切断部は人間の身体であり、義足は、現在では多様な素材が使われているが、当時は木材だったであろう。異質なものが接触する以上、そこには摩擦《まさつ》が生じ、不快感が生まれてしまう。だが、異質なものが出会うことで歩けなかった人が歩けるようになるのだ。それは異質であることをネガティブに捉えるのではなく、ポジティブに転換することに等しく、痛みが伴うにしても、構成部分の双方、すなわち切断部と義足、この場合で言えばセルダンとフィリップの双方に賦与されるものがあるはずだ。実際、セルダンには不幸を乗り越えて生きる意欲が生まれ、フィリップは家族の枠を超えて人が繋がる意味を知るのである。

すなわち『サバスの劇場』の主人公サバスとは異なり、『プロット』のフィリップには幼いことも関係すると思われるが、外部に対して融和的な要素が認められるのである。さすがのロスも七十歳を過ぎて少し穏やかになったのかとつい想像したくなるのだが、一方で、切断部と義足の関係については少し違う見方、ロスのアメリカ・ユダヤ系作家としての根本に関わる解釈も可能なように思われる。

先に述べたように切断部と義足は異質なものの出会いであり、その意味でユダヤ系アメリカ人と非ユダヤ系アメリカ人の関係とパラレルとみることもできるだろう。異質なものが出会い、支え合うことで、緊張感に充ちた一つの力が生まれ、それがアメリカ社会を活性化してきたことは誰もが認めるところだろう。さらに、この点が重要なのだが、切断部と義足をロスの中のユダヤ性とアメリカ性とみなすことも可能ではないだろうか。両者が存在するからこそ、両者が緊張関係にあるからこそ、複雑で変幻自在の彼の文学が成り立ったのだ。

そして切断部と義足がユダヤ性とアメリカ性の相克の比喩でありうるとするなら、『サバスの劇場』の最後の主人公の姿、星条旗を身にまといヤムルカをかぶった荒唐無稽な姿はその具象化にほかならない。しかもサバスはこの姿で「自分はghoul（墓をあばく鬼）」だと宣言する。もちろん、一義的にはそれはドレンカの墓をあばくことを意味するが、ロス文学の軌跡を念頭におくなら、あばかれる墓に眠っているのは、ユダヤなるもののすべて、あるいはユダヤだけではなく歴史の主流から排除されてきたもののすべてを指していると考えることもできるだろう。生き延びたアンネ・フランクを想定したのも、アメリカに亡命したカフカを描いたのも、イスラエルを舞台にした『オペレーション・シャイロック』でパレスチナ人の声を響かせたのも、すべてその流れの一環と捉えられるだろう。別の言い方をするなら、それは「パストラル神話」に吸収されないものを掘り起こし、人々の意識を揺さぶる行為と捉えることもできるだろう。

そして、一見融和的に見えなくもない『プロット』のエンディング部分でも、ロスはアメリカにおける反ユダヤ主義の最も痛ましい犠牲者レオ・フランクに言及している。一九一五年ジョージア州で起きた少女殺害の容疑者として捕らえられたレオは、完全なる冤罪にもかかわらず、有罪判決を受けたのち、暴徒化した一部住民に拉致され、命を奪われ、木に吊るされてしまう(3)。執筆時から考えれば九十年も前の出来事、ほとんどのアメリカ人にとって忘却の彼方であろう事件に言及することで、作家は死者を蘇らせ、彼の無念に思いを馳せているのだ。このように死者たちを墓から呼び起こし、彼らの声を響かせ、彼らとの「対話」によって自分の立ち位置を探る、それがロスが作家としてやってきたことであり、そういう意味でロス自身がghoulであり、ロス自身がヤムルカと星条旗を身にまとっているとも言えるだろう。

第一の位相から第四の位相に至るまで、ロスは真正のユダヤ系アメリカ作家であり続けた。彼は、自分の中の「ユダヤ」を突き放し、笑ったが、しかし決して捨てたりはしなかった。同様に、「アメリカ」もまた、突き放し、笑ったが、間違いなく愛していた。両者への愛憎を最後まで生き抜いた、それがフィリップ・ロスというユニークで厄介な作家の姿だったのだ。

●注

（1）Aravind Adiga. *The Times.* October 24, 2009.

（2）最初の結婚は相手の女性の許しがたい嘘から始まり、別居後も離婚や生活扶助料を巡って激しく対立し、法廷闘争も長期にわたった。最終的には相手の交通事故死という形で決着がついたが、このことでロスは長く精神分析を受ける身となった。

（3）Roth. *The Plot Against America.* 361. なお、この事件はユダヤ系劇作家アルフレッド・ウーリー（一九三六―）の戯曲『パレード』によって一九九八年にミュージカルとして演じられ、トニー賞二部門受賞を果たしている。二〇一七年、日本でも初演され、二〇二一年一月に再演されている

あとがき

私がユダヤ系作家に最初に興味を抱くようになったきっかけは、大学三年次の演習の授業だった。それは海老根静江先生の授業で、ソール・ベローの『ハーツォグ』を読んだのだ。それまでの授業で扱われていたイギリス文学作品や十九世紀のアメリカ作家たちの作品とはかなり異質の、真剣でありながら滑稽、知的でありながら感情の起伏が多い語り口に惹かれたのである。

ただ、その後、私は卒業論文ではヘミングウェイの短篇を論じ、修士論文ではフォークナーの主要四作品を議論し、ユダヤ系作家に特別な関心を払うことはなくしばらく時が過ぎていった。だが、大学教員となり、授業でベローやマラマッドの短篇を扱ううちに、作品が描き出す登場人物の屈折した内面に魅力を覚え、研究対象をフォークナーからユダヤ系作家にシフトさせたのだった。

そして在外研究員としてニューヨーク州立大学バッファロー校に派遣された際、今は亡きマーク・シェクナー教授を通してフィリップ・ロスの世界の面白さを知ることになる。以後、ユダヤ系の他の作家に研究対象を広げることはあっても、その中心にはいつもフィリップ・ロスがいて、彼の作品の多くを論文のかたちで分析してきたように思う。とはいえ、それらの論文はその都度の関心や、あるいは共著のための要請に応じて書かれたものであったので、大学教員の最後の締めくくりとして、ロスを俯瞰《ふかん》的に論じてみたいと思うようになった。思い立ってから一年半ほどで、なんとか出来上がったのが本書である。個人的には達成感があり、アメリカ文学研究者の端くれとして過ごしてきた今までの人生にひとつの区切りをつけることができたように思う。

二〇二〇年は新型コロナウイルスのニュースで明け、二〇二一年一月の今も世界はパンデミックに怯えている。そして一方で、フィリップ・ロスの国、アメリカを眺めれば、一月六日、トランプ大統領支持者たちによる連邦議会議事堂の襲撃という事件が起きた。民主主義の国、自由の国と思われていたアメリカに、内部からのテロ攻撃がなされたのである。それはアメリカの分断を象徴する出来事だったが、アメリカのみならず世界はますます混迷を深めているように思われる。

世界がこれからどの方向に進むべきなのか、誰もが暗中模索の状況にあって、フィリップ・ロスだったらどのような言葉を発したのか、それを考えると、今さらながらロスの死を悼む気持ちが湧いてくる。ただ、これだけは言えそうである。新しいユダヤ性を希求した彼の果敢な姿勢、人間と社会、人間と歴史の関係を根源的に問い続けた彼の姿勢を学ぶことで、多少なりとも進むべき方向が見えてくるのではないだろうか。

各章の元となった論文の初出は以下のとおりである。いずれも題目・内容ともに大幅な加筆・修正を行なっている。

はじめに　書き下ろし
第一章　書き下ろし
第二章　書き下ろし
第三章　「ルーシーの夢は誰の夢」日本マラマッド協会編『アメリカのアンチドリーマーたち』北星堂書店、一九九五年、一三二—四九頁。
第四章　書き下ろし
第五章　“A Plunge Into Personality — A Study of Philip Roth's *My Life as a Man*”『静岡大学教育学部研究報告』第三八号、一九八八年、八五—一〇〇頁。
第六章　「想像力の旅立ち——フィリップ・ロス *The Ghost Writer* の研究」『アメリカ文学研究』第二七号、日本アメリカ文学会、一九九一年、八七—一〇一頁。
「笑いが覚醒させるホロコーストの記憶——フィリップ・ロス『解き放たれたズッカマン』」広瀬佳司・佐川和茂・伊達雅彦編著『ホロコーストとユーモア精神』彩流社、二〇一六年、一三一—五一頁。
第七章　「フィリップ・ロス *The Counterlife* の一考察——幽霊は二度死なない」『静岡大学教育学部研究報告』第三九号、一九八九年、一〇五—一七頁。
第八章　「「聖」と「俗」の逆転劇——フィリップ・ロス『父の遺産』」広瀬佳司・伊達雅彦編著『ユダヤ系文学に見る聖と俗』彩流社、二〇一七年、一二五—四三頁。
第九章　「奔放なる「言語力」——Philip Roth *Sabbath's Theater* 論」『現文研』第九五号、専修大学現代文化研究会、二〇一九年、一一―一三頁。

第十章　「*American Pastoral* に見られる Philip Roth の「歴史」――〈身体意識〉と〈主体〉の問題として」『専修人文論集』第七八号、二〇〇六年、一三―四七頁。

「フィリップ・ロス『人間の染み』――カラスに魅せられて」松本昇・西垣内磨留美・山本伸編『バード・イメージ――鳥のアメリカ文学』金星堂、二〇一〇年、九一―一〇五頁。

第十一章　「*The Plot Against America* に見る政治と家族」『専修大学人文科学年報』第三七号、二〇〇七年、一―一八頁。

第十二章　書き下ろし

本書を上梓するにあたり、これまでさまざまな刺激を与えてくれた方々へ深く感謝申し上げたい。先にお名前を挙げさせていただいたお茶の水女子大学名誉教授の海老根静江先生をはじめ、多くの執筆機会を与えてくださった日本ユダヤ系作家研究会の広瀬佳司先生（ノートルダム清心女子大学）、日本ソール・ベロー協会前会長の町田哲司先生（関西外国語大学）、現会長の鈴木元子先生（静岡文化芸術大学）、そしてそれぞれの学会の会員の方々から多くを学ばせていただいたことで、本書が出来上がったことは間違いない。そして、何よりも、何年にもわたって共にユダヤ系文学作品を読み合い、意見交換の会を持ってきた三人の先生方、青山学院大学名誉教授の佐川和茂先生、日本女子大学教授の大場昌子先生、尚美学園大学教授の伊達雅彦先生には心より感謝し、御礼申し上げたい。

最後に、コロナ禍の大変な状況下で辛抱強く編集の仕事をしていただいた彩流社の真鍋知子氏にこの場を借りて御礼申し上げたい。

二〇二一年一月

坂野 明子

ユダヤの記憶と伝統
978-4-7791-2574-4 C0098(19.04)

広瀬佳司／伊達雅彦編

集合的な記憶によって形成される「ユダヤ人」としてのアイデンディティ。アメリカという異境で執筆をしたユダヤ系作家は、どのように民族の記憶、歴史をとらえ、継承しようとしているのか。文学作品や映画に描かれたユダヤ人の姿から探る。　四六判上製　3000円＋税

【増補新版】ユダヤ世界に魅せられて
978-4-7791-2661-1 C0022(20.03)

広瀬佳司著

出会えばわかる、ほんとうのユダヤ人の姿。イディッシュ語を操るユダヤ系文学の研究者にして、さまざまな旅と交流を体験した著者だからこそ語れる、ユダヤの人々の素顔。2019年4月「増補版」に続く「増補新版」。「アメリカのユダヤ人」等。　四六判並製　2700円＋税

文学で読む ユダヤ人の歴史と職業
978-4-7791-2182-1 C0098(15.11)

佐川和茂著

ユダヤ人の商売・商法と、背景にある歴史や文化、思想はどのような関係にあるのか。ユダヤ系文学等も援用し、ダイヤモンド産業から映画、化粧品など活躍が顕著な業界から生涯学習に至るまで幅広く紹介。「ユダヤ性」と「ディアスポラ」の意味を問う。　四六判並製　2600円＋税

ソール・ベローともう一人の作家
978-4-7791-2613-0 C0098(19.08)

日本ソール・ベロー協会編

ほかの作家と並置し、ある観点から比較することで立ちあがるベロー文学の広がりと深さ。名立たる作家たちの重要作品と、ベローの小説が縦横に論じられていくなかで、その思わぬ影響関係が浮かび上がる。アップダイク、遠藤周作、村上春樹等。　四六判上製　3500円＋税

彷徨える魂たちの行方
978-4-7791-2378-8 C0098(17.09)

日本ソール・ベロー協会編

理想と現実、事実と真実……。シニカルで滑稽な物語、描き込まれた実人生が特徴的なユダヤ系アメリカ人作家の、ノーベル文学賞受賞後の長・中篇小説と主要短篇小説を一覧し、その本質に迫る。
四六判上製　3500円＋税

ソール・ベローと「階級」
978-4-7791-1971-2 C0098(14.02)

ユダヤ系主人公の階級上昇と意識の揺らぎ　鈴木元子著

『宙ぶらりんの男』など小説14作を「階級」の視点から考察し、新しい読みの可能性を探る。階級社会としてのアメリカを浮き彫りにし、現在のアメリカが抱える問題をも照射する画期的論考。
A5判上製　4000円＋税

ラヴェルスタイン

978-4-7791-2469-3 C0097(18.05)

RAVELSTEIN　ソール・ベロー著／鈴木元子訳

死にゆく友よ……シカゴ大学の同僚で親友だったアラン・ブルーム（ラヴェルスタインのモデル）のメモワールであるとともに、記憶、ユダヤ性、そして死とはなにかを問う。ベローの最後の小説、初訳。　四六判上製　2500円＋税

カフカの友と20の物語

978-4-7791-2469-3 C0097(06.06)

A FRIEND OF KAFKA AND OTHER STORIES　アイザック・B・シンガー著／村川武彦訳

ワルシャワからナチスの迫害を逃れてNYへ移住し、イディッシュ語でポーランドに住むユダヤ社会のみを描き続けたノーベル賞作家シンガー。『ニューヨーカー』の古参編集長、レイチェル・マケンジーによって編まれた傑作短編集の本邦初訳。　四六判上製　3200円＋税

ばかものギンペルと10の物語

978-4-7791-1754-1 C0097(11.12)

GIMPEL THE FOOL AND OTHER STORIES　アイザック・B・シンガー著／村川武彦訳

「短編の名手」シンガーの最初の短編集、完訳。「ヘンリー・ミラーは彼の十大作家の十番目にシンガーをあげた。ミラーは彼の作品には『なによりも愛がある、われわれが本で読みなれているものよりももっと大きな、もっと広い愛がある』といっていた」（飛田茂雄）。　四六判上製　2400円＋税

総体としてのヘンリー・ジェイムズ

978-4-7791-1686-5 C0098(12.10)

ジェイムズの小説とモダニティ　海老根静江著

さまざまな解釈理論を生みつづけるヘンリー・ジェイムズ。ジェイムズが生涯をかけて追求した「リアリズム小説」とは何だったのか。彼の「モダニティ」に内在する諸々の関係性のなかに「小説家ジェイムズ」が立ち現われる。　四六判上製　2800円＋税

多文化アメリカの萌芽

978-4-7791-2332-0 C0098(17.05)

19〜20世紀転換期文学における人種・性・階級　里内克巳著

南北戦争の混乱を経て、急激な変化を遂げたアメリカ。多くの社会矛盾を抱えるなか、アフリカ系、先住民系、移民等、多彩な書き手たちが次々と現われた。トウェイン等、11人の作家のテクストを多層的に分析、「多文化主義」の萌芽をみる。第3回日本アメリカ文学会賞受賞。四六判上製　4800円＋税

実験する小説たち

978-4-7791-2281-1 C0090(17.01)

物語るとは別の仕方で　木原善彦著

言葉遊び、視覚的企み、入れ子構造……小説の可能性を切り拓く「実験小説」のさまざまなタイプを切り口に、主な作品の読みどころと、一連のおすすめ作品リストを掲載。実験小説に特化した初のガイド本を手に、めくるめく実験小説の世界へ——。四六判並製　2200円＋税

◉著者紹介◉
坂野 明子（さかの・あきこ） 専修大学文学部教授
お茶の水女子大学文教育学部卒業。東京都立大学人文科学研究科博士課程単位取得退学。
共編著に『ゴーレムの表象――ユダヤ文学・アニメ・映像』（南雲堂、2013年）、共著に『ソール・ベローともう一人の作家』（彩流社、2019年）、『ユダヤの記憶と伝統』（彩流社、2019年）、『ホロコースト表象の新しい潮流――ユダヤ系アメリカ文学と映画をめぐって』（彩流社、2018年）、『ホロコーストとユーモア精神』（彩流社、2016年）、『亡霊のアメリカ文学――豊饒なる空間』（国文社、2012年）、『バード・イメージ――鳥のアメリカ文学』（金星堂、2010年）など。

フィリップ・ロス研究《けんきゅう》――ヤムルカと星条旗《せいじょうき》

2021年3月19日 初版第1刷発行　　定価はカバーに表示してあります

著　者　**坂野明子**
発行者　**河野和憲**

発行所　株式会社 **彩流社**
〒101-0051 東京都千代田区神田神保町3-10 大行ビル6階
電話 03-3234-5931 FAX 03-3234-5932
http://www.sairyusha.co.jp
sairyusha@sairyusha.co.jp
印刷　モリモト印刷㈱
製本　㈱難波製本
装幀　桐沢 裕美

落丁本・乱丁本はお取り替えいたします
Printed in Japan, 2021 © Akiko SAKANO, ISBN978-4-7791-2744-1 C0098

◉索引◉

＊(　)は注ページを示す。

【ア行】

【カ行】

【サ行】

【タ行】

【ナ行】

【ハ行】

【マ行】

【ヤ行】

【ラ行】

◉引用・参考文献◉

Roth, Philip.【出版順】

Goodbye, Columbus and Five Short Stories. 1959. New York: Vintage, 1993. 『さようならコロンバス』佐伯彰一訳、集英社、1977年／『グッバイ、コロンバス』中川五郎訳、朝日出版社、2021年。『狂信者イーライ』佐伯彰一・宮本陽吉訳、集英社、1973年。

Letting Go. 1962. New York: Penguin, 1984.

When She Was Good. 1967. New York: Penguin, 1985. 『ルーシィの哀しみ』斎藤忠利・平野信行訳、集英社、1977年。

Portnoy's Complaint. 1969. London: Penguin, 1995. 『ポートノイの不満』宮本陽吉訳、集英社、1971年。

Our Gang. 1971. London: Vintage, 1994. 『われらのギャング』青山南訳、集英社、1977年。

The Breast. 1972. London: Jonathan Cape Ltd., 1973. 『乳房になった男』大津栄一郎訳、集英社、1974年。

The Great American Novel. 1973. New York: Penguin, 1985. 「素晴らしいアメリカ野球」中野好夫訳、『世界の文学 34　ロス』集英社、1976年、3–324頁。『素晴らしいアメリカ野球』中野好夫・常盤新平訳、新潮文庫、2016年。

My Life as a Man. 1974. New York: Penguin, 1985. 『男としての我が人生』大津栄一郎訳、集英社、1978年。

Reading Myself and Others. 1975. New York: Penguin, 1985. 『素晴らしいアメリカ作家』青山南訳、集英社、1980年。

The Professor of Desire. 1977. New York: Penguin, 1985. 『欲望学教授』佐伯泰樹訳、集英社、1983年。

The Ghost Writer. 1979. *Zuckerman Bound*. 1–180. 『ゴースト・ライター』青山南訳、集英社、1984年。

Zuckerman Unbound. 1981. *Zuckerman Bound*. 181–405. 『解き放たれたザッカーマン』佐伯泰樹訳、集英社、1984年。

The Anatomy Lesson. 1983. *Zuckerman Bound*. 407–697. 『解剖学講義』宮本陽吉訳、集英社、1986年。

Zuckerman Bound: A Trilogy & Epilogue. New York: Farrar Straus Giroux, 1985.

The Counterlife. New York: Farrar Straus Giroux, 1986. 『背信の日々』宮本陽吉訳、集英社、1993年。

The Facts: A Novelist's Autobiography. New York: Farrar Straus Giroux, 1988.

Deception: A Novel. New York: Simon, 1990.『いつわり』宮本陽一郎訳、集英社、1993年。
Patrimony: A True Story. New York: Simon, 1991. 『父の遺産』柴田元幸訳、集英社、1993年／集英社文庫、2009年。
Operation Shylock. 1993. New York: Vintage, 1994.
Sabbath's Theater. 1995. London: Vintage, 1996.
American Pastoral. 1997. New York: Vintage, 1998.
I Married a Communist. 1998. Boston/New York: Houghton Mifflin Company, 2000.
The Human Stain. Boston/New York: Houghton Mifflin Company, 2000. 『ヒューマン・ステイン』上岡伸雄訳、集英社、2004年。
The Dying Animal. Boston/New York: Houghton Mifflin Company, 2001.『ダイング・アニマル』上岡伸雄訳、集英社、2005年。
Shop Talk: A Writer and His Colleagues and Their Work. Boston/New York: Houghton Mifflin Company, 2001.
The Plot Against America. London: Jonathan Cape, 2004. 『プロット・アゲンスト・アメリカ——もしもアメリカが…』柴田元幸訳、集英社、2014年。
Everyman. Boston/New York: Houghton Mifflin Company, 2006.
Exit Ghost. New York: Random House, 2007.
Indignation. New York: Random House, 2008.
The Humbling. London: Jonathan Cape, 2009.
Nemesis. 2010. London: Vintage, 2011.
Why Write?: Collected Nonfiction 1960–2013. New York: Library of America, 2017.

Adiga, Aravind. *The Times*. October, 24, 2009.
Alter, Robert. "Defense of the Faith." *Commentary*. July, 1987.
——. "When He Is Bad." Pinsker, Sanford. ed. *Critical Essays on Philip Roth*. Boston: G. K. Hall & Co., 1982.
Appelfeld, Aharon. *Three Lectures and a Conversation with Philip Roth*. New York: Fromm International Publishing Corporation, 1994.
Basu, Ann. *States of Trial—Manhood in Philip Roth's Post-War America*. New York: Bloomsbury, 2015.
Baum, Devorah. *Feeling Jewish*. New Haven and London: Yale University Press, 2017.
Baumbach, Jonathan. "What Hath Roth Got." Pinsker, Sanford. ed. *Critical Essays on Philip Roth*. Boston: G. K. Hall & Co., 1982.
Baumgarten, Murray and Gottfried, Barbara. eds. *Understanding Philip Roth*. Columbia, South

Carolina: University of South Carolina Press, 1990.

Berger, Alan L. and Cronin, Gloria. eds. *Jewish American and Holocaust Literature*. Albany: State University of New York Press, 2004.

Biale, David., Michale Galchinsky and Susannah Heschel. eds. *Insider/Outsider: American Jews and Multiculturalism*. Berkeley: University of California Press, 1998.

Bloom, Claire. *Leaving a Doll's House: A Memoir*. Boston: Little, Brown and Company, 1996.

Bloom, Harold. ed. *Philip Roth*. New York: Chelsea House, 1986.

——. ed. *Philip Roth*. New York: Chelsea House, 2003.

——. ed. *Philip Roth's Portnoy's Complaint*. Philadelphia: Chelsea House, 2004.

Brauner, David. "American Anti-Pastoral." Walden, Daniel. ed. *Studies in American Jewish Literature*. vol.23. The University of Nebraska Press, 2004. 67–76.

——. *Post-War Jewish Fiction: Ambivalence, Self-Explanation and Transatlantic Connections*. New York: Palgrave, 2001.

Brittan, Arthur. *Masculinity and Power*. Oxford: Basil Blackwell Ltd., 1989.

Broughton, Lynda. "Portrait of the Subject as a Young Man: The Construction of Masculinity Ironized in 'Male' Fiction." *Subjectivity and Literature from the Romantics to the Present Day*. London: Pinter Publishers Ltd., 1991.

Buick, Emily Miller. ed. *Ideology and Jewish Identity in Israeli and American Literature*. Albany: State University of New York Press, 2001.

Charis-Carlson, Jeffrey. "Philip Roth's *Human Stain* and Washington Pilgrimages." Walden, Daniel. ed. *Studies in American Jewish Literature*. vol.23. The University of Nebraska Press, 2004. 104–21.

Cohen, Sarah Blacher. ed. *Jewish Wry: Essays on Jewish Humor*. Detroit: Wayne State University Press, 1987.

Connolly, Andy. *Philip Roth and the American Liberal Tradition*. New York: Lexington Books, 2017.

Cooper, Allan. "It Can Happen Here, Or All in the Family Values: Surviving *The Plot Against America*." Royal, Derek P. ed. *Philip Roth: New Perspectives on an American Author*. Westport: Praeger, 2005. 241–53.

Dolnick, Ben. "In 'Patrimony' Philip Roth Pays A Tender Homage To His Father." http://www.npr.org/2014/09/09/329862118/in-patrimony-philip-roth-pays-a-tender-homage-to-his-father

Emerick, Ronald. "Archetypal Silk." Walden, Daniel. ed. *Studies in American Jewish Literature*. vol.26. The University of Nebraska Press, 2007. 73–80.

Engel, William E. "Philip Roth Comes of Age." *Swanee Review*. Winter 2006. vol.114.

Flanzbaum, Hilene. ed. *The Americanization of the Holocaust*. Baltimore and London: The Johns Hopkins University Press, 1999.

Gooblar, David. *The Major Phases of Philip Roth*. London: British Library Cataloging-in-Publication Data, 2011.

Green, Gerald. *The Last Angry Man*. New York: Pocket Books, 1959.

Halio, Jay L. and Siegel, Ben. eds. *Turning Up the Flame: Philip Roth's Later Novels*. Newark: University of Delaware Press, 2005.

Hayes, Patrick. *Philip Roth: Fiction and Power*. Oxford: Oxford University Press, 2014.

Howe, Irving. "Philip Roth Reconsidered." *Commentary*. Dec. 1972.

——. *Word of Our Fathers: The Journey of the East European Jews to America and the Life They Found and Made*. New York: Simon & Schuster, Inc., 1976.

Jonas, Anna. *Israel in Postmodern Jewish American Literature*. Norderstedt, Germany: AV Akademikerverlag, 2015.

Jones, Judith Paterson and Nance, Guinevera A. eds. *Philip Roth*. New York: Frederick Ungar Publishing Co., 1981.

Kakutani, Michiko. "A Pro-Nazi President, a Family Feeling the Effects." *The New York Times*. September 21, 2004.

——. "Mickey Sabbath, You're No Portnoy." *The New York Times Book Review*. August 22, 1995.

Kaplan, Brett Ashley. *Jewish Anxiety and the Novels of Philip Roth*. New York: Bloomsbury Publishing Inc., 2015.

Kimmage, Michael. *In History's Grip: Philip Roth's Newark Trilogy*. Stanford Studies in Jewish History and Culture, 2012.

Lee, Hermione. *Philip Roth*. London and New York: Methuen, 1982.

Malamud, Bermard. *The Fixer*. New York: Penguin, 1979.

Masiero, Pia. *Philip Roth and the Zuckerman Books: The Making of a Storyworld*. Amherst, New York: Cambria Press, 2011.

McDonald, Paul. *Student Guide to Philip Roth*. London: Greenwich Exchange, 2003.

Milbauer, Asher Z. and Watson, Donald G. eds. *Reading Philip Roth*. New York: St. Martin's Press, 1988.

Milowitz, Steven. *Philip Roth Considered: The Concentrationary Universe of the American Writer*. New York: Garland Publishing, Inc., 2000.

Morrison, Blake. "The relentless unforeseen." *The Guardian*. October 2, 2004.

Nadel, Ira B. *Critical Companion to Philip Roth: A Literary Reference to His Life and Work.* New York: Library of Congress Cataloging-in-Publication Data, 2011.

Omer-Sherman, Ranen. "'A Little Stranger in the House': Madness and Identity in *Sabbath's Theater*." Royal, Derek P. ed. *Philip Roth: New Perspectives on an American Author*. Westport: Praeger, 2005. 169–83.

Parrish, Timothy. ed. *The Cambridge Companion to Philip Roth*. Cambridge: Cambridge University Press, 2007.

Parry, Hannah. Dailymail.Com., 23 May, 2018.

"Philip Roth Unmasked" https://www.imdb.com/title/tt2772984/mediaviewer/rm4066234880

Pierpont, Claudia Roth. *Roth Unbound.* New York: Farrar Straus Giroux, 2014.

Pinsker, Sanford. ed. *Critical Essays on Philip Roth*. Boston: G. K. Hall & Co., 1982.

——. *The Comedy That "Hoits": An Essay on the Fiction of Philip Roth.* Columbia: University of Missouri Press, 1975.

Pozorski, Aimee. *Roth and Trauma: The Problem of History in the Later Works (1995–2010)*. New York: Bloomsbury, 2013.

Remnick, David. "Into the Clear." *New Yorker*. May 8, 2000. 76–89.

Rosenfeld, Alvin H. *The End of the Holocaust*. Bloomington & Indianapolis: Indiana University Press, 2011.

Roth, Philip. "The Story Behind *The Plot Against America*." *The New York Times*. September 19, 2004.,

Royal, Derek Parker. ed. *Philip Roth: New Perspectives on an American Author*. Westport: Praeger, 2005.

Rubin, Derek. ed. *Who We Are: On Being (and Not Being) a Jewish American Writer*. New York: Schocken Books, 2005.

Safer, Elaine B. *Mocking the Age*. Albany: State University of New York Press, 2006.

Salinger, J. D. *The Catcher in the Rye*. 1951. New York: Penguin, 2010.

Searles, George J. ed. *Conversations with Philip Roth*. Jackson and London: University Press of Mississippi, 1992.

Shechner, Mark. *After the Revolution*. Bloomington & Indianapolis: Indiana University Press, 1987.

——. *Up Society's Ass, Copper*. Madison: The University of Wisconsin Press, 2003.

Shostak, Debra. *Philip Roth—Countertexts, Counterlives*. Columbia, SC: University of South Carolina Press, 2004.

——. "Roth/CounterRoth: Postmodernism, the Masculine Subject, and *Sabbath's Theater*."

Arizona Quaterly. vol.54. 1998.
Statlander, Jane. *Philip Roth's Postmodern American Romance: Critical Essays on Selected Works*. New York: Peter Lang, 2011.
Statlander-Slote, Jane. *Philip Roth The Continuing Presence: New Essays on Psychological Themes*. Newark, NJ: NorthEast Books & Publishing, 2013.
Tanenbaum, Laura. "Reading Roth's Sixties." Walden, Daniel. ed. *Studies in American Jewish Literature*. vol.23. The University of Nebraska Press, 2004. 41–54.
Updike, John. "Wrestling to Be Born." *The New Yorker*. March 2, 1987.
Wade, Stephen. *Jewish American Literature Since 1945: An Introduction*. Edinburgh: Edinburgh University Press, 1999.
Wirth-Nesher, Hana. "From Newark to Prague: Roth's Place in the American Jewish Literary Tradition." Milbauer, Asher Z. and Watson, Donald G. eds. *Reading Philip Roth*. New York: St. Martin's Press, 1988.
Young, James E. "America's Holocaust: Memory and the Politics of Identity." Flanzbaum, Hilene. ed. *The Americanization of the Holocaust*. Baltimore and London: The Johns Hopkins University Press, 1999.

内田樹『私家版・ユダヤ文化論』文春新書、2006年。

奥田夏子・山崎喜美子・川﨑晶子・蒲谷鶴彦『野鳥と文学――日・英・米の文学にあらわれる鳥』大修館書店、1982年。

杉澤伶維子『フィリップ・ロスとアメリカ――後期作品論』彩流社、2018年。

ブーバー、マルティン『我と汝・対話』植田重雄訳、岩波文庫、1979年。

桝田隆宏『英米文学の鳥たち』大阪教育図書、2004年。

三島由紀夫『仮面の告白』新潮文庫、2019年。